KÖLN KRIMI 34

Ingrid Strobl, geboren 1952 in Innsbruck, lebt seit knapp dreißig Jahren in Köln. Sie ist erfolgreiche Sachbuch-, Roman-, Hörfunk- und Fernsehautorin. »Tödliches Karma« ist ihr erster Kriminalroman.

Dieses Buch ist ein Roman. Handlung, Personen und manche Orte sind frei erfunden. Ähnlichkeiten mit lebenden oder toten Personen sind rein zufällig.

INGRID STROBL

TÖDLICHES KARMA

KÖLN KRIMI

Emons Verlag

Umschlagzeichnung: Heribert Stragholz
Druck und Bindung: Clausen & Bosse GmbH, Leck
Printed in Germany 2008
ISBN 978-3-89705-551-3

Für Steffie, Marion und Jack.
Und für Gert – immer …

EINS

Ich hasse es, wenn das Telefon klingelt, während ich meditiere. Dabei sollte ich als Buddhistin natürlich nicht hassen. Nichts und niemanden. Noch nicht einmal das Telefon. Aber so, wie ich gestrickt bin, werde ich wohl noch ein paar weitere Leben lang in Samsara herumirren. Die Aussicht auf das Nirwana schwand vollends, als der Anrufbeantworter ansprang und mein geliebtes Bruderherz »Nun geh schon ran, ich weiß, dass du da bist!« knurrte. Ich knurrte zurück. Versuchte, mich wieder auf meinen Atem zu konzentrieren. »Katja, ich bitte dich! Es ist wirklich wichtig!« War da etwas Flehendes in seiner Stimme? Mein Bruder Paul fleht nie. Ich ging dran.

»Ich wusste ja, dass du da bist. Was zierst du dich denn immer so?«

Er kann so freundlich und mitfühlend sein. Das war er schon immer. »Ich habe gerade meditiert«, erklärte ich ihm. Nicht ohne Vorwurf in der Stimme.

»Das trifft sich gut.«

Es verschlägt mir nicht oft die Sprache, aber das war so ein Fall. Ich starrte mit offenem Mund ins Leere.

»Katja, bist du noch dran?«

Mehr als ein staunendes »Ja« brachte ich noch immer nicht heraus.

»Hör zu«, begann mein Bruderherz, und ich wusste, jetzt war Geduld angesagt. Eine buddhistische Grundtugend, die ich täglich aufs Neue zu entwickeln trachte. Meistens vergeblich. Die Story, die der Aufforderung folgte, ließ mich an meinem Verstand zweifeln oder besser gesagt an vierzig Jahren schwesterlicher Lebenserfahrung. Er habe eine Klientin, teilte mir mein großer Bruder mit, die wolle meditieren lernen. Außerdem sei sie Junkie. Und da wäre ich ja wohl die Richtige. Ich klärte ihn darüber auf, dass ich keine Meditationslehrerin bin und dass ich außerdem als freie Journalistin keine Zeit für derlei gute Taten habe. »Und«, fügte ich sicherheitshalber hinzu, »ich darf das auch gar nicht machen. Ich habe keine Befugnis, Meditation zu lehren.«

»Aber du meditierst doch seit zig Jahren«, konterte mein Bruderherz, das sich seit ebenso vielen Jahren genau darüber lustig macht. Woran ich ihn stante pede erinnerte.

»Katja«, stöhnte er, »ich habe jetzt keine Zeit für Grundsatzdebatten. Kannst du nicht einfach heute Nachmittag um vier kommen und wenigstens mal mit der Frau reden?«

»Wieso kümmerst du dich plötzlich um Junkies? Das ist doch nicht dein Genre?« Ich konnte es mir nicht verkneifen. Mein Bruder ist das, was man einmal einen linken Anwalt nannte. Seit er keine Hausbesetzer und militanten Demonstranten mehr verteidigen kann, begnügt er sich mit Migranten, Flüchtlingen und anderen unterdrückten Minderheiten, die seinem politischen Anspruch halbwegs genügen. Junkies gehören nicht dazu.

»Eben«, blaffte er. »Deshalb bin ich ja auf deine Hilfe angewiesen.«

Das wuchs sich zu einem Tag der Aha-Erlebnisse aus. Mein großer Bruder war aus Prinzip nicht, und zwar nie, auf meine Hilfe angewiesen. Ich ließ mich weichklopfen.

»Okay«, erklärte ich huldvoll, »ich komme um vier.«

Pauls Anwaltskanzlei liegt mitten im Belgischen Viertel, eine Adresse, die ich mir nicht leisten könnte. Er sich eigentlich auch nicht, dafür aber Meike, seine Frau. Die ist Notarin und nagt nicht gerade am Hungertuch. Was man den Räumlichkeiten ansieht. Die Mondrian-Drucke und der echte Polke im Wartezimmer vermitteln das, was man wohl als modern, aber solide bezeichnen könnte. Mein Geschmack ist es nicht, aber ich muss hier auch nicht herumwarten. Ich stellte mir vor, wie die Italo-Design-Stühle und die Chrom-Glas-Theke auf Pauls Junkieklientin und seine kurdischen Flüchtlinge wirken mochten, kam aber zu keinem Schluss. Vielleicht waren sie beeindruckt.

Die Vorzimmerlady war neu, türkisch, jung und filmreif attraktiv. Sie musterte mich, als müsste sie mich sofort in eine Klientenschemadatei eintragen, bis sie sich herabließ, mich zu fragen, ob sie mir helfen könne. Der Dharma lehrt, dass jede Begegnung, die dir widerfährt, ein Grund zur Dankbarkeit ist. Denn sie führt dich weiter auf dem Pfad zur Erleuchtung. Du musst sie nur achtsam, gelassen und ohne Zähneknirschen annehmen.

»Ich bin mit meinem Bruder verabredet«, schnurrte ich mit der Sanftheit eines Bodhisattvas, »Paul Leichter.«

»Oh, äh ...« Sie musterte mich erneut. Diesmal offen neugierig. Ich grinste. Sie grinste zurück. Es ist schon was dran am Dharma. Der Filmstar erwies sich als humorvoll und ausgesprochen sympathisch. Sie schnippte mit den Fingern und kicherte plötzlich.

»Jetzt müssen Sie mir verraten, was so komisch ist!«, forderte ich sie auf.

Sie setzte ein strahlendes Lächeln auf: »Sie sehen sich tatsächlich irgendwie ähnlich.«

Ich begriff nicht so recht, was daran komisch war, aber ich ahnte, dass sie aus Höflichkeit nicht mehr sagte. Aus Höflichkeit meinem Bruder gegenüber. Denn ich gelte als nicht ganz unattraktiv.

Paul holte mich persönlich ab und führte mich in sein Büro, den einzigen Raum in der gesamten Kanzlei, der Meikes Designerambitionen erfolgreich entgangen war. Als ich die cremefarbenen Jalousien sah, wusste ich, dass ich mich in diesem Punkt geirrt hatte. Oder dass ich ziemlich lange nicht mehr hier gewesen war. Der Perserteppich, stellte ich fest, war auch neu. Und sehr alt. Und sehr schön.

»Den hat mir ein Klient geschenkt«, klärte mich Bruderherz auf. »Ein syrischer Kurde, den ich durch das Verfahren gebracht habe.«

Etwas in meinem Blick musste er als moralischen Angriff gedeutet haben. »Ich wollte ihn nicht annehmen«, sagte er hastig, »aber der Dolmetscher hat mich davon überzeugt, dass eine Ablehnung den Mann tief verletzen würde.«

»Is ja gut«, nuschelte ich. Ich glaubte ihm sogar. Habgierig war er nie. Außer es ging um Süßigkeiten. Die hatte er mir in unseren glücklichen Kindertagen sogar aus der Nachttischschublade geklaut. Inzwischen kann ich sie in seiner Gegenwart offen herumliegen lassen, denn Paulemann hat krass erhöhte Zuckerwerte. Schlechtes Karma.

»Also, was ist jetzt mit deinem Junkie?«

»Kommst du morgen auf die Anti-Nazi-Demo?«, fragte er zurück. Er kann es nicht lassen. Und er macht mir noch immer ein schlechtes Gewissen. Aber ich hatte die ideale Ausrede: Produktion von zwölf bis zwanzig Uhr.

»Was produzierst du denn?«

»Paolo«, sagte ich, um Dharma-gerechte Geduld bemüht, »ich bin nicht gekommen, um mit dir über meine Arbeit zu plaudern. Das können wir gerne mal abends machen. Jetzt bin ich ein bisschen unter Zeitdruck, weil ich mich nämlich auf die Produktion vorbereiten muss.« Lügen soll man als Buddhistin auch nicht. Und ich sage ja, sooft es nur irgendwie geht, nichts als die Wahrheit. Nur, im Moment ging es nicht. Ich konnte meinem Bruder unmöglich erklären, dass ich mir im Rex am Ring »Shakespeare in Love« ansehen wollte.

Bruderherz blätterte in einer Akte. Das ist eine Anwaltskrankheit. Sie haben meistens im Kopf, worum es geht, aber sie tun gern so, als läsen sie aus den Akten ab. »Sie hat eine Bewährung offen und wurde letzte Woche beim Klauen erwischt …«

»Was hat sie denn mitgehen lassen?«, unterbrach ich ihn. Er sah irritiert auf. Er mag es gar nicht, wenn man ihn unterbricht.

»Eine Daunenjacke«, beschied er mich unwillig. »Bei Karstadt.«

Es hatte seit Tagen durchgehend Temperaturen unter null, was in Köln in etwa dasselbe ist wie minus vierzig Grad in Lhasa. Niemand ist dafür ausgerüstet, schon gar nicht Junkies. Also plädierte ich auf Mundraub. Mein Bruder lächelte müde.

»Das Problem ist«, fuhr er fort, »dass dadurch die Bewährung widerrufen werden kann. Was heißt, dass sie in den Knast muss. Sie ist aber andererseits seit ein paar Monaten im Methadonprogramm, und damit kann ich sie vielleicht raushauen.«

»Aber dafür muss sie ja nicht meditieren?«, fragte ich, nun doch etwas irritiert.

»Sie will aber.« Als wäre das für meinen Bruder ein Argument. Mit dem, was er als Eso-Kokolores bezeichnet, und dazu gehören auch sämtliche Weltreligionen, hat er als alternder Exrevolutionär so viel am Hut wie ich mit Designermöbeln.

Er kratzte sich am Kopf. Das tut er sogar bei Gericht, sehr zu Meikes Missfallen. Sie würde sich niemals am Kopf kratzen, geschweige denn sonst wo.

»Sie hat ziemlich häufigen Beikonsum«, rückte er schließlich mit der Sprache heraus. »Und damit kann sie auch noch aus dem Methadonprogramm fliegen. Und dann ist sie ruck, zuck in Ossendorf.«

Okay, das Mädel ließ sich mit Methadon substituieren, setzte sich zusätzlich noch ab und an einen Schuss und riskierte Knast. So weit, so gut. Ich begriff nur noch immer nicht, was ich dabei sollte.

»Die Frau ist nicht dumm«, konzedierte mein Bruder, »sie weiß das alles, und sie sagt, sie möchte wirklich clean werden. Und sie hofft, aus welchen Gründen auch immer, dass ihr Meditation dabei helfen könnte. Sie hat aber kein Geld, um in ein Zentrum zu gehen oder was es da auf dem Eso-Markt so gibt.«

Aha. Und dein kleines Schwesterchen hilft den Armen und Schwachen. Selbstlos, wie es sich für eine Eso-Tante gehört. »Also«, jetzt war ich an der Reihe, »erstens ist sie nicht clean, wenn sie auf Methadon ist. Zweitens ist Meditation kein Ersatz für einen Schuss. Und drittens bin ich nicht Mutter Teresa.«

»Ach, Katja!« Bruderherz schwankte zwischen einer kleinen Plädoyer-Einlage und der Aber-wir-sind-doch-Geschwister-Nummer. Er entschied sich für Letztere. »Schau«, sagte er und beugte sich zu mir vor, »ich habe keine Erfahrung mit Drogenleuten. Die Frau ist über einen dummen Zufall oder besser gesagt einen dummen Kollegen bei mir gelandet. Sie ist, wie gesagt, ziemlich intelligent, und das mit ihrem Meditationswunsch klang ehrlich. Aber ich kann sie nicht einschätzen. Ich weiß nicht, wann sie lügt.«

»Alle Junkies lügen, und zwar immer.« Ich konnte nicht anders. Das war meine erste Gelegenheit, ihm seinen Scheißspruch von anno dazumal zurückzugeben. Er hatte immerhin den Anstand, zusammenzuzucken. Also musste ich noch eins draufsetzen: »Und ich soll sie für dich ausspionieren?«

»So war das nicht gemeint.« Jetzt war er beleidigt.

Ich lächelte hold. »Worum geht es dir, Paul?«

Mein großer allwissender Bruder wirkte doch tatsächlich ein wenig hilflos. »Ich habe ihren Fall übernommen, und ich fühle mich in der Pflicht. Ich möchte nicht, dass sie wieder in den Knast muss. Das hilft bekanntlich niemandem, und sie gerät schon bei der Vorstellung in Panik.« Paul senkte den Blick, studierte einen Moment lang aufmerksam die Tischplatte und legte dann ein ungeheuerliches Geständnis ab: »Und irgendwie tut sie mir leid.« Sagte er doch glatt. Derselbe Mann hatte mir vor über zwei Jahrzehnten erklärt: Wer seine berechtigte Wut nicht gegen die Gesellschaft richtet, sondern sich betäubt und freiwillig in Abhängigkeit begibt, der hat sein Los verdient, und sei es noch so hart.

Ich sah ihn aufmerksam an, und mein Lächeln hätte sanftmütiger nicht sein können. »Wirst du altersweise, Bruderherz?«, hauchte ich, und sein Gesichtsausdruck befriedigte das Böse in mir auf zutiefst unbuddhistische Weise.

Die Frau war nicht viel jünger als ich. Für das Leben, das sie führte, wirkte sie erstaunlich gut erhalten. Ansonsten sah sie aus wie der typische Junkie aus dem Bilderbuch. Dünn, lange rote Haare und staksige Beine in hautengen schwarzen Jeans. Dazu eine abgewetzte braune Lederjacke und ein ausgewaschenes schwarzes T-Shirt. Sie stand in der Tür und sah uns neugierig an, bemühte sich aber gleichzeitig, cool zu gucken. Paul bot ihr einen Stuhl an und fragte, ob sie Kaffee möchte. Klar wollte sie Kaffee. Ich auch. Wir musterten uns aufmerksam.

»Hi«, sagte ich, »ich bin Katja.«

Sie streckte wohlerzogen die Hand aus. »Ich bin Nele.«

Plötzlich überfiel mich so eine Art Alterspanik. Was sieht sie wohl in mir?, überlegte ich. Wie sehe ich für sie aus? Meine Haare sind zwar noch sattrot, aber wenn man genauer hinguckt, sieht man die ersten grauen Strähnen. Und der Schnitt ist nicht der aktuellste. Wenigstens trug ich Jeans und meine geliebte Lederjacke. Als Buddhistin sollte ich mich um so etwas gar nicht kümmern, aber ich war schon ein weibliches Wesen, bevor ich den Dharma entdeckte, und das sitzt nun einmal tief.

»Du willst also meditieren lernen?«, fragte ich.

Nele nickte.

»Und warum?«, hakte ich nach.

Nele zog ihre Zigaretten aus der Tasche. »Darf man hier rauchen?«

Das brachte mich auf eine Idee. »Nö«, sagte ich. »Aber wir könnten ja direkt auf einen Kaffee gehen. Da können wir rauchen. Ich lade dich ein.«

Bruderherz wollte gerade protestieren, aber ich nahm ihm den Wind aus den Segeln. »Dann stören wir dich auch nicht bei der Arbeit, Paul«, flötete ich.

Wir marschierten ab und einigten uns vor der Tür darauf, in das Bauturmcafé zu gehen.

»Also, wieso willst du meditieren?«, fragte ich noch einmal, nachdem wir unseren Kaffee bestellt hatten.

Die Antwort fiel genau so aus, wie ich es befürchtet hatte. Sie hatte im Knast eine Frau kennengelernt, die vorher in Therapie gewesen war, und da hatte sie meditieren gelernt. Und war hellauf begeistert. Jetzt wollte Nele auch.

»Meditation ist etwas anderes als ein Druck«, klärte ich sie auf. »Du kannst dich damit nicht zudröhnen. Und es ist Arbeit. Es tut total gut, aber nur, wenn du es ernsthaft betreibst. Du kannst dich damit gut entspannen, aber es ist mehr als das. Und was es ist, merkst du erst, wenn du eine Zeit lang praktiziert hast.«

Sie wirkte überhaupt nicht abgeschreckt.

Wir kamen schnell ins Plaudern, unterhielten uns über alles Mögliche, und schließlich wollte sie unbedingt einen Termin mit mir machen. Zum Meditieren. Es war ihr offenbar ernst. Bei ihr ging es nicht, denn sie wohnte in einem Junkie-Hotel, und diese Art Schuppen sind nicht ganz der ideale Ort für spirituelle Praxis. Also lud ich sie zu mir nach Hause ein.

Paul war entsetzt, als ich ihm davon erzählte. Er redete auf mich ein, das könne ich nicht machen, sie könnte mich beklauen und weiß der Teufel was noch alles. Aber ich höre schon lange nicht mehr auf meinen großen Bruder. Exakt gesagt: seit meinem sechzehnten Lebensjahr. Bis dahin hatte ich ihn grenzenlos bewundert. Ich hatte alle Welt mit stolzgeschwellter Brust wissen lassen, dass mein Bruder Häuserkämpfer war, und das auch noch in Kreuzberg, dem Zentrum der Revolte! Dann erwischte er mich an meinem sechzehnten Geburtstag mit einem Joint. Und spielte sich als Moralapostel der spießigsten Sorte auf. Bei seinem nächsten Kölnbesuch erdreistete er sich, mein Zimmer zu durchwühlen. Das war's dann. Mein Bruderherz konnte mir fortan mitsamt seinen Revoluzzern gestohlen bleiben. Ich schmiss die Ton-Steine-Scherben-Platte, die er mir zum Geburtstag geschenkt hatte, auf seinen Schreibtisch und kaufte mir »Flogging a Dead Horse« von den Sex Pistols. Von da an ward ich Punk.

ZWEI

Rosa fauchte beleidigt, kaum war ich durch die Wohnungstür. Ich lebe als Untermieterin bei meiner Katze, und zu meinen Haushaltspflichten gehört, die Dame stets mit frischen Leckereien bei Laune zu halten. Normalerweise komme ich dieser Aufgabe gewissenhaft nach, was man Rosa auch ansieht. Aber wenn ich spätabends noch die Musik für eine Sendung abhöre und ab halb neun Uhr morgens produziere, dann muss sich sogar das gnädige Fräulein mit Whiskas begnügen. Und ich spreche nicht von irgendwelchem Rindereintopf, nein, es handelt sich selbst bei dieser Dosen-Blasphemie noch um Feinschmecker-Wildragout. Selbiges lag angetrocknet auf Rosas Porzellantellerchen und müffelte vor sich hin. Rosa hängte sich mit einer Kralle in meine Jeans ein und knurrte. Ich versuchte dem armen verhungernden Waisenkind zu erklären, warum es heute keine frische Leber gab. Umsonst. Nun gehört meine Katze zu den fühlenden Wesen, für welch selbige ich stets Mitgefühl empfinden sollte. Ich kratzte also das Wildragout vom Teller, stellte den in die Geschirrspülmaschine und füllte ein Schälchen mit Sahne auf. Das Knurren ging in ein gleichermaßen unkatzenhaftes Fiepen über.

»Du bist kein Hund«, klärte ich die Lebenspartnerin meiner Wahl auf, wärmte die Sahne noch ein wenig zwischen meinen Händen und stellte ihr schließlich die Schale hin. »Du warst in deinem früheren Leben ein hungriger Geist«, stellte ich, nicht zum ersten Mal, fest.

Ich legte mich auf das Sofa, las den neuen Roman von Liza Cody und wartete auf den Anruf. Den Anruf. Mein Liebster weilte nämlich in Kathmandu, im Kloster unseres Rinpoche, und einen Rückflugtermin hatte er bislang nicht erwähnt. Anrufe nach und aus Nepal sind ziemlich teuer und nicht immer verständlich. Ich meine: akustisch verständlich. Was mein Liebster sagt, ist mir auch nicht immer verständlich, aber genaueres Nachfragen oder gar einen Streit kann ich mir bei den Telefongebühren nicht leisten. Als es endlich klingelte, sprang ich so heftig auf, dass Rosa von meinen Beinen rutschte und sich mit sämtlichen Krallen in meinem Oberschenkel dagegen wehrte, vollends abzustürzen. Ich jaulte auf und ließ beinahe den Hörer fallen. Es war nicht mein Liebster, es war Nele. Sie wollte wissen, ob sie eine Stunde später kommen könne. Das fängt ja gut an, dachte ich, sagte aber, es sei okay.

Ich hatte kaum eingehängt, da rief mein Liebster an. Das heißt, es ertönte ein irgendwie blechernes Knattern im Hörer, gefolgt von orkanartigem Rauschen und einem sehr leisen »Katja! Katja! Ich bin's!« in fernen Hintergründen. Ich schrie zurück, und plötzlich war die Verbindung so klar, als säße mein Liebster in Düsseldorf. »Wann kommst du eigentlich zurück?«, fragte ich etwas unvermittelt. Worauf ich zum zweiten Mal binnen weniger Minuten »Ähems« und »Ähs« erntete. Ich sagte sicherheitshalber nichts mehr, sonst hätte man bis nach Nepal gehört, dass ich mit den Tränen kämpfte. Er liebte mich nicht mehr. Er wollte gar nicht zu mir zurückkommen. Er wollte Mönch werden. Er wollte bis ins übernächste Leben in Kathmandu bleiben.

»Liebste, ich will es dir die ganze Zeit schon sagen ...«, fing er an. Sag's nicht, dachte ich, schluchzte auf und schlug mir die Hand vor den Mund. Große Mädchen weinen nicht.

»Katja, Liebste, was ist los?« Er klang ehrlich erschrocken.

»Nichts«, schwor ich krächzend.

»Katja, wenn du mich brauchst, komme ich sofort. Hörst du? Das ist mein heiliger Ernst!«

»Du fehlst mir halt nur«, flüsterte ich und schämte mich in Grund und Boden. Emotionale Erpressung nennt man das. Und zudem Behinderung fortgeschrittener Dharmapraxis.

»Ich sag dir mal, worum es geht«, schlug er vor, »und dann entscheidest du. Okay?«

Vielleicht wollte er doch nicht Mönch werden. Ich schnäuzte mich. »Schieß los!«

»Rinpoche empfängt Ende des Monats eine Delegation amerikanischer Schüler, die zwei wichtige Journalisten im Handgepäck haben.«

Er kann so witzig sein. Hahaha.

»Die wollen Rinpoche interviewen, und er möchte, dass ich übersetze. Und da wäre es einfach sinnlos und auch zu teuer, erst nach Hause zu kommen und dann wieder nach Kathmandu zu fliegen. Aber, wie gesagt ...«

»Nein, bleib ruhig!«, fiel ich ihm ins Wort. Er wollte nicht Mönch werden.

Wir bekakelten noch den unvermeidlichen Sangha-Tratsch, dann waren wir auf ungefähr siebenundzwanzig Euro und hängten ein.

Ich legte mich wieder auf das Sofa und grübelte über mein Karma nach. Ganz konkret gesagt über mein Beziehungskarma. Ich hatte Jeff im Kloster kennengelernt. Ich saß mutterseelenallein in meinem Zimmer im Guesthouse auf dem Bett, sah den Affen zu, die über das Balkongeländer turnten, und drehte mir einen fetten Joint. In Kathmandu wächst das Gras an allen Ecken, und ein paar Meter vom Kloster entfernt standen netterweise ein paar gut gediehene Pflanzen. Von der Gompa wummerten Gongschläge zu mir herauf, die Puja war im vollen Gang, aber ich hatte keine Lust, teilzunehmen. Irgendwie konnte ich mich mit dem Pulk von Westlern, die mit mir das Guesthouse bevölkerten, nicht anfreunden. Sie guckten immer zum Gotterbarmen ernsthaft vor sich hin und buckelten mit gefalteten Händen, sobald sie eines Mönchs ansichtig wurden. Sie erinnerten mich an meine Tante Klara, die mit exakt demselben Gesichtsausdruck ihren Rosenkranz betete, um anschließend über ihre Mitbrüder und vor allem -schwestern im Herrn herzuziehen. Frömmelei konnte ich noch nie leiden, und meine Mitwestler erschienen mir ziemlich fromm.

Das Gras törnte schnell und sehr sanft und versöhnte mich mit der abgrundtiefen Einsamkeit, die mich jeden Tag aufs Neue in Versuchung führte, nach Tamel hinunterzugehen und mein Ticket umzubuchen. Ich hatte Charlie Parker im CD-Player und fühlte mich eigentlich ganz zufrieden, als plötzlich ein Mann vor mir stand. Ich schrak hoch und riss mir die Kopfhörer aus den Ohren.

»Sorry«, sagte der Mann und grinste. »Ich habe ein paarmal geklopft, aber du hast nicht reagiert.« Er sagte es auf Englisch, und das klang so, als sei es seine Muttersprache. Ich hatte ihn zuvor noch nie gesehen, aber was ich nun erblickte, gefiel mir ausgesprochen gut. Ein langer schlaksiger Körper, halblanges graues, aber volles Haar, ein schmales Gesicht und grüne Augen, die Romanautorinnen à la Courths-Mahler als »unergründlich« bezeichnet hätten. Und vor allem: keine Spur von Frömmigkeit.

Er heiße Jeff und sei der Übersetzer von Rinpoche, klärte er mich auf, und ich könne jetzt ein Gespräch mit Rinpoche haben.

Ich verschluckte mich vor Schreck an meinem eigenen Speichel. »Das geht jetzt nicht«, stotterte ich und sah meine Chancen, je wieder einen persönlichen Termin bei meinem verehrten Lehrer zu bekommen, für immer dahinschwinden. Der schöne Mensch sah mich fragend an. Ganz hinten in seinen betörenden grünen Augen lag ein Lachen, das sich langsam zu seinem Mund vorarbeitete.

»Ich bin bekifft.« Was blieb mir anderes übrig, als ein volles Geständnis abzulegen? Schließlich roch das Zimmer so intensiv nach Gras, dass man allein schon vom Einatmen stoned wurde.

Jeff versprach mir, die Sache zu regeln. Er verschaffte mir tatsächlich einen neuen Termin bei Rinpoche. Der mich dann sanft darüber aufklärte, dass Rauchen die Energiekanäle verstopft. Ein Jahr später zog Jeff nach Deutschland. Wenn er nicht gerade für tibetische Lehrer übersetzt, ist er Computerprogrammierer, und seine damalige kalifornische Mutterfirma schickte ihn nach Köln. Oder besser gesagt, er ließ sich schicken. Ein paar Monate zuvor hatte ihn nämlich seine Frau verlassen. Weil er, wie sie sagte, in Wahrheit nicht mit ihr, sondern mit seinem Buddhismus verheiratet war.

Da ist was Wahres dran. Nur konnte ich das natürlich, voll verknallt, wie ich war, damals noch nicht sehen. Inzwischen arbeitet er freiberuflich, das lässt ihm mehr Zeit, um sich in Kathmandu und Dharamsala herumzutreiben. Er könnte in der Zeit natürlich auch mit mir nach Lanzarote fahren oder nach Pokhara. Ich wollte schon immer im Annapurnagebiet wandern. Aber mein Liebster erreicht inzwischen solche geistigen Höhen, dass er die echten Berge nicht mehr braucht. Ganz im Gegensatz zu mir.

Ich riss mich aus meinen trübsinnigen Gedanken und beschloss, Hertha zu besuchen. Hertha muntert mich immer auf, und sie mäkelt nie an mir herum. Hertha ist nicht nur meine Nachbarin, sondern auch Rosas Ersatzmutter. Und eine meiner besten Freundinnen.

Sie war zu Hause. Wie meistens. Hertha geht nicht gern aus, schon gar nicht spazieren. »Ich bin mein Leben lang 'ne Straße rauf- und runtergelaufen«, hat sie mir einmal erklärt, »das tue ich jetzt als alte Frau nicht auch noch zum Vergnügen.« Außerdem hat sie ziemlich böses Rheuma in den Knien.

Sie machte mir die Tür auf, und ich bewunderte wieder einmal ihre Fähigkeit, mit einer Fluppe im Mund klar und deutlich zu sprechen und die Augen trocken zu halten. Mir laufen immer gleich die Tränen über die Wangen, wenn ich es versuche. Lange Zeit dachte ich, das könnten eben nur Humphrey Bogart und Lauren Bacall. Dann lernte ich Hertha kennen. Gegen sie ist Lauren Bacall Schneewittchen.

»Kaffee?«

Ich lehnte ab. Ich trank zu viel Kaffee in letzter Zeit.

»Willste 'n Kurzen?«, fragte Hertha und grinste breiter als meine Katze, wenn sie mich mal wieder ausgetrickst hat. Hertha weiß genau, dass ich keinen Schnaps trinke.

»Sehe ich so aus, als ob ich einen bräuchte?«, fragte ich zurück.

»Du siehst so aus, als ob du 'n Kerl bräuchtest.« Sie musterte mich kopfschüttelnd. »Aber glaub mir, Liebchen, du brauchst keinen. Keine Frau, die bei Verstand ist, braucht 'n Kerl.«

Sie könnte als Ratgeberin auftreten. »Fragen Sie Frau Hertha.«

»Is deiner noch am Beten?«, schob sie nach.

Ich empfand es zwar als Verrat an meinem Liebsten, musste aber trotzdem kichern. Ich erzählte ihr von Nele. Sie unterbrach mich kein einziges Mal. Hertha redet nicht gern, aber sie kann gut zuhören.

»Meinst du, sie geht auf den Strich?«, fragte ich schließlich.

Hertha schüttelte den Kopf über meine Dummheit. »Klar geht sie anschaffen. Wie soll sie denn sonst den Stoff bezahlen?«

»Na hör mal«, wandte ich ein, »man kann auch klauen und Brüche machen oder dealen.«

Hertha widmete mir einen langen Blick. »Die Mädchen, mit denen ich zu tun hatte, und das waren 'ne Menge, das kannste mir glauben, die waren alle am Anschaffen.«

Hertha hat ihr Leben lang als Prostituierte gearbeitet. Ihre Mutter war schon Prostituierte, wurde in der Nazizeit mehrmals aufgegriffen und schließlich als »Asoziale« ins KZ gesteckt. Hertha haben sie in ein Kinderheim gesperrt. Sie redet nicht oft und schon gar nicht viel darüber, aber aus dem bisschen, das sie mir erzählt hat, geht klar hervor, dass es der blanke Horror war. Nach der Befreiung büxte sie aus, wurde wieder eingefangen und von derselben Fürsorgerin, die sie schon im Dritten Reich gequält hatte, »betreut«. Aber eine wie Hertha gibt nicht so schnell auf. Sie riss noch dreimal aus und wurde zweimal wieder erwischt. Beim dritten Mal konnte sie ihre Großmutter überreden, sie aufzunehmen. Mehr war nicht drin, aber wenigstens musste Hertha nicht mehr zurück in das Heim. Da war sie vierzehn. Ihre Mutter war nie mehr aufgetaucht, und niemand konnte sagen, wo sie geblieben war. Beziehungsweise ob sie überhaupt noch lebte. Hertha trauerte ihr lange hinterher. Nicht weil sie die Schläge so schrecklich vermisste, die sie als Kind regelmäßig verpasst bekommen hatte. Aber manchmal war diese Mutter wohl auch zärtlich gewesen, und so etwas wie Zärtlichkeit hat Hertha seither nur noch selten erlebt. Die Großmutter putzte in einem benachbarten Puff und hatte keine Hemmungen, Hertha zur Arbeit mitzunehmen. Hertha störte sich auch nicht daran, im Gegenteil, sie freundete sich mit einigen der Frauen an. Als sie mit siebzehn selbst anfing anzuschaffen, musste ihr keiner mehr etwas erklären.

»Frag sie mal, ob sie auf der Brühler steht oder auf der Geestemünder.«

Ich verstand nur Bahnhof.

»Liebchen«, Hertha verdrehte die Augen ob meiner mangelnden Bildung, »auf der Brühler Landstraße stehen die Frauen wie ich, aber da gibt's auch 'n paar Junkies. Und für die haben sie dann die Geestemünder Straße gemacht. Da können die arbeiten, ohne dass ihnen die Bullen das Geld wieder abnehmen, verstehste?«

Ganz verstand ich noch immer nicht, aber ich wollte ja nicht als Klein Doofi vom Lande dastehen.

»Willste nicht doch 'n Kaffee?«

Ich gab nach. Hertha schenkte mir aus der Thermoskanne ein, stellte mir Milch hin, lehnte sich in ihrem Stuhl zurück und setzte zu einem längeren Vortrag an. »Also die Mädchen haben ja auf dem Reichenspergerplatz gestanden, ne?« Das wusste sogar ich. »Okay, und da sind sie ständig vertrieben worden. Und natürlich immer wiedergekommen. Es ist ihnen ja nix anderes übrig geblieben, oder?«

Ich konnte ihr nur zustimmen.

»Außerdem haben die das letzte Gesocks an Freiern angezogen. Die haben die vergewaltigt, verdroschen, was weiß ich. Und dann haben die Bullen und die Sozitanten vom SKF ...«

Wieder etwas, das ich nicht wusste.

»Das ist der Sozialdienst Katholischer Frauen«, klärte mich Hertha geduldig auf und fuhr in ihrem Einführungsreferat fort: »Also, die haben so 'n Gelände auf der Geestemünder angemietet, das ist jottwede, da können die Mädels jetzt anschaffen. Und da ist wohl immer einer, der aufpasst, dass ihnen nichts passiert. Wie das genau läuft, weiß ich auch nicht. Aber ich weiß, dass 'n paar Kolleginnen von mir, von früher, dass die jetzt auch da hingehen. Weil's da sicherer ist.«

Ich habe selten erlebt, dass Hertha so lange am Stück redet. Es sei denn, sie redet sich in Rage wegen irgendwelcher Nachwuchsnazis.

Als ich meine Wohnungstür hinter mir schloss, klingelte es. Nele war erstaunlich pünktlich. Und nüchtern. Soweit man das auf Methadon halt ist. Ich führte sie in das Wohnzimmer, gab ihr eines meiner Sitzkissen und setzte mich ihr gegenüber. Sie betrachtete neugierig meinen Altar und sah mich dann erwartungsvoll an. Ich wusste plötzlich, dass ich sie mochte. Richtig mochte.

»Okay«, sagte ich, »fangen wir einfach mal an.« Ich erklärte ihr, worum es ging, entzündete ein Teelicht und ein Räucherstäbchen und schlug die Klangschale an.

Nach einer Weile öffnete ich die Augen und schaute zu ihr hin. Sie wirkte entspannt und zehn Jahre jünger als noch vor zehn Minuten. Du bist nicht ihre Mutter, ermahnte ich mich, und auch kein realisierter Bodhisattva. Du kannst sie nicht retten. Du kannst ihr nur helfen, sich selbst zu retten. Nach weiteren zehn Minuten wies ich sie an, die Augen zu öffnen, sich langsam zu strecken und aufzustehen.

Wir gingen in die Küche, ich machte ihr einen Kaffee und mir eine Tasse grünen Tee.

»Das hat richtig gutgetan«, sagte sie. Sie sah noch immer entspannt aus. »Kannst du mir was über Buddhismus erklären?«

Ich überlegte einen Moment lang. Beschloss, mit dem Anfang zu beginnen, und erzählte ihr erst einmal die Lebensgeschichte des Buddha. Wie er seine Methode des mittleren Weges gefunden hatte. Wie er entdeckt hatte, wie man sich von Leid befreien kann. Sie stellte genau die Fragen, an denen ich selbst immer wieder herumkaue. Plötzlich war eine gute Stunde vergangen. Wir umarmten uns zum Abschied. Ich hatte sie nicht gefragt, ob sie anschaffen ging. Es war nicht mehr wichtig. Oder besser gesagt, es war nun auf eine ganz andere Art wichtig. Und ich würde sie – irgendwann mal – ganz anders danach fragen, als ich es ursprünglich vorgehabt hatte.

Ich plagte mich gerade mit einem Manuskript, das mir nicht von der Hand gehen wollte. Dabei hatte ich das Thema selbst vorgeschlagen. In meinem Kopf herrschte die absolute Leere, aber nicht die, um die es im Dharma geht. Als ich kurz davor war, endgültig zu verzweifeln, läutete es. Schon bevor ich die Tür öffnete, wusste ich: Es war Nele. Wir hatten uns in den letzten Wochen viel gesehen, Nele war fast jeden zweiten Tag gekommen, und nach der Meditation hatten wir immer noch lange miteinander geredet. Sie war mir richtiggehend ans Herz gewachsen, ich betrachtete sie inzwischen als Freundin, und ich hatte den Eindruck, das beruhte auf Gegenseitigkeit. Sie hatte keinen Beikonsum mehr und wollte sich sogar herunterdosieren lassen. Und sie war mit der Zeit immer offener geworden. Ich übrigens auch. Wir hatten jede Menge Gemeinsamkeiten zwischen uns entdeckt. Was uns unterschied, war, dass ich einfach viel mehr Glück gehabt hatte als sie. Ich hatte ihr ausgewählte Anekdoten aus meiner Drogengeschichte erzählt und sie mir ein paar Highlights ihrer Karriere.

Wir redeten aber nicht nur über Drogen, sondern über Gott und die Welt. Einmal hatten wir uns über Beziehungen unterhalten. Ich hatte ihr von Jeff berichtet und gestanden, dass ich mit dieser Fernbeziehung nicht nur glücklich war.

»Aber du hast wenigstens 'ne Beziehung«, hatte sie eingewandt. Ich hatte damals nicht weiter nachgefragt, aber jetzt wollte ich es wissen.

Nele stand mit einem Strauß gelber Tulpen in der Tür. Wir setzten uns erst einmal auf die Kissen, danach machte ich uns einen Kaffee. Als er fertig war, fasste ich mir ein Herz. Sie musste ja nicht antworten.

»Warum hast du keinen Freund?«, fragte ich.

Ihr letzter Typ, erzählte sie, war nicht bereit gewesen, mit ihr zusammen ins Methadonprogramm zu gehen. »Der Tom hatte keinen Bock, aufzuhören, weißte? Und du kannst das nicht durchziehen, wenn einer in der Beziehung noch drauf ist. Da haste keine Chance.«

Wohl wahr.

»Der Tom, der ist ja auch am Ticken. Da ist immer Material im Haus, und dann geht das überhaupt nicht. Ich könnte da nicht die Finger von lassen.« Sie grinste mich an.

Ich grinste zurück.

»Aber ich hab mit Männern noch nie Glück gehabt«, meinte sie und packte ihren Tabak aus. »Ich bin ja auch wegen 'nem Typ draufgekommen.«

Ich sagte nichts und wartete, bis sie sich die Zigarette gedreht und angesteckt hatte. Sie lehnte sich zurück und nahm einen tiefen Zug. »Irgendwie waren fast alle Männer, mit denen ich was zu tun hatte, scheiße«, fuhr sie schließlich fort.

Sie wurde mit dreizehn ins Heim gesteckt, weil der neue Mann ihrer Mutter mit ihr nicht konnte. Sie mit ihm auch nicht.

Sie riss aus, sooft es ging, und fing an zu kiffen. Dann verliebte sie sich in einen Junkie. Weil sie ihn so obercool fand. Sie wollte alles lieber sein als ein braves Mädchen. Sie war schon immer eine Rebellin gewesen. Ich sag's ja, wir haben jede Menge Gemeinsamkeiten. Aber dann rannte sie volle Kanne in die Falle. Der Kerl, in den sie sich unsterblich verliebt hatte, war schon richtig drauf, als sie noch ziemlich dusselig mit der Nadel in ihren Venen herumpulte. Große Liebe, immer noch mehr Heroin und dann ab die Post. Ein verkorkster Überfall auf ein Büdchen, Bewährungsstrafe, ein stümperhafter Bankraub. Das mit Bonnie und Clyde geht ja sogar im Film schlecht aus. Aber wenn man zugedröhnt mit einer Knarre in eine Bank latscht und noch nicht mal checkt, dass draußen schon die Bullen stehen, dann muss man im Leben noch einiges lernen.

Im Knast hat sie ihre Zeit genutzt, um die gesamte Bibliothek auszulesen. Einschließlich Bastelanleitungen. Hauptsache, es waren Buchstaben auf Papier. Als sie wieder draußen waren, hat ihr Kerl das mit dem Büdchenüberfallen tapfer weiterversucht. Er hatte nur so gar kein Talent dafür. Und irgendwann ist Nele dann auf dem Strich gelandet. Damit ihr Süßer nicht wieder in den Bau muss.

»Hör mal«, sagte ich, als sie mit ihrer Geschichte fertig war, »das klingt jetzt vielleicht doof, aber für das, was du schon alles gemacht hast, bist du ziemlich fit.«

»Ja«, erwiderte sie, »ich hatte ja zwischendurch auch mal Cleanzeiten. Ich war mal drei Jahre am Stück clean, nach 'ner Therapie. Und dann noch mal fast zwei Jahre. Ich hab in der Therapie das Abi nachgemacht, auf dem Köln-Kolleg. Also in der Therapie hab ich damit angefangen, und dann hab ich das durchgezogen.« Sie sah mich herausfordernd an. »Ey, ich hab auch das Abi, nicht nur du!«

»Super!«

»Aber du hast studiert, oder?«

Hab ich nicht. Ich erzählte ihr, dass ich genau wie sie das Abitur nachgeholt hatte. Nachdem ich vom Gymnasium geflogen war. Dass ich Jahre später auf die Journalistenschule gegangen war. Und dann das Volontariat im WDR gemacht hatte.

»Auf der Uni war ich nur, wenn's in der Aula mal ein gutes Konzert gab«, fügte ich mit einem ironischen Lächeln hinzu.

Ich schenkte uns Kaffee nach und fragte Nele, warum sie nach den Cleanzeiten wieder angefangen hatte.

»Dreimal darfste raten.«

»Du hast dich wieder in einen Junkie verliebt!«

»Juhu!«

Wir lachten uns halb tot. Obwohl das jetzt nicht so wahnsinnig komisch war. Aber mit Nele kann ich über vieles lachen, was andere ganz schrecklich finden.

»Na ja«, meinte ich, als wir uns wieder beruhigt hatten, »aber nur wegen einem Kerl fängt man nicht wieder an. Oder sagen wir mal so: Es ist ja kein Zufall, dass man sich dann ausgerechnet in einen Junkie verliebt.«

Sie warf mir einen verächtlichen Blick zu. »Jetzt redest du schon wie 'n Therapeut.«

»Recht hab ich aber trotzdem.«

»Recht hab ich aber trotzdem!«, äffte sie mich nach. »Muss ich dir jetzt erklären, was Suchtdruck ist?«

Musste sie nicht.

Sie drückte ihre Zigarette aus und langte nach meiner Schachtel, um sich eine neue anzustecken. »Weißte«, sagte sie leise und studierte dabei die Tischplatte, »wenn man ganz alleine ist, das ist blöd. Ich hab ja niemand mehr.« Sie sah kurz auf. »Echt niemand.«

Ich streckte die Hand nach ihr aus. »Du hast mich.«

Sie schaute mich lange an. Dann nickte sie. »Ja. Ich hab jetzt wenigstens dich.«

»Hör mal«, schlug ich vor, »komm doch morgen Abend zu mir, dann mach ich uns was Leckeres zu essen.«

»Ja, super. Soll ich was mitbringen?«

»Nö, nur dich.«

»Okidoki. Du bist ja hart im Nehmen.«

Ich warf sie lachend raus.

DREI

Ich machte mir langsam Sorgen um Nele. Ich war enttäuscht. Oder ehrlich gesagt, ich war verletzt. Sie war nicht zu dem Abendessen gekommen und hatte sich seitdem überhaupt nicht mehr blicken lassen. Sie hatte noch nicht mal angerufen oder eine meiner zig SMS beantwortet. Ich sagte mir: Mädchen, du weißt, dass das Leid drei Ursachen hat: Anhaftung, Ablehnung und Unwissenheit. Du kannst Nele genauso wenig festhalten wie sonst jemanden. Freu dich über das, was gut war, und lass los, was du nicht haben kannst. Aber wer verliert schon gern eine Freundin? Außerdem hatte ich auch so ein ungutes Gefühl. Und auf meine Gefühle kann ich mich meistens verlassen. Vor allem auf die unguten.

Nach fünf Tagen Nele'schem Schweigen machte ich mir ernsthaft Sorgen. Ich beschloss, in das Hotel zu fahren, in dem sie untergebracht war. Es lag irgendwo zwischen Porz und der Walachei, und ich musste ein ausgesprochen schwieriges Feature produzieren, aber ich wollte nicht mehr länger warten. Ich studierte den Stadtplan. Wenn ich mit der Sprachaufnahme gut vorankam, konnte ich noch rausfahren, bevor die dichtmachten. Nele hatte mir erzählt, dass sie nach siebzehn Uhr keinen Besuch mehr haben durfte.

Ich hatte Glück. Meine beiden Lieblingssprecherinnen standen schon im Studio, als ich ankam. Die Aufnahme ging so glatt, dass ich früher als erhofft fertig war. Ich stieg gut gelaunt aufs Rad, als mein Handy klingelte. Ich meldete mich atemlos, aber es war nicht Nele. Es war die Mailbox. Mein Bruderherz schnauzte mich an, ich solle alles stehen und liegen lassen und auf der Stelle zu ihm kommen. Es sei mehr als dringend. Meine schlimmsten Befürchtungen schienen sich zu bewahrheiten. Auf der Fahrt in die Lütticher Straße sah ich Nele abwechselnd im Knast und mit einer Überdosis auf der Intensivstation.

Ich studierte den Polke und sah alle drei Sekunden auf die Uhr. Ermahnte mich, geduldig und achtsam zu sein. Wenn Herausforderungen ein Weg zur Erleuchtung sind, dann ist mein Bruder der direkte Weg. Erst hatte er mich in Panik versetzt, und jetzt ließ er mich warten. Die türkische Filmschönheit zuckte vielsagend die Achseln. Wir grinsten uns an. Verschworen uns mit Blicken gegen meinen großen Bruder, der ihr Chef ist und manchmal glaubt, er wäre auch meiner. Pauls Tür ging auf, ein Anzugtyp kam heraus, gefolgt von Paul, der mir zunickte, den Typen verabschiedete, mich am Arm packte und in sein Büro zerrte.

»Deine Freundin steht unter Mordverdacht«, blaffte er mich an.

»Ich wünsche dir auch einen wunderschönen Tag«, schnurrte ich. Dann wurde mir bewusst, was er eben gesagt hatte. Mehr als ein heiseres »Hä?« brachte ich vorläufig nicht heraus.

»Ihr Dealer ist ermordet worden. Und in der Wohnung ist alles voll mit ihren Fingerabdrücken.«

»Na, das ist doch logisch, wenn er ihr Dealer war«, wandte ich ein. Ich griff nach einer Zigarette. »Kann ich mal ausnahmsweise in deinen heiligen Gemächern rauchen?«, fragte ich. Etwas an seiner Art machte mich richtig wütend.

Er nickte und schob mir eine Untertasse hin. »Ihre Prints waren aber auch auf dem Baseballschläger, mit dem er erschlagen wurde.« Wenn Paul sich aufregt, verfällt er in seinen alten Revoluzzerjargon. Zumindest mir gegenüber.

»Kannst du einfach mal ganz vorne anfangen«, bat ich ihn, nun doch etwas kleinlaut.

»Viel mehr weiß ich nicht. Sie hat mich gestern Abend angerufen und gesagt, sie ist abgetaucht, weil sie die Bullen am Arsch hat. Ich habe heute früh mit dem ermittelnden Polizeibeamten gesprochen. Der Dealer wurde tot in seiner Wohnung aufgefunden, und nach deiner Nele wird gefahndet.«

Nach meiner Nele. Ich hatte ihm irgendwann in den letzten Wochen erzählt, dass ich mich mit Nele angefreundet hatte. Und dass mich das sehr freute. Ich kann aber nicht behaupten, dass es ihn gefreut hätte.

»Wo ist sie?«

Ich brachte wieder nur ein »Hä?« zustande. Normalerweise

äußere ich mich artikulierter, aber Bruderherz treibt mich manchmal zur Regression. »Woher soll ich das wissen?«, schob ich schließlich hinterher.

»Wenn du es weißt, Katja, dann musst du es mir sagen. Ich muss mit ihr sprechen. Und du musst dir darüber klar sein, dass du möglicherweise eine Mörderin deckst.«

Muss, muss, muss. Er wollte mich mal ins Umerziehungslager stecken. Nach der siegreichen Revolution. Das ist lange her, und die Revolution hat er auch nicht gemacht. Den Göttern sei Dank.

»Hör zu«, sagte ich, »ich weiß nicht, wo sie steckt. Und wenn ich es wüsste, würde ich es dir nicht verraten. Ich würde aber eine Botschaft an sie übermitteln. Das heißt, sollte sie sich bei mir melden, dann richte ich ihr etwas aus, okay?« Ich sah ihn einen Moment lang schweigend an. »Soll ich ihr etwas ausrichten?«

»Sag bloß nicht, sie hält sich bei dir versteckt!«

Ich stand auf. Falls Nele zu mir wollte, sollte ich besser zu Hause sein und nicht bei meinem Bruder herumsitzen. »Sie ist nicht bei mir, und ich weiß auch nicht, wo sie sonst sein könnte«, erklärte ich ihm noch einmal, langsam, laut und deutlich. »Und ich kann mir nicht vorstellen, dass sie jemanden umgebracht hat.«

»Das glaube ich dir sogar«, knurrte mein großer Bruder. »Bei Junkies bist du auf beiden Augen blind.«

Ich rauschte ab.

Als ich meine Wohnungstür aufsperrte, flog die von Hertha gegenüber auf. Sie winkte mir stumm, hereinzukommen. Ich folgte ihr ins Wohnzimmer. Nele hing in Herthas Fernsehsessel, so breit wie hoch.

»Deine Freundin hat vor deiner Tür gesessen«, sagte Hertha. »Da hab ich ihr gesagt, sie kann bei mir warten.«

Ich hockte mich neben Nele und nahm sie in den Arm. Sie ließ sich gegen mich sinken, ich schob sie wieder auf den Sessel.

»Ich glaub, die Nele sollte sich erst mal hinlegen«, meinte Hertha.

Den Eindruck hatte ich auch. Ich brachte sie in meine Wohnung und packte sie auf das Sofa. »Melde dich, wenn du mit dem Abkacken durch bist«, schlug ich ihr vor und wollte nach nebenan gehen. Sie hielt mich fest.

»Mehmet ist tot«, sagte sie. Starrte mich an.

»Ich weiß«, erwiderte ich. »Mein Bruder hat es mir gerade gesagt.«

»Die Bullen ...«, fing sie an, nickte dann aber weg. Ich ging zu Hertha, die in meiner Küche auf mich wartete.

Ich setzte Wasser auf. Schließlich drehte ich mich zu Hertha um, die schweigend braune Blätter von meinem Ficus Benjamini zupfte. »Sag nicht, sie hat sich bei dir einen Schuss gesetzt«, murmelte ich.

Hertha zupfte weiter. »Na ja«, meinte sie schließlich, »sie hat gefragt, ob sie ins Badezimmer kann. Und sie war da ziemlich lange drin.«

»Scheiße.« Viel mehr fiel mir nicht ein.

»Hör mal«, meldete sich Hertha wieder, »das Mädchen sah aus wie der Tod. Ich konnte die ja nich wegschicken.« Sie streckte die Beine aus und massierte sich die Knie.

Ich goss den Kaffee auf, schenkte uns ein und setzte mich mit ihr an den Tisch. Hertha wirkte sehr alt und sehr müde. Ich erzählte ihr, was ich wusste. Jetzt war sie dran, »Scheiße« zu sagen. Wir tranken unseren Kaffee, dann ging sie. In der Tür sagte sie noch: »Wennde was brauchst, gib Bescheid.«

Ich ging in mein Schlafzimmer und stellt mich vor meinen Altar. »Tara«, bat ich, »hilf mir jetzt bitte. Und hilf vor allem Nele.«

Tara ist der weibliche Buddha des Mitgefühls und meine Meditationsgottheit. Ich bete zwar täglich zu ihr, aber ich bitte sie selten um etwas Konkretes. Sie hat ja auch sonst noch was zu tun. Sie blickte sanft und weise auf mich herab. Ich entfernte die Reste der abgebrannten Räucherstäbchen und betete eine Weile das Tara-Mantra. Dann ging ich nach Nele sehen. Sie hielt mein nepalesisches Drachenkissen im Arm und schlief. Ich weckte sie und stellte ihr eine Tasse Kaffee hin. Wir hatten schließlich nicht alle Zeit der Welt.

»Paul hat mir gesagt, du stehst unter Mordverdacht. Sie haben deine Prints auf dem Baseballschläger gefunden, mit dem der Typ erschlagen wurde«, eröffnete ich das Gespräch.

Sie setzte sich auf und schlürfte Kaffee. Tastete nach ihrem Tabak. Ich hielt ihr meine Zigarettenpackung hin. Sie nahm einen tiefen Zug und ließ sich zurück in die Kissen sinken.

»Nele«, sagte ich, »wir müssen darüber reden. Wir müssen abchecken, was jetzt passieren soll. Die Bullen haben dich zur Fahndung ausgeschrieben.«

Sie rappelte sich wieder hoch. »Ich war's nicht! Der Mehmet war schon tot, wie ich gekommen bin.« Sie drückte die Zigarette aus. »Der ist so 'n süßer Typ, ehrlich. Der ist total anständig, der hat mich nie gelinkt. Und der Stoff, den der hatte, war immer spitze.«

»Aber deine Fingerabdrücke sind auf dem Baseballschläger.«

Sie zuckte resigniert die Achseln. »Du glaubst, ich war's. Alle glauben, ich war's.«

»Nö«, sagte ich. »Schau mich an!«

Sie sah mir in die Augen. Versuchte, sich zu konzentrieren.

»Nele«, fing ich wieder an, »wir müssen das klären. Sonst hast du keine Chance.«

»Hab ich eh nicht.«

»Hast du wohl.« Ganz sicher war ich mir allerdings nicht.

Es dauerte eine ganze Weile, dann hatte ich ihre Geschichte klar. Sie hatte plötzlich Lust auf »'n klitzekleinen Knaller« bekommen. Zu Tom wollte sie nicht gehen, da war ihr das Risiko zu groß, dass sie blieb. Also hatte sie es bei Mehmet versucht. Die Tür war nur angelehnt gewesen, sie war reingegangen und hatte Mehmet tot auf dem Teppich gefunden. Neben ihm den Baseballschläger. Und darunter drei Päckchen Heroin. Nach dem ersten Schrecken hatte sie den Baseballschläger aufgehoben und den Stoff eingesteckt. Dann hatte sie die Wohnung durchsucht, in der Hoffnung, noch mehr zu finden. Und um dem Ganzen die Krone aufzusetzen, hatte sie noch versucht, dem Jungen die Lider herunterzuziehen, denn den Toten sollte man doch die Augen schließen.

»Auf die Idee, dass du am besten nichts anfasst und sofort wieder abhaust, bist du nicht gekommen?«, fragte ich völlig überflüssigerweise.

»Hörma, ich war total geschockt! Der war tot! Der war voller Blut. Das war der Hammer, echt. Und ich konnt den Stoff ja nicht da liegen lassen!«, gab sie zurück. Inzwischen war sie wieder voll da. Sie zuckte die Achseln. »Ich war irgendwie wie im Tran.«

»Wohl wahr«, stimmte ich ihr zu.

Was wir jetzt machen sollten, wusste ich noch weniger als vorher. Ich schlug vor, Paul einzuweihen. Und ihn erst einmal zum Stillschweigen zu verdonnern. Sie war einverstanden. Dann fiel mir das dringendste Problem ein.

»Wo wohnst du jetzt eigentlich?«

Sie steckte sich eine neue Zigarette an. »Ich hab die letzte Woche bei dem Freier gepennt. Aber da will ich nicht mehr hin. Der ist so eklig.«

»Was für ein Freier?«

Sie hatte am Tag, nachdem sie Mehmet gefunden hatte, einen Stadtbummel gemacht. Voll breit, sie hatte ja jetzt genügend Stoff. Und was man hat, muss man auch genießen. Als sie in das Hotel zurückwollte, fing sie einer der Jungs, die da wohnten, ab und sagte ihr, die Bullen seien da gewesen. Sie hätten unbedingt wissen wollen, wo Nele steckte. Und bestellen lassen, sie solle sich umgehend auf dem Revier einfinden.

»Also bin ich zu dem Freier«, schloss sie ihren Bericht. »Bei dem bin ich schon mal untergekrochen, früher mal, wie ich noch angeschafft hab. Der war anfangs total nett, ehrlich, ich konnte sogar im Gästezimmer schlafen, der hat mich nicht angepackt.« Dieses erstaunliche Arrangement hielt genau drei Tage lang. »Dann«, nuschelte Nele und sah mich dabei nicht an, »wollte der Sachen, die ich sonst gar nicht mache.«

»Und dann bist du abgehauen und zu mir gekommen«, stellte ich fest.

Sie nickte.

»Aber auf die Idee, dich vorher mal bei mir zu melden, bist du nicht gekommen?«

Sie schluckte. »Ich war doch dauernd zu.« Sie wickelte eine Haarsträhne um den Finger. »Ich wollte nicht, dass du das mitkriegst.«

Dabei fiel mir etwas ein. »Hast du den ganzen Stoff dabei?«

»Ja klar«, sagte sie, bass erstaunt über die Frage. »Ich kann doch nicht mehr zur Vergabe.«

Da hatte sie auch wieder recht. Sobald sie bei ihrem Methadonarzt auftauchte, hatten sie die Bullen. Ich war mit meiner ohnehin nicht sehr ausgeprägten Weisheit am Ende.

»Kann ich heut Nacht bei dir pennen?«

Nele sah mich ziemlich verzweifelt an. Ich schaute noch verzweifelter zurück. Seitdem die erste große Liebe meines Lebens sich auf meinem Sofa per Überdosis ins Jenseits befördert hat, lasse ich keinen Junkie mehr bei mir wohnen. Ich kann mit dem Tod von mir nahestehenden Personen nicht so wahnsinnig gut umgehen.

»Habt ihr Mädels denn keinen Hunger?«

Hertha stand in der Tür, die Fluppe filmreif im linken Mundwinkel hängend. »Ich hab Kasseler mit Sauerkraut auf'm Herd.«

Hertha kocht gern und lädt mich auch gern zum Essen ein. Immer ganz allein vor dem Teller zu sitzen ist ja auch nicht schön, das weiß ich aus eigener Erfahrung. Das Problem ist nur: Hertha kann nicht kochen. Zumindest nicht wirklich gut. Und was sie kocht, fällt eher unter die Kategorie »deftig«. Was nun wiederum ganz und gar nicht mein Geschmack ist.

Ich bekam netterweise mehr Sauerkraut, weil ich kein Fleisch esse. Hertha hat nie begriffen, woher ich diese »Macke« habe, aber sie hat sie inzwischen akzeptiert. Sie stellte mir auch noch Brot hin. Und eine Flasche alkoholfreies Bier. Nele bekam nach einem prüfenden Blick echtes Kölsch.

»Und wo biste jetzt untergekrochen?«, fragte Hertha.

»Bei 'nem Kunden«, erwiderte Nele mit vollem Mund, »aber da will ich nicht mehr hin.«

Hertha verdrehte die Augen. »Wollte er dich retten?«

Nele nickte und verdrehte gleichfalls die Augen.

»Und dann in den Arsch ficken?«

Nele nickte erneut.

»Kannste irgendwo anders hin?«

Nele sah mich an. »Ich wollte grade Katja fragen ...«

Ich konzentrierte mich auf den Rest Sauerkraut, der sich noch auf meinem Teller befand.

»Das geht nicht«, stellte Hertha fest. »Die Bullen sind ja nicht blöd.«

Wir wussten beide, sie hatte recht. Aber was tun?

»Dann bleibste erst mal bei mir.«

Ich verschluckte mich beinahe an der letzten Gabel Kraut.

»Echt?«, fragte Nele.

»Unter einer Bedingung«, fuhr Hertha mit drohender Stimme fort. »Keine blutigen Spritzen in meinem Waschbecken. Kein Stoff in meinen Schubladen.«

»Klar«, beteuerte Nele.

»Und keine Männerbesuche«, sagte Hertha und grinste.

Nele grinste zurück.

Hertha musterte sie aufmerksam. »Wir müssen was an deinem Aussehen machen«, stellte sie fest.

VIER

Als ich mich um elf Uhr endlich auf die Socken machte, schaute ich kurz bei Hertha vorbei. Sie hatte Besuch. Eine hochschwangere Frau saß in ihrer Küche. Irgendwie kam sie mir bekannt vor. Und sie passte irgendwie nicht zu Hertha, so bieder, wie sie aussah. Sie hatte kurze blonde Haare, eine Brille, die ihr überhaupt nicht stand, und sie trug eines dieser albernen Schwangeren-Hängerchen, hellblau mit orangefarbenen Blümchen plus dunkelblauer Strickjacke. Ich grüßte höflich, und dann fiel endlich der Groschen.

»Genial!«, stöhnte ich.

»Sie soll aber trotzdem möglichst wenig aus'm Haus gehen«, sagte Hertha mit Blick auf Nele. »Das da ist mehr für die Nachbarn. Ach so«, fügte sie mit einem perfekten Omi-Lächeln hinzu, »darf ich vorstellen: meine Enkelin, Sarah, meine Nachbarin, Katja.«

Wir kicherten.

»Ihr müsst das ernst nehmen«, grantelte Hertha, »sonst klappt das nicht.«

»Aye, aye, Ma'am«, salutierte ich. Dann fuhr ich beschwingt in die Lütticher Straße.

Ich hatte beschlossen, Bruderherz nur die halbe Wahrheit zu sagen. Ich behauptete, Nele habe kurz bei mir vorbeigeschaut und erzählt, was sie in Mehmets Wohnung gemacht hatte. Dann sei sie wieder abgehauen. Zielort: unbekannt. Er reagierte auf meine Neuigkeiten erwartungsgemäß nicht erfreut. Schlimmer noch, er fragte mich tatsächlich: »Und was mache ich jetzt?«

»Du großer Anwalt«, gab ich ihm zur Antwort, aber er ist nicht mit allzu viel Humor gesegnet. Dabei ist unsere Mutter der lachlustigste Mensch, den ich kenne. Ich weiß nicht, wo Paul diesen Bierernst herhat. Vermutlich war er in einem seiner früheren Leben Vereinsvorsitzender. Oder Fußballtrainer. Während ich möglicherweise schon mal eine Spottdrossel war. Wie auch immer, er wusste nicht so recht weiter. Und das passte ihm nicht, denn mein Bruder hat immer auf alles eine Antwort. Die einzig richtige, versteht sich. Schließlich schob er zwischen zusammengepressten Lippen den ungeheuerlichen Satz heraus: »Ich könnte mit dem Staatsanwalt reden.«

»Den Teufel wirst du tun«, fuhr ich ihn an.

»Hast du eine bessere Idee?«, blaffte er zurück.

»Nein«, erwiderte ich, »aber einen Vorschlag.« Den hatte ich mir auf dem Rad überlegt, während ich versuchte, all die Fußgänger, die über den Fahrradweg latschten, nicht zusammenzufahren. Ich gelobe ja jeden Tag, keinem fühlenden Wesen Schaden zuzufügen. Und selbst Fußgänger, die lieber auf dem Fahrradweg schlendern als auf dem Bürgersteig, gehören zu den fühlenden Wesen. Auch wenn es mir manchmal schwerfällt, das so zu sehen.

Ich zündete mir, ohne zu fragen, eine Zigarette an und angelte nach der Untertasse. »Hör zu«, sagte ich, während Paulemann ostentativ den Rauch wegfächelte. »Ich recherchiere mal 'n bisschen rum.«

Bruderherz beugte sich über den Tisch und starrte mich mit einem Gesichtausdruck an, der einem richtig fiesen Staatsanwalt gut angestanden hätte. »Was heißt ›ein bisschen rumrecherchieren‹?«

»Nun ja«, ich durchbohrte ihn mit einem ebenso professionellen wie kompetenten Blick, »Ich bin schließlich eine erfahrene Journalistin. Ich höre mich ein wenig um. Und vielleicht bekomme ich heraus, wer Mehmet getötet hat.«

Mein älterer Bruder lachte. Höhnisch. Lehnte sich weit mit seinem Stuhl zurück. Betrachtete mich mitleidsvoll. Nach dem guten alten Motto »Die Kleine spinnt wieder«.

»Du verwechselst Journalismus mit Detektivarbeit«, näselte er. »Es mag ja sein, dass deine Krimiheldinnen schwierige Fälle hobbymäßig lösen. Aber du bist keine Romanfigur. Und dieser Mord ist echt. Keine Fiktion.«

Dixit Paulus. Er kann so arrogant werden, wie ich mir den gleichnamigen Apostel vorstelle.

»Okay«, gurrte ich. »Du überlegst dir was auf deiner Ebene, und ich sehe, was ich herausfinden kann.«

Aber Paul war zu keinem Kompromiss bereit. Wir mussten

uns schrecklich streiten, bis er einsah, dass er mich zwar beschimpfen, aber nicht von meinen Plänen abbringen konnte. Zuletzt gab er mir wenigstens einen guten Rat. »Denk dran«, sagte er mit konspirativ gedämpfter Stimme, »dass die Polizei herausfinden wird, dass du mit Nele befreundet bist. Sie werden garantiert bei dir vorbeischauen. Überleg dir gut, was du dann machst. Am besten bleibst du höflich und stellst dich dumm. Pass auf, dass du möglichst wenig sagst. Und noch was: Sie können dein Telefon und eventuell sogar deine Wohnung abhören. Und dein Handy. Vergiss das bloß nie!«

Ich kämpfte einen Moment lang mit der Versuchung, ihm doch reinen Wein einzuschenken. Es gab nämlich noch eine Sache, die mir ziemliche Sorgen machte. Nele war wieder voll drauf. Der Stoff, den sie noch hatte, reichte nicht ewig, schon gar nicht bei den Mengen, die sie sich reinknallte. Und was dann? Als flüchtige Hauptverdächtige in einem Mordfall konnte sie in keine Entgiftung gehen. Und genauso wenig konnte sie sich bei ihrem Methadonarzt blicken lassen.

»Noch was?«, fragte Paul.

»Nö«, log ich. Das ist ein Bereich, in dem er sich nicht nur nicht auskennt, sondern der ihm, milde ausgedrückt, zuwider ist. Ich hielt also den Mund und ging.

Nele öffnete die Tür und zog mich rein. Sie sah mich erschrocken an: »Du bist ja ganz nass!«

Ich goss mir Kaffee aus der Thermoskanne ein und schilderte ihr das Problem. Als ich fertig war, nickte sie. Sagte schließlich: »Das ist mir schon klar. Weißte, ich bin mich grade am Runterdosieren. Anfangs hab ich mich tierisch zugeknallt, das hab ich erst mal gebraucht. Aber jetzt nehm ich nur noch so viel, dass ich nicht auf Turkey komme. Ehrlich.«

Ich sah sie an. Sie sagte die Wahrheit. »Und für wie lange haste noch?«

»Für 'n paar Tage reicht es noch.«

»Und dann?«

»Keine Ahnung.« Sie senkte den Blick. Presste die Lippen zusammen. »Ich geh nicht in den Bau. Nie wieder. Lieber mach ich mich weg.«

Ich stand auf, stellte mich hinter sie, schlang meine Arme um sie und flüsterte: »Wir kriegen das schon irgendwie hin.« Sie lehnte ihren Kopf gegen meine Brust. Ich hielt sie noch eine Weile, dann setzte ich mich wieder hin. »Hör mal«, beschwor ich sie, »du musst ganz genau nachdenken, wer Mehmet ermordet haben könnte. Wer einen Hass auf ihn hatte, wen er vielleicht gelinkt hat.«

»Der Mehmet hat keinen gelinkt. Der war der ehrlichste Typ, den ich je getroffen hab.«

»Aber vielleicht war der, den er gelinkt hat, ja ein Arschloch. Einer, der es nicht anders verdient hat.«

Sie sah irritiert auf. »Ja, das wär natürlich möglich.«

»Dann denk nach, wer fällt dir dazu ein?«

Sie grübelte vor sich hin. Strengte sich an. Schüttelte schließlich den Kopf. »Weißte, Arschlöcher gibt's 'ne Menge. Aber mir fällt keiner ein, der so irre mies ist, dass der Mehmet sich mit ihnen angelegt hätte. Und die großen Kaliber hat der vermutlich gar nicht gekannt.«

»Wer waren denn die Zwischenhändler? Von wem hat er den Stoff bekommen?«

»Keine Ahnung. Ich hab ihn zufällig mal auf der Straße getroffen, da war er mit 'nem Türken unterwegs. So 'n Anzugtyp, total unsympathisch. Schmierig, weißte, was ich meine?«

»Würdest du den wiedererkennen?«

Sie dachte nach. »Kann ich nicht sagen. Die sehen ja irgendwie alle gleich aus.«

»Wo auf der Straße war das?«

»In Mülheim.«

Das brachte uns auch nicht weiter. In Mülheim nach einem Türken Ausschau zu halten, das wäre dasselbe, wie im Karneval nach Jecken zu suchen. Ich gab es auf. Vorläufig. Ich musste noch den Text für die Anmoderation meiner Sendung dichten. Und ein paar Sachen im Netz recherchieren. Trotzdem bat ich Nele, Hertha, sobald sie zurück war, zu mir rüberzuschicken.

»Was ‘n los?« Hertha klang, als hätte sie einen über den Durst getrunken. Ich lotste sie an meinen Küchentisch und stellte ihr ein Glas Apfelschorle hin. Sie schob es von sich weg. »Bin ich ‘n Baby oder was?«

»Tut mir leid, ich hab nichts anderes«, entschuldigte ich mich.

»Dann mach kurz.«

Sie kann auch sehr ruppig sein. Ich erschrecke dann jedes Mal wieder, habe aber mittlerweile begriffen, dass es nichts mit mir zu tun hat. Oder zumindest nicht immer.

»Warum lässt du Nele bei dir wohnen?«

»Gibt's was, was dagegen spricht?«

»Na ja, sie ist ein Junkie. Wer weiß, was sie macht, wenn sie keinen Stoff mehr hat. Im schlimmsten Fall kann sie dir die Wohnung ausräumen.«

Hertha sah mich an, als wäre ich Klein Doofi. »Was gibt's denn bei mir zu holen? Kannste mir das mal sagen?«

Gutes Argument.

Sie musterte mich schweigend. »Wenn ich irgendwo Bargeld rumfliegen hätte, kann sein, dass sie sich das nehmen würde. Kann sein. Aber mehr als zehn, zwanzig Tacken würdse bei mir nich finden.«

Ich holte Luft, um etwas zu sagen, das mir selbst widerstrebte. Schließlich mochte ich Nele. Sehr sogar. Aber ich hatte sie bisher ausschließlich von ihrer guten Seite erlebt. Die andere Nele, die nur noch von der Sucht gesteuert wurde, hatte ich noch nicht kennengelernt.

Hertha sah mir offenbar an, worauf ich hinauswollte. »Die Mädels, die anschaffen, das sind nich die, die ‘ner alten Oma eins auf'n Deez geben. Dafür gehn die ja anschaffen. Weil die das nich bringen. Und außerdem hab ich gedacht, die wär deine Freundin, die Nele.«

»Stimmt«, erwiderte ich. »Du aber auch.«

FÜNF

Ich setzte gerade Teewasser auf, als es läutete.

»Ja?«, fragte ich durch die Gegensprechanlage.

»Polizei«, sagte eine weibliche Stimme, »dürfen wir reinkommen, Frau Leichter?«

Nö, dachte ich. Ich drückte ihnen auf und harrte der Dinge, die da kommen würden. Innerlich betete ich, dass Nele nicht auf die Idee kam, gerade jetzt bei mir vorbeizuschauen.

Sie waren zu zweit, ein Mann, der aussah wie einer der weniger anziehenden Bullen im Fernsehen, und eine Frau, die mir zu meinem Entsetzen spontan sympathisch war. Sie hatte lachende Augen, obwohl sie gerade eher ernst blickte, und eine angenehm rauchige Stimme. Außerdem sah sie wie alles Mögliche aus, nur nicht wie ein Bulle. Sie trug Jeans, ein graues Sweatshirt und stachelige rot gefärbte Haare. Ich schüttelte ihnen artig die Hand und bat sie in die Küche.

»Kaffee?«, fragte ich höflich, das tun die Hauptfiguren in meinen Lieblingskrimis auch immer.

»Ja, gerne«, sagte die Polizistin, die sich als Kommissarin Gruber vorstellte. Der Typ nickte bloß. Er war nur Inspektor, also ihr Untergebener. Ich mochte ihn schon jetzt nicht.

Ich machte mich am Herd zu schaffen und konnte ihnen dadurch den Rücken zuwenden. Aber sie warteten, bis ich die Tassen auf den Tisch stellte.

»Frau Leichter«, der Typ sah mich kühl an, »wir suchen nach Nele Franken.«

»Ah ja.« Ich legte Löffel neben die Tassen. »Zucker?«

Sie schüttelten beide den Kopf. Ich stellte ihnen ungefragt noch Milch hin.

»Frau Leichter?«, bohrte die Frau nach.

»Ja«, sagte ich, wieder am Herd, »und wie kann ich Ihnen dabei helfen?«

»Wir dachten, Sie wüssten vielleicht, wo wir Frau Franken finden könnten.«

»Und wie kommen Sie überhaupt auf mich?« Mein alter Wasserkocher begann, fiese Geräusche von sich zu geben. Ich wartete, bis er sich beruhigte, und brühte den Kaffee auf. Die beiden warteten, bis ich mich zu ihnen an den Tisch setzte.

»Wir haben gehört, dass Sie mit Frau Franken befreundet sind«, sagte der Typ und fixierte mich.

Ich sah ihm ruhig in die Augen. »Befreundet ist ein großes Wort. Ich habe versucht, ihr Meditation beizubringen.«

»Sind Sie Meditationslehrerin?« Die Frau guckte, als würde sie das wirklich interessieren.

»Nein«, erwiderte ich sanft lächelnd, »aber ich kann meditieren. Und Frau Franken wollte es lernen.« Ich schenkte Kaffee ein. »Und da mein Bruder ihr Anwalt ist, hat er mich gefragt, ob ich ihr dabei helfen kann.«

Der Typ trank von seinem Kaffee und verbrannte sich den Mund. Ich kann nicht behaupten, dass er mir leidtat. Er stellte die Tasse ab und starrte mich wieder mit diesem Pass-bloß-auf-wir-kriegen-alles-heraus-Blick an.

»Frau Franken wird wegen Mordes gesucht«, verkündete er unheilschwanger.

Ich sah ihn irritiert an. »Das kann ich mir nicht vorstellen.«

»Dass sie gesucht wird?«

»Dass sie einen Mord begangen haben soll.«

»Sie kennen Frau Franken also sehr gut?«

»Nein«, gab ich zu, »aber sie hat keinen gewalttätigen Eindruck auf mich gemacht.«

»Manche Menschen töten aus Verzweiflung«, schlug Frau Kommissarin vor.

Ich zuckte die Achseln.

»Wenn Sie uns verschweigen, wo Frau Franken steckt, machen Sie sich der Beihilfe zu einem Gewaltverbrechen schuldig«, drohte der Typ.

Ich sah ihn eine Weile schweigend an. Tat so, als müsste ich nachdenken. Dann lächelte ich freundlich. »Ich weiß nicht, ob ich Ihnen sagen würde, wo sie steckt, wenn ich das wüsste. Aber ich weiß es ohnehin nicht.«

»Wann haben Sie Frau Franken zuletzt gesehen?«

Jetzt musste ich wirklich nachdenken. In dem Moment klingelte das Telefon. Ich ging dran.

»Katja«, schnurrte Hertha, »kannst du mir Müsli kaufen? Ich hab keins mehr, und ich komme heute mit meinen Knien nicht hoch.«

Hertha würde eher verhungern als Müsli essen. »Jetzt geht's grade nicht«, ließ ich sie wissen, »ich hab die Polizei hier. Und danach muss ich ins Studio. Aber ich kann dir auf dem Heimweg welches mitbringen. Kannst du so lange warten?«

»Die Polizei?«, schrie sie. »Ist dir etwas passiert?«

»Nein, mir nicht, es geht um eine Bekannte. Ich erzähl's dir mal in Ruhe. Soll ich dir das Müsli dann noch kaufen?«

»Das wäre toll, du bist ein Schatz!«

»Kein Problem«, sagte ich und hängte ein. Sie ist die perfekte Verschwörerin.

»Meine alte Nachbarin«, ließ ich die Bullen wissen und verdrehte genervt die Augen.

»Also«, fing der Typ wieder an, »wo ist Nele Franken?«

»Ich weiß es nicht.«

»Wir müssten uns mal in der Wohnung umsehen.« Er stand schon halb auf.

»In welcher Wohnung?«, fragte ich.

»In Ihrer.«

»Moment«, rief ich und stand auch auf, »ich glaube nicht, dass Sie das dürfen.«

Er zog ein Blatt Papier aus seiner Jacketttasche und hielt es mir vor die Nase. »Hausdurchsuchungsbefehl.«

»Sie dürfen meine Wohnung durchsuchen, nur weil ich einer Klientin meines Bruders ein paar Stunden Meditationsunterricht gegeben habe?«

»Wir dürfen Ihre Wohnung durchsuchen, weil Sie unter Verdacht stehen, eine mutmaßliche Mörderin zu decken.«

Ich schnappte nach Luft. In meinem Schreibtisch lag noch ein kleines Piece. Das hätte ich gern behalten. Außerdem wollte ich mich nicht noch verdächtiger machen, als ich es offenbar ohnehin schon war.

Sie sahen sich in der Küche um, ohne in den Schubladen zu

wühlen. Dann marschierten sie in mein Wohn- und Arbeitszimmer. Der Typ sah die Papiere auf meinem Schreibtisch durch, öffnete die Schubladen, hob flüchtig den Inhalt hoch, ignorierte das Päckchen mit dem Heftklammern, in dem das Piece lag. Ich merkte, wie mir ein Schweißtropfen in das linke Auge rann. Glücklicherweise sahen sie mich nicht an. Dann gingen sie weiter, Richtung Badezimmer. Hier guckten sie genauer nach. Aber es lag ja keine Spritze hier rum, noch nicht mal ein angekohlter Löffel, und nur eine – meine – Zahnbürste stand im – einzigen – Glas auf dem Waschbecken. Die Kosmetika sahen auch nicht aus, als würden sie zwei verschiedenen Personen gehören. Was sie auch nicht taten. Im Schlafzimmer gingen sie die Schränke durch. Gründlich. Aber da hatten sie Pech: Ich bin zwei Kleidergrößen dicker als Nele.

Schließlich gaben sie auf. Im Hinausgehen fragte mich die Frau: »Sind Sie Buddhistin?«

Ich nickte.

»Dann müssten Sie ja gegen Gewalt sein«, blaffte der Typ.

»Bin ich auch«, erwiderte ich sanft wie eine Nonne.

Ich sah, dass er sich verarscht fühlte. Dabei bin ich wirklich gegen Gewalt. Zumindest im Prinzip. Ich tue keiner Fliege etwas zuleide. Für meine Reaktion auf einen Zuhälter, der gerade eine minderjährige Prostituierte verdrischt, könnte ich allerdings nicht garantieren.

Die beiden blieben in der Küche stehen.

»Ich muss in zehn Minuten zu einem Aufnahmetermin«, sagte ich und griff nach meinem Anorak.

»Wann haben Sie Frau Franken zuletzt gesehen?« Diesmal fragte die Frau.

»Ich glaube, vor einer Woche, so ungefähr«, sagte ich und überlegte, ob das hinkommen könnte. »Vermutlich am Mittwoch.«

»Genauer können Sie es nicht sagen?« Der Typ hatte nur zwei Gesichtseinstellungen. Höhnisch oder drohend. »Oder wollen Sie nicht?«

»Ich kann nicht«, erwiderte ich, diesmal offen genervt. »Wissen Sie, ich arbeite im Moment an drei Sendungen gleichzeitig.

Und wenn ich mal ein bisschen Zeit hatte und nicht zu müde war, habe ich Nele irgendwie dazwischengequetscht.«

»Warum?«, fiel mir der Typ ins Wort.

»Weil ich Buddhistin bin. Wir sollen anderen helfen.«

»Auch flüchtigen Mördern?«

Ich wandte mich von ihm ab und sah die Frau an. »Außerdem bin ich sicher, dass Sie sich irren. Wen soll sie denn umgebracht haben?«

»Die Frage kommt ein bisschen spät.« Er wieder.

»Wenn ich dermaßen überrumpelt werde, reagiere ich offenbar ein bisschen langsam«, gab ich zurück. »Ich hatte bis jetzt je weder die Polizei im Haus noch eine Hausdurchsuchung.« Was glatt gelogen war. Nur war es damals, in der Blüte meiner Jugend, nicht die Mordkommission, sondern das Rauschgiftdezernat gewesen.

»Ihr Dealer wurde ermordet.« Die Frau sah mich aufmerksam an. Nicht unfreundlich.

»Und warum soll Nele ihn getötet haben?«

»Ihre Fingerabdrücke sind auf der Tatwaffe. Der Fall ist ziemlich klar.«

Ich sah sie fassungslos an. Dann schüttelte ich den Kopf. »Ich kann das trotzdem nicht glauben. Es muss noch eine andere Erklärung geben.«

»Wenn Sie die finden, melden Sie sich auf dem Revier«, ätzte der Typ. »Aber wir sprechen uns ohnehin vorher noch.«

Es war mal wieder bitterkalt, und dazu pfiff noch der Wind. Ich überlegte, ob ich mit dem Rad fahren oder doch lieber die Bahn nehmen sollte. Ich entschied mich, wie meistens, für das Fahrrad. Ich steckte das Piece in einen Umschlag und schrieb Marys Namen drauf. Mary ist meine Freundin und meine Cannabis-Connection, wenn man es so ausdrücken möchte. Außerdem ist sie Kung-Fu-Meisterin. Ich wollte das Piece nicht in der Wohnung behalten, für den Fall, dass Frau Kommissarin und ihr Pitbull ihre Drohung wahr machten und wiederkamen. Und wegwerfen konnte ich es beim besten Willen nicht.

Ich zog mir die Kapuze über und stieg aufs Rad. Mary wohnt

am Eigelstein, über ihrem Praxisraum. Ich fuhr quer über den Ebertplatz, vorbei an den Pennern und Junkies, die auf den Pollern saßen und froren. Scheuchte ein paar fette Tauben auf, die zu degeneriert waren, um wegzufliegen. Am Eigelsteintor stand ein Polizeiwagen, und ich bemühte mich sofort, harmlos zu gucken. Nachdem ich dreimal vergeblich bei Mary geläutet hatte, probierte ich eine andere Klingel. Ein Mann mit türkischem Akzent wollte wissen, wer da sei.

»Ich will nur rasch bei Frau Harris etwas einwerfen«, sagte ich. »Könnten Sie mich bitte reinlassen?«

Er drückte den Türöffner. Ich schob den Umschlag in Marys Briefkasten und atmete tief durch, während ein paar Steine von meinen Schultern rollten. Setzte mich wieder aufs Rad, fuhr in die Lütticher Straße und erzählte Paul von dem Verhör.

»Und, wo ist sie?«, fragte er.

»Ich weiß es nicht«, log ich. »Wenn ich es wüsste, würde ich es dir sagen. Mir wäre wohler, wenn sie mit dir reden würde.« Letzteres stimmte sogar.

Ich schlich aus seinem Büro wie eine alte Frau. Mir war das alles eine Schuhnummer zu groß. Dann hatte ich plötzlich eine kleine Erleuchtung. Ich baute mich vor der Kanzleigehilfin auf. »Sie kennen nicht zufällig Mehmet Akin?«

Sie hatte mich schon beim Hereinkommen so abweisend angesehen. Jetzt gefror das Kühle in ihrem Blick zu Kälte. »Weil alle Türken sich kennen?«

»Weil ich nach einem Rettungsanker suche«, sagte ich müde. »Nach irgendeinem. 'tschuldigung.«

Ich verabschiedete mich und ging zur Tür. Sie sagte etwas hinter mir her, so leise, dass ich es nicht verstand. Ich drehte mich wieder um. »Bitte?«

»Wen wollen Sie retten?«

»Nele Franken.«

»Und warum?«

Sie klang so aggressiv, dass ich sie nun aufmerksam ansah. »Weil sie es nicht war.«

Sie verzog abfällig den Mund. »Das wissen Sie?«

»Ja.«

»Warum?«

»Weil ich es weiß. Nele war es nicht. Aber ich weiß nicht, wer es sonst war.«

Sie starrte mich an. Ich starrte zurück. Ich wusste, es kommt noch etwas.

»Seine Schwester war meine beste Freundin. In der Schule.«

Ich streckte unwillkürlich die Hand nach ihr aus. »Er muss ein unheimlich lieber Typ gewesen sein.« Ich legte die Hand auf dem Tresen ab.

»Ja«, sagte sie leise.

»Darf ich hier rauchen?«, fragte ich.

»Eigentlich nicht«, erwiderte sie und zog einen Aschenbecher unter dem Tresen hervor. Ich hielt ihr meine Zigarettenschachtel hin. Sie nahm eine. Wir rauchten schweigend.

»Wer hätte ein Interesse daran gehabt haben können, ihn umzubringen?«, fragte ich schließlich.

»Keine Ahnung«, sie zuckte die Achseln. »Irgendwelche Drogenleute, nehme ich an.«

»Kann ich mit seiner Schwester sprechen?«

»Nein!«

Ich ließ ihren Blick nicht los. Sie senkte die Augen. »Wozu?«

»Das weiß ich im Moment auch nicht. Aber mit je mehr Leuten ich über ihn rede, desto eher finde ich etwas heraus.«

Sie machte wieder dicht. »Seine Schwester hat ihn bestimmt nicht umgebracht.«

»Das nehme ich auch nicht an. Aber vielleicht hat sie eine Idee, wer es gewesen sein könnte.«

»Warum wollen Sie dieser Nele unbedingt helfen? Sie ist doch nur ein Junkie. Und eine Nutte.«

»Mehmet war auch nur ein Junkie. Und ein Dealer.« Ich drückte die Zigarette aus, wandte mich um und ging. Enttäuscht. Ich hatte sie anders eingeschätzt.

Auf dem Rückweg belohnte ich mich mit einem Espresso in dem kleinen italienischen Café an der Agneskirche. Ich gönnte mir gleich noch ein Tramezzino, aber plötzlich wurde ich unruhig.

Ich hatte das Gefühl, dass Nele mich brauchte. Und zwar jetzt. Auf der Stelle.

Ich radelte so schnell los, dass ich auf dem nassen Katzenkopfpflaster ins Schleudern geriet. Ich schaffte es gerade noch, nicht hinzufallen, und zwang mich, den Rest des Weges langsamer zu fahren. Zu Hause angekommen, läutete ich bei Hertha. Dann klopfte ich kurz, das Zeichen dafür, dass ich es war. Nele öffnete. Sie schwankte leicht. Ich schob sie in die Wohnung zurück und schloss die Tür. Sie legte sich auf das Sofa in ihrem Zimmer und schenkte sich aus Herthas halb leerer Grappaflasche das Wasserglas voll, das auf dem Beistelltischchen stand.

»Findest du nicht, dass es reicht, wenn du von der Schore breit bist?«, fragte ich etwas misslaunig.

Sie nahm einen großen Schluck und stellte das Glas wieder ab. »Ich bin von der Schore nicht breit. Dafür hab ich nicht mehr genug.« Sie sah mich verschwommen an. »Und für was soll ich nüchtern sein? Das ist ja hier wie im Knast.«

»Im Knast gibt es keinen Grappa«, erwiderte ich, holte mir ein Glas Saft und setzte mich in den Sessel ihr gegenüber.

Sie schloss die Augen und legte den Kopf auf den Kissenberg, den sie sich aufgetürmt hatte. Ich musterte sie, versuchte herauszufinden, was los war. Sah ein verletztes, verstörtes Kind, das keine Hoffnung mehr hatte. Ich hockte mich an den Rand des Sofas. Sie schwang die Beine herunter und machte mir Platz. Eine Weile saßen wir schweigend nebeneinander. Nele trank das Glas aus. Setzte sich dann aufrecht hin und presste die Hände zwischen die Schenkel.

»Mir ist das gerade alles zu viel. Ich pack das nicht. Ich weiß nicht, wie ich da wieder rauskommen soll.« Sie sah mich an. »Ich hab noch nie was auf die Reihe gekriegt. Noch nie in meinem ganzen Scheißleben!«

»Das stimmt nicht«, erwiderte ich. »Sonst würdest du jetzt nicht hier sitzen.«

»Und was hab ich davon?« Sie nahm die Flasche, zögerte einen Moment, stellte sie dann wieder hin. »Du hast nicht zufällig 'n Piece?«

Ich grinste sie an, erleichtert über das Intermezzo. »Das hab ich gerade weggebracht. Die Bullen haben vorhin meine Wohnung durchsucht. Sie haben es nicht gefunden, aber ich will's nicht noch mal riskieren.«

Sie zog die Beine hoch, verschränkte die Arme darum. »Hertha hat es mir erzählt. Die waren wegen mir da, oder?«

»Mhm.«

Sie sah mich fragend an.

»Sie wollten wissen, wo du bist.«

Sie nickte. Ich habe noch nie so viel Hoffnungslosigkeit in einem menschlichen Blick gesehen. Ich nahm sie in die Arme und zog sie an mich.

»Ich hab dich lieb«, sagte ich ihr ins Ohr.

»Ich dich auch«, flüsterte Nele.

Dann machte sie sich abrupt von mir los, rückte ein Stück von mir ab und blaffte: »Das ist doch scheiße, dass du jetzt auch noch die Bullen auf dem Hals hast! Ich mach mich weg, dann haste wieder Ruhe.« Sie senkte den Blick. »Und ich auch.«

Meine Mutter hat immer gesagt: »Erst denken, dann reden.« Ich versuchte, diesen Ratschlag zu beherzigen. Das heißt, ich atmete dreimal ganz bewusst aus und ein. Dann sagte ich: »Wenn du dich wegmachst, löst du meine Probleme nicht. Dann machst du mich nur unglücklich.«

Sie zupfte schweigend an ihrem künstlichen Bauch herum. Schließlich nuschelte sie: »Ich kann dieses Scheißkostüm nicht mehr ab. Das ist doch blöd. Das ist doch einfach nur saublöd!«

Ich überlegte einen Moment und schlug ihr dann vor, dass sie es vielleicht nicht wirklich brauchte, wenn sie weder aus der Wohnung noch an die Tür ging. Wir wickelten sie gemeinsam aus ihren Schwangerschaftsbandagen, warfen das Kissen in die Ecke und mussten beide lachen.

»Soll ich uns einen Kaffee machen?«

Sie schüttelte den Kopf.

»Willst du schlafen?«

»Mhm.«

Sie streckte sich aus, ich deckte sie zu und ging.

»Ich bin drüben, wenn du mich brauchst«, sagte ich in der Tür. »Klopf einfach, okay?«

In meiner Wohnung empfing mich eine kreischende beleidigte Rosa. Sie warf sich gegen meine Beine und brachte mich ins Stolpern.

»Lass mich in Frieden!«, fauchte ich, drückte wütend den Dosenöffner in das Wildragout, schüttete es lieblos auf Rosas Teller und knallte ihn aufs Parkett. Rosa funkelte mich aus Raubtieraugenschlitzen an.

Hör auf, sagte ich mir, die Katze kann nichts dafür. Ich entschuldigte mich bei Rosa, ging in mein Schlafzimmer und legte mich auf das Bett. Jetzt, wo ich mir gern die Seele aus dem Leib geheult hätte, kam keine Träne. Ich stand wieder auf und ging in den Supermarkt, eine Flasche Grappa für Hertha holen.

SECHS

Als ich ins Studio kam, saß ein Tontechniker am Mischpult, den ich noch nie gesehen hatte. Na super, dachte ich, das passt doch perfekt. Bisher war schon alles schiefgegangen, was an einem Tag überhaupt nur schiefgehen kann. Ich hatte verschlafen. Ich war, voll im Tran, Rosa auf den Schwanz getreten. Hatte keine Zeit gehabt, mich angemessen bei ihr zu entschuldigen. Vermutlich erwartete sie mich zu Hause mit der Kündigung in den Krallen. In meinem Hinterreifen war keine Luft, und ich wusste nicht mehr, wo ich die Pumpe gebunkert hatte. Die Straßenbahn war gerappelt voll, und ein Youngster kippte mir seine Fritten mit Mayo auf meine neue schwarze Jeans. Alles perfekte Gelegenheiten, mich in Achtsamkeit zu üben. Mir der drei Ursachen des Leids bewusst zu werden: Abwehr, Anhaftung und Unwissenheit. In dem Fall vor allem Abwehr. Oder meinetwegen auch Anhaftung an den frisch gewaschenen Zustand meiner Jeans.

Aber offenbar hatte ich gutes Karma angehäuft, als ich mich zurückhielt und dem Jungen die Fritten, die auf meinem Knie gelandet waren, nicht ins Maul stopfte. Jedenfalls erwies sich der Techniker als Glücksfall. Er war freundlich, gut und schnell. Er kannte Velvet Underground und deshalb auch Nico, um die es in meinem Beitrag ging. Er fuhr die Musik an exakt den richtigen Stellen hoch, bevor ich auch nur piep sagen konnte. Wir bauten das Stück zusammen, als wären wir seit Jahren ein eingespieltes Team. Als wir den O-Ton einspielten, auf dem Nico sagt: »Ich möchte, dass meine Stimme so wenig menschlich wie möglich klingt«, klingelte mein Handy. Ich hatte wieder einmal vergessen, es auszustellen. Ich warf dem Techniker einen entschuldigenden Blick zu und ging dran. Die Stimme am anderen Ende der Leitung kam mir irgendwie bekannt vor, aber ich konnte den Namen nicht verstehen. Als ich endlich begriff, dass es sich um den türkischen Filmstar aus Pauls Vorzimmer handelte, ging ich auf den Flur und schloss die Tür zum Studio. Sie hieß Aysche. Den Nachnamen hatte ich noch immer nicht verstanden.

»Sie wollten doch mit Mehmets Schwester sprechen?«, fragte sie.

Mir blieb erst mal die Sprache weg. Sie wartete nicht, bis ich sie wiederfand: »Sie ist bereit, Sie zu treffen.«

Das »Warum?« rutschte mir heraus, bevor ich mich stoppen konnte.

»Weiß ich nicht. Wollen Sie sie nun sehen oder nicht?«

»Ja klar!«

Sie strömte nicht gerade über vor Freundlichkeit. Aber sie hatte eindeutig eine gute Nachricht für mich. Ich fragte mich, warum sie sich überhaupt in die Sache reinhängte. Sie hatte sogar einen konkreten Terminvorschlag. Am nächsten Tag um eins im Starbucks am Heinzelmännchenbrunnen. Scheiße, dachte ich, da darf ich nicht rauchen.

»Super!«, sagte ich. »Ich werde da sein.« Bevor sie einhängen konnte, schob ich noch nach: »Wie erkenne ich sie denn?«

»Ich werde dabei sein«, knurrte Aysche.

Als ich nach Hause kam, ging ich direktemang zu Hertha. Sie sah mich irgendwie komisch an und zog mich in die Küche. Nele hing voll breit in einem Stuhl am Küchentisch. Ich nahm ihr die Kippe aus der Hand und legte sie im Aschenbecher ab. Überlegte, wie viel Stoff jetzt wohl noch übrig war. Hütete mich aber, sie in diesem Zustand danach zu fragen. Eine Menge konnte es jedenfalls nicht mehr sein.

Und was machen wir, wenn er alle ist?, dachte ich und spürte, wie mir Panik in den Magen schoss.

Hertha sah auch nicht besonders relaxed aus. Wir schauten uns schweigend an. »Kaffee?«, fragte sie mich schließlich. Ich schüttelte den Kopf und goss mir stattdessen ein Glas Leitungswasser ein. Ich setzte mich Nele gegenüber und versuchte, ihren Blick einzufangen. Was relativ schwierig ist bei jemandem, der die Augen zuhat.

Wir hielten zu dritt eine kleine Meditation der Stille ab. Ich hörte den Tropfen zu, die aus dem Wasserhahn in die Spüle platschten. Dann fing Hertha an, nervös mit den Fingern auf die Tischplatte zu trommeln.

Ich stand auf. »Ich geh rüber«, sagte ich. »Hol mich, wenn sie wieder grade gucken kann.«

Hertha brachte mich in den Flur. Unten schlug die Haustür zu. Schritte knarrten auf der ausgeleierten Holztreppe. Ich wusste, es waren die Bullen. Was ich nicht wusste, war, was ich jetzt machen sollte. Wir sahen uns an. Bevor ich irgendeine Entscheidung treffen konnte, standen sie vor uns.

»Guten Tag, Frau Leichter«, sagte die Kommissarin. Diesmal trug sie eine Jeansjacke über einem T-Shirt mit dem Logo von Rosenstolz. Cool, ey.

»Tag«, knurrte ich.

»Ist das schon wieder die Polizei?«, fragte Hertha eine Oktave höher als ihre normale Stimmlage. »Was wolln Se denn ständig von der Katja?«

»Wir möchten mit Ihrer Freundin sprechen«, flötete Miss Rosenstolz.

»Oh«, sagte Hertha. »Aber die ist doch gar nicht hier.«

»Wissen Sie denn, wo wir Sie finden können?« Die Frage knallte aus dem Mund des Unterbullen wie ein Zwölf-Millimeter-Geschoss.

Hertha sah ihn irritiert an. »Ja schon, aber das is ‘n bisschen weit weg.« Sie wandte sich mir zu: »Ne?«

Ich nickte sicherheitshalber. Und betete innerlich, dass Nele jetzt nicht angewankt kam, weil sie gerade die Klotür mit der Wohnungstür verwechselte.

»Wo genau ist sie denn?«, fragte das flotte Fräulein.

»In ...« Hertha sah mich fragend an: »Wie heißt ‘n das Kaff noch mal?«

Die beiden Bullen gingen in Startposition. »Da, wo der Dalai Lama hockt«, klärte Hertha sie auf.

»Dharamsala«, sagte ich. »Aber sie meinen nicht Jenny. Sie suchen Nele.«

»Wer is das denn?«, wollte Hertha nun wissen.

»Die kennst du nicht. Die war ein paarmal zum Meditieren hier.«

»Das Mädchen verkehrt nur mit so Buddhis«, klärte Hertha die Bullen auf und verdrehte die Augen. Dann wandte sie sich um und öffnete ihre Wohnungstür. »Ich muss jetzt rein«, verkündete sie uns, »gleich fängt die ›Lindenstraße‹ an!«

Die Kommissarin lächelte mir verschwörerisch zu. Ich zuckte die Achseln. Sie guckte vermutlich »Miami Vice«. Falls das gerade wiederholt wurde.

»Was wollen Sie denn schon wieder?«, fragte ich sie.

»Immer dasselbe«, höhnte ihr Pitbull. »Frau Franken.«

»Und Sie glauben allen Ernstes, die sitzt bei mir auf dem Sofa?«, höhnte ich zurück.

»Könnte ja sein.« Er gab nicht auf.

»Dürfen wir reinkommen?«, fragte seine Vorgesetzte.

»Nö.«

»Wir kommen wieder«, versprach Mister Möchtegern-Rambo.

In der Wohnung zog ich mir das T-Shirt aus. Es war klatschnass geschwitzt.

Ich setzte Teewasser auf, nahm zwei Löffel von meinem kostbaren nepalesischen Tee und brühte ihn auf. Ich traute mich nicht, meinen Liebsten anzurufen. Er hätte sofort gemerkt, dass etwas nicht stimmte, und keine Ruhe gegeben, bis er mir alle Würmer aus der Nase gezogen hätte. Ich trank kleine vorsichtige Schlucke von dem glühheißen Tee und versuchte, ruhig zu atmen. Dann kam mir eine Idee. Ich flehte alle Buddhas und Bodhisattvas an, mir die verlogene Trickserei zu verzeihen, die ich gerade vorhatte, und rief in Kathmandu an.

»Hallo, Liebster«, gurrte ich, als ich ihn endlich an der Strippe hatte. »Hast du ein bisschen Zeit für mich? Ich bin völlig verzweifelt.«

Er war ganz Ohr. Das kann er. Egal, womit er gerade beschäftigt ist, wenn jemand Hilfe braucht, ist er da und hat alle Zeit der Welt. Er ist halt schon länger on the road zur Erleuchtung. Und außerdem ist er ein ganz und gar wunderbarer Mensch. Sonst würde ich ihn ja schließlich nicht lieben.

»Hör zu«, begann ich und baute einen kleinen Schluchzer ein. Wenn mein Telefon tatsächlich abgehört wurde, dann sollten sie jetzt den Eindruck bekommen, ich würde gleich brühwarm all das ausplaudern, was ich ihnen verschwieg. Und Frauen, die heulen, sagen eher die Wahrheit als Frauen, die sich beherrschen können. Zumindest ging ich davon aus, dass die Bullen, die anderer Leute Telefone abhören, so etwas glauben.

»Paul«, fuhr ich also mit leicht schwankender Stimme fort, »hat mich vor ein paar Wochen gebeten, einer Klientin von ihm zu helfen. Sie ist Junkie beziehungsweise sie wird jetzt substituiert, und sie wollte meditieren lernen. Ich hab dann ein paarmal mit ihr meditiert, und ich glaube, es hat ihr gutgetan. Sie war jedenfalls begeistert. Sie hat mir auch ein bisschen was von sich erzählt, und ich hab sie richtig ins Herz geschlossen.«

»Wenn du lügst«, hat mir einmal eine alte Widerstandskämpferin erzählt, die schon die Gestapo erfolgreich ausgetrickst hat, »dann bleib so nahe an der Wahrheit wie möglich. Dann klingst du nämlich am glaubwürdigsten.«

Ich schnäuzte mich. »Und dann«, nahm ich den Faden meiner Geschichte wieder auf, »ist sie auf einmal nicht mehr gekommen. Ich hatte schreckliche Angst, sie hat eine Überdosis erwischt, aber dann hat Paul mir gesagt, sie wird polizeilich gesucht, weil sie angeblich ihren Dealer ermordet hat.«

Ich hörte, wie Jeff die Luft einzog.

»Ich glaube das aber nicht. Ich hab das einfach im Gefühl. Diese Frau bringt vielleicht sich selber um, aber keinen anderen. Das Problem ist, dass auf der Tatwaffe ihre Fingerabdrücke sind. Und deshalb ist die Polizei felsenfest davon überzeugt, dass sie die Mörderin ist. Und außerdem glauben sie, ich würde sie verstecken oder decken oder weiß der Teufel was. Auf jeden Fall stehen sie ständig bei mir auf der Matte und wollen wissen, wo Nele ist. Sie haben sogar eine Hausdurchsuchung bei mir gemacht!«

Für den letzten Satz modulierte ich meine Tonlage in das Fach »empörte Bürgerin«, unterlegt mit einem Hauch von Hysterie.

»Waren nur ihre Fingerabdrücke auf der Tatwaffe?«

»Was?« Er hatte mir die ganze Zeit schweigend zugehört, und ich hatte erwartet, er würde mich jetzt trösten, per Leitungsübertragung in den Arm nehmen sozusagen. Dann begriff ich seine Frage.

»Keine Ahnung!«, schrie ich in den Hörer. »Wahnsinn! Das muss ich sofort Paul fragen! Dann hätte ja der echte Mörder mit Handschuhen gearbeitet! Oder seine Prints abgewischt!«

»Bleibt die Frage, wie ihre dann draufgekommen sind.« An seinem gedehnten Tonfall erkannte ich blitzartig, dass er meine ganze Show durchschaut hatte. Er steht nicht nur kurz vor der Erleuchtung, er ist auch ausgesprochen helle.

»Ja«, sagte ich, ein bisschen zu hastig vielleicht, »das ist natürlich die Frage. Aber dafür gibt es sicher eine Erklärung.«

»Die aber nur diese Nele geben kann.«

»Ja«, sagte ich traurig. »Und das arme Mädchen hockt jetzt in irgendeinem Versteck und traut sich nicht raus. Sie traut vermutlich keiner Menschenseele. Sie hat ja nicht einmal mich angerufen, obwohl ich dachte, sie mag mich.«

»Jemanden mögen reicht nicht, um ihm zu vertrauen.«

»Ja, vermutlich«, seufzte ich. Ich glaubte unser Theater inzwischen selbst.

»Was kann ich für dich tun?«, fragte mein Liebster. Seine Besorgnis klang verdammt echt. Und war es wahrscheinlich auch.

»Um mich musst du dir keine Sorgen machen«, sagte ich und schnäuzte mich noch einmal. »Ich bin nur genervt von diesen blöden Bullen. Aber du könntest vielleicht für Nele beten. Dass sie zur Polizei geht und die Sache aufklärt. Und dass die dann den wirklichen Mörder finden.«

»Ich mache mir aber trotzdem Sorgen um dich. Versprich mir, dass du öfter anrufst. Oder mailst, ja?«

Mit dem Mailen brachte er mich auf eine Idee. »Ja«, hauchte ich. »Ich liebe dich! Grüß Rinpoche und Lama Ösel!«

Ich wartete eine halbe Stunde, dann fuhr ich mit dem Rad nach Ehrenfeld und suchte mir ein Internetcafé, in dem nur Türken saßen. Falls mir irgendwelche Bullen folgten, wären sie hier nicht zu übersehen.

Ich loggte mich unter meinem Dharmanamen bei web.de ein und schrieb meinem Liebsten eine lange Mail, in der ich ihm alles erzählte. So, wie es wirklich war. Danach ging es mir ein klein wenig besser. Anschließend fuhr ich wieder nach Hause und ging rüber zu Hertha.

Sie öffnete mir die Tür und nickte in Richtung Gästezimmer. Nele lag auf dem Bett und rauchte. Ich setzte mich neben sie.

»Nele«, sagte ich, »wir müssen irgendetwas unternehmen.«

»Weiß ich«, antwortete sie, »aber was könnten wir denn tun?«

»Ich treffe morgen Mehmets Schwester.«

Sie starrte mich an. »Kennst du die?«

»Noch nicht. Aber ich kenne jemanden, der sie kennt. Und sie will mich sehen.«

»Das ist 'ne ganz Liebe«, sagte Nele traurig. »Die war mal da, wie ich mir bei ihm was geholt habe. Sie hat mich gefragt, warum eine Frau so was macht. Ich hab gedacht, sie meint, warum ich anschaffen gehe. Aber sie wollte wissen, warum ich drücke. Ich hab versucht, ihr das irgendwie zu erklären. Weißte, die hat nicht irgendwie neugierig gefragt, die wollte das echt begreifen.«

»Wie hast du es ihr denn erklärt?«

Nele drückte ihre Zigarette im Aschenbecher aus. Drehte sich eine neue.

»Ich weiß nicht mehr genau. So halt, dass ich mich in 'nen Typen verliebt hab, der drauf war. Und dass ich den erst mal retten wollte.« Sie verdrehte spöttisch die Augen. »Da hat sie gesagt, das kann sie verstehen. Sie würde den Mehmet auch gerne retten. Aber sie würde das Zeug trotzdem nie anfassen. Oder gerade deswegen. Dann hab ich ihr gesagt, dass ich da schon gekifft hab und Trips geworfen und Speed. Und dass ich das Zeug, was mein Freund so toll fand, dann halt auch probieren wollte. Und dass es mich völlig umgehauen hat, weil das so gut kam. Dass ich da zum ersten Mal im Leben richtig glücklich war, einfach nur glücklich und zufrieden. Dass mir da zum ersten Mal im Leben nichts gefehlt hat. Weißte?«

Ja klar.

»Dann wollte sie wissen, warum ich überhaupt so früh mit den Drogen angefangen hab. Ja, und da sind wir dann richtig ins Reden gekommen. Ich hab ihr erzählt, dass mich meine Mutter ins Heim gesteckt hat und alles.«

Wir schwiegen eine Weile. »Was denn ›alles‹?«, fragte ich.

»'ne Freundin von mir im Heim, die hat damals schon Benzos eingeschmissen. Keine Ahnung, wo die die herhatte. Das hab ich auch probiert. Weil wenn die so richtig schlecht drauf war und dann die Beruhigungsmittel genommen hat, dann ging's der wieder gut. Und so war das bei mir auch.«

Sie lehnte sich in die Kissen zurück. Ich rutschte richtig auf das Bett und streckte die Füße aus.

»Ich hatte so Heimweh«, fuhr Nele fort. »Ich weiß eigentlich gar nicht, wieso, weil meine Mutter war echt 'n Monster. Die war so was von kalt. Zumindest zu mir. Zu meiner kleinen Schwester war die lieb, aber die war ja auch von ihrem neuen Typen. Die war das Wunschkind. Und die war nicht so aufsässig wie ich. Aber ich hatt halt trotzdem total Heimweh. Und wenn ich dann so 'ne Tablette eingeworfen hab, dann war das weg.«

»Hast du der Schwester von Mehmet das auch erzählt?«

»Ja. Und da hat die dauernd genickt. Der Mehmet hat mir nachher gesagt, dass die bei ihrem Onkel wohnt. Weil ihre Eltern beide tot sind. Die sind bei 'nem Autounfall ums Leben gekommen, stell dir mal vor! Und der ihr Onkel, der muss wohl auch so 'n richtiges Arschloch sein. Der hat dem Mehmet 'n paarmal gedroht, er bringt ihn um, wenn er nicht mit den Drogen aufhört.«

Nele setzte sich plötzlich aufrecht hin und starrte mich an. Ich starrte zurück.

»Wie heißt das Mädchen?«, fragte ich Nele.

»Semiha«, antwortete sie. »Meinst du, der Onkel war's?«

»Keine Ahnung. Aber er ist auf jeden Fall ein Verdächtiger, oder?«

»Klar!« Sie stand auf. »Ich mach uns Kaffee, ja?«

Ich streckte mich auf dem Bett aus und überlegte, wie ich das Gespräch mit Semiha am besten führen sollte. Wie ich auf den Onkel zu sprechen kommen könnte. Ohne preiszugeben, dass Nele mir von ihm erzählt hatte. Das war allerdings nicht mein einziges Problem.

»Wie viel Stoff hast du noch?«, fragte ich Nele, als sie zurückkam. Sie stellte das Tablett auf dem Nachttisch ab, schenkte uns zwei Tassen ein und nahm sich Zucker. Ich wartete.

»Nicht mehr viel.«

»Was heißt das genau?«

»Für ein, zwei Tage reicht's noch. Wenn ich mich extrem runterdosiere.«

»Und dann?«

»Keine Ahnung.«

Ich stellte meine Tasse ab und fasste einen Entschluss. »Ich hab gerade keine Sendung, die sofort gemacht werden muss. Ich könnte mir ein paar Tage freinehmen und bei dir bleiben, wenn du Turkey machst.«

Sie verschränkte die Arme vor der Brust und rückte von mir ab. »Ich kann jetzt nicht kalt abkicken. Das pack ich nicht.«

Ich hätte es vermutlich auch nicht geschafft. Nicht in ihrer Situation. Es ist schon schwer genug, wenn man sich nicht gerade vor den Bullen versteckt, weil die einen für eine Mörderin halten. Ich dachte nach. Dann sagte ich: »Ich kann gucken, dass ich dir Methadon besorge.«

Sie sah mich lange an. Dann senkte sie den Blick. »Stoff würdste mir keinen besorgen?«

Nein, dachte ich. Ganz bestimmt nicht. Völlig sicher war ich mir allerdings nicht. Wenn ich schon auf die Szene ging, um Methadon zu organisieren, konnte ich genauso gut Stoff kaufen. Es war eigentlich gehüpft wie gesprungen. Nele wagte nicht, mich anzusehen.

»Da muss ich drüber nachdenken«, sagte ich schließlich. Jetzt schaute sie mir in Augen, Hoffnungsblitze in den ihren. Ich legte mich wieder flach auf das Bett. Versuchte, ruhig zu atmen, trotz der Adrenalinstöße, die durch meinen Körper jagten.

»Bist du des Teufels?«, sprach eine Stimme in meinem tiefsten Inneren. »Willst du dich selbst in Gefahr bringen? Und Nele dazu? Wenn ihr nichts anderes übrig bleibt, muss sie Turkey machen. Und danach hat sie es hinter sich.«

Ich wusste, dass irgendetwas an dieser Argumentation falsch war. »Das ist Quatsch«, erwiderte ich also der Stimme meiner Vernunft und meines Gewissens. »Sie wird nicht abkicken, sie wird abhauen. That's all.«

Aber die Stimme gab nicht nach. »Dann lass sie abhauen. Lass sie in den Knast gehen. Da muss sie clean werden. Und du kannst in der Zwischenzeit den Mörder suchen.«

»Ich bin nicht Vic Warshawski«, sagte ich. »Und auch nicht Lena Odenthal. Ich bin überhaupt keine Krimiheldin!«

»Du warst schon verdammt lange nicht mehr auf der Szene, was? Du wärst gerne wieder zwanzig, ja? Bist du aber nicht. Also lass es!«

Ich setzte mich auf und nahm Nele in den Arm. »Ich geb dir morgen Bescheid, okay?«

Sie murmelte ein verlegenes »Danke« und sah weg.

SIEBEN

Ich hatte ausgesprochen schlecht geschlafen und wirres Zeug geträumt. Ich musste mit Nele in einen dunklen Keller gehen, um ein Paket abzuholen. Ich wusste, dass dort unten irgendwelche Leute auf uns lauerten, die etwas ganz Schreckliches mit uns vorhatten, wir gingen aber trotzdem. Bevor sie uns etwas tun konnten, wachte ich auf. Mein Nacken war völlig steif, mein Hals trocken und mein Körper nass geschwitzt. Ich duschte erst mal so heiß, wie ich es gerade noch vertragen konnte, bevor ich mich zur Meditation hinsetzte. Besonders intensiv war meine Praxis nicht gerade, Bilder aus diesem Traum stiegen ständig in mir auf, und dann wurde mir endlich bewusst: Ich hatte Angst. Richtig große Angst. Beim Frühstück spielte ich in mindestens zwanzig Variationen durch, wo und wie ich Stoff kaufte. Als ich den letzten Schluck Tee trank, war der Tag für mich eigentlich schon gelaufen. Dabei hatte er doch gerade erst angefangen.

Ich schwang mich auf das Rad und fuhr nach Ehrenfeld in das Internetcafé. Mein Liebster hatte mir tatsächlich geantwortet. »Du verstrickst dich in ein Lügengewirr«, schrieb er, »aus dem du nur schwer oder gar nicht mehr herausfinden wirst. Du weißt selbst, dass wir uns als Dharma-Praktizierende der ›rechten Rede‹ befleißigen wollen. Und dass das bedeutet: der wahren und hilfreichen Rede. Du denkst vielleicht, in diesem Fall sei die wahre Rede nicht hilfreich. Das ist sie aber immer. Du hilfst deiner Freundin nicht, wenn du ihr Spiel mitspielst.«

Ansonsten versicherte er mich seiner Liebe und teilte mir mit, dass er sich große Sorgen um mich machte. Ich war sauer. Stinkesauer. »Du hattest noch nie die Bullen am Arsch, Mister Selbstgerecht«, fluchte ich stumm, »du hast keine Ahnung, wovon du sprichst!« Eine leise Stimme in mir sagte. »Er hat recht. Du baust gerade ein Lügengebäude auf, aus dem du nicht mehr herausfinden wirst.« Das machte mich nun nicht gerade weniger wütend. »Halt den Rand!«, knurrte ich.

Auf dem Weg in die Stadt führte ich einen heftigen inneren Dialog mit dem Mann, den ich eigentlich liebte, im Moment aber hasste, und dieser inneren Stimme, die sich ständig einmischte. Dann holte mich ein Mercedes, der aus der Seitenstraße schoss und offenbar noch nie etwas von Radwegen gehört hatte, zurück ins Hier und Jetzt. Ich bremste so heftig, dass ich beinahe umkippte. Das hätte mir gerade noch gefehlt an diesem perfekten Tag.

Ich stellte das Rad vor dem Starbucks ab und zündete mir eine Zigarette an. Die Vorstellung, dass ich dieses wichtige Gespräch gleich ohne jegliche Nikotinzufuhr führen musste, versetzte mich in Panik. Als ich die Kippe fast bis zum Filter heruntergeraucht hatte, tippte mir jemand auf die Schulter. Ich fuhr herum und stand der türkischen Schönheit gegenüber und einer jungen Frau, die auch nicht gerade hässlich war.

»Da drinnen darf man nicht rauchen«, sagte ich zur Begrüßung. Dann riss ich mich zusammen und streckte meine Hand aus. »Danke, dass Sie gekommen sind!«

»Das wusste ich nicht«, sagte die junge Frau, von der ich annahm, dass sie Semiha war. »Dann gehen wir besser woandershin. Ich würde nämlich auch gerne rauchen.«

Ein mittleres Vorgebirge rollte von meinen Schultern. So viel zum Thema Sucht. Wir gingen in das italienische Eiscafé gegenüber. Ich grinste die schöne Mitarbeiterin meines Bruders an und fragte: »Wie wär's denn, wenn wir uns duzen?«

Aysche sah mich einen Moment lang prüfend an, dann nickte sie. »Okay.«

Wir bestellten Latte macchiato, rührten eine kleine Ewigkeit in unseren Tassen herum, und als nichts mehr zu tun war, nahm ich mir ein Herz und sagte zu Semiha: »Sie wissen, dass die Polizei davon ausgeht, dass Nele Ihren Bruder ermordet hat?«

Sie sah mich aufmerksam an.

»Ich allerdings«, fuhr ich fort, »gehe davon aus, dass sie es nicht war. Zum einen, weil ich sie in den letzten Wochen ein bisschen kennengelernt habe. Und zum anderen, weil sie Ihren Bruder sehr mochte. Ich habe sie einmal gefragt, woher sie ihren Stoff bekommt, und da hat sie mir erzählt, sie hat einen total netten Dealer, einen jungen Türken. Sie hat gesagt: ›Der ist für mich eigentlich mehr ein Freund als nur mein Dealer.‹«

»Was sagt sie denn, warum ihre Fingerabdrücke auf dem Baseballschläger sind?«

Ganz schön tricky, die gute Semiha.

»Das weiß ich nicht. Ich habe sie seit gut zwei Wochen nicht mehr gesehen. Aber ich möchte ihr helfen. Ich möchte, dass die Polizei den richtigen Mörder findet. Ich habe allerdings den Eindruck, dass die so fixiert auf Nele sind, dass sie gar nicht weitersuchen. Deshalb wollte ich mit Ihnen sprechen. Ich wollte Sie fragen, ob Ihnen irgendjemand einfällt, der Ihren Bruder gehasst hat. Der einen Grund gehabt haben könnte, ihn umzubringen.«

Semiha schwieg eine ganze Weile. Ich konnte sehen, dass sie mit sich rang. Dann setzte sie sich sehr aufrecht hin, sah mir in die Augen und sagte: »Mein Onkel.«

Ich starrte sie an. Damit hatte ich nicht gerechnet. Schließlich brachte ich ein »Warum?« heraus.

»Seit er weiß, dass Mehmet Heroin nimmt und damit dealt, droht er, ihn umzubringen. Er hat ihn einmal in seiner Wohnung besucht und so zusammengeschlagen, dass er ins Krankenhaus musste. Danach hat er, also mein Onkel, gesagt: ›Das war nur die Kostprobe. Nächstes Mal mache ich Ernst.‹«

Eine einzelne Träne lief ihr aus dem rechten Augenwinkel langsam die Wange hinunter. Ich beugte mich zu ihr vor. »Sie haben Ihren Bruder geliebt, nicht?«

Sie nickte und hielt sich die Hand vor den Mund.

»Kann ich Ihnen irgendwie helfen?«, fragte ich und schämte mich dafür, dass ich sie angelogen hatte.

»Vielleicht«, sagte sie leise. Dann stand sie auf und kramte ihr Portemonnaie heraus. »Ich muss jetzt gehen!«

»Darf ich Sie auf den Kaffee einladen?«, bat ich und schrieb ihr meinen Namen und meine Telefonnummer auf die Serviette. Sie steckte sie ein und verließ das Café, ohne mich noch einmal anzusehen.

Wir sahen ihr durch die Fensterscheibe nach, bis sie um die Ecke bog. Aysche langte nach meiner Zigarettenschachtel. »Gibst du mir eine?«

Ich reichte ihr das Feuerzeug. Sie nahm einen tiefen Zug.

»Warum tut sie das?«, fragte ich.

»Er will sie verheiraten.«

»Aber sie ist doch volljährig!«

Aysche zuckte die Schultern. »Ja. Aber sie wohnt bei ihm. Sie ist von ihm abhängig. Ihre Eltern sind beide gestorben, da war Semiha vierzehn und Mehmet sechzehn. Der Onkel hat sie bei sich aufgenommen. Mehmet war Semihas Beschützer, ihr großer starker Bruder, ihr Ersatzvater. Bis er mit dem Scheißzeug anfing. Dann ist er ausgezogen, und ihr Onkel hat ihr verboten, ihn zu sehen. Hat sie natürlich trotzdem. Aber Mehmet konnte ihr von da an nicht mehr helfen. Semiha ist gelernte Bürokauffrau, sie hat ihren Beruf geliebt. Aber als das Drama mit Mehmet losging, hat ihr Onkel sie gezwungen, ihre Stelle zu kündigen. Sie durfte nicht mehr allein aus dem Haus. Sie ist dann mit ihrer Tante putzen gegangen. Und die hat sie heimlich für ein, zwei Stunden verschwinden lassen. Aus Mitleid. Ich konnte Semiha offiziell nur noch sehen, wenn ich sie zu Hause besucht habe. Sie durfte mich nicht mehr besuchen. Dabei bin ich ihre beste Freundin!«

Aysche drückte wütend ihre Zigarette aus. »Der Mann ist ein Monster, glaub mir, ein echtes Monster! Semihas Eltern waren ganz anders. Die waren liebevoll, die haben geguckt, was die deutschen Kids dürfen, und haben dann mit Mehmet und Semiha darüber geredet, was sie ihnen erlauben können und was nicht. Die hätten Semiha niemals gezwungen, einen Typen zu heiraten, den sie nicht will oder den sie noch nicht mal kennt! Ihre Mutter war so eine fröhliche Frau, sie war mit meiner Mutter befreundet, und wenn die beiden in unserer Küche zugange waren, dann hast du sie ständig lachen gehört. Der Vater war ein ganz sanfter Mann und überhaupt kein Pascha. Es ist so ein Elend, dass sie tot sind.«

»Wenn Semiha abhauen will«, sagte ich, »gib mir Bescheid. Es gibt Frauenprojekte, die ihr helfen können, die sie vermutlich auch erst mal wo unterbringen können.«

»Ja, ich weiß. Ich hab da auch schon Kontakte aufgenommen. Dein Bruder hat mir ein paar Namen gegeben.«

»Wow!« Wir mussten beide grinsen.

»Aber er weiß nicht, um wen es geht!«, warnte mich Aysche.

»Was mache ich jetzt mit der Info?«, fragte ich sie. »Ich kann ja nicht gut mit diesem Onkel reden, oder?«

»Ich denk mal drüber nach«, erwiderte Aysche.

»Beeil dich bitte!«, flehte ich sie an.

Ich musste dringend jemanden sehen, der in diese ganze Geschichte nicht verwickelt war. Ich fuhr zum Rhein runter und radelte zum Eigelstein. Mary war da, und sie hatte sogar Zeit für mich. Sie führte mich in die Küche, holte einen Lollo rosso, Tomaten und Feta aus dem Kühlschrank, sah mich fragend an und begann zu schnippeln, als ich nickte. Ich setzte mich auf den Barhocker vor ihrem Arbeitstresen und erzählte ihr alles von A bis Z. Als ich fertig war, sagte sie: »Das heißt, ich muss dein Dope noch ein Weilchen hier aufbewahren?«

Wenn ich irgendetwas an den Amerikanern besonders schätze, dann ist es ihr Pragmatismus. Und ihr Sinn für Humor.

»Und was hast du jetzt vor?«, fragte sie, während sie die Salatsoße mischte.

Ich zuckte die Schultern. »Keine Ahnung.«

»Ciabatta?«

»Yeah!«

Sie schnitt das Brot auf, legte es in einen Korb und stellte ihn samt Tellern, Gläsern und der Salatschüssel auf den Küchentisch. Ich legte das Besteck und die Servietten daneben und holte alkoholfreies Bier aus dem Kühlschrank. »Ich habe schon gewartet, dass du dich bei mir meldest«, nuschelte sie mit vollem Mund. »Das Piece in meinem Briefkasten hat mich ehrlich gesagt ein wenig beunruhigt. Aber dann musste ich nach Münster, um einen Kurs zu geben, sonst hätte ich mich bei dir gemeldet. Ich bin erst seit heute früh wieder zurück.«

»Ich überlege die ganze Zeit«, sagte ich und roch an dem duftenden frischen Ciabatta, »wie ich an diesen Onkel rankommen könnte.«

»Gute Frage. Aber erst musst du etwas essen.«

Ich stocherte in den Tomaten herum, und dann bekam ich

plötzlich Hunger. Ich verschlang drei Portionen Salat und fast das gesamte Brot.

»Ich hab heute frei«, verkündete Mary und grinste mich an. »Wie wäre es mit einem kleinen Nachtisch?«

Es geht nichts über eine wirklich gute Freundin. Wir gingen ins Wohnzimmer, ich fläzte mich auf das Sofa, Mary hob die Wasserpfeife auf das Beistelltischchen und bröselte ein Stück von dem schwarzen Afghanen ab. Mary raucht nämlich nicht, will sagen: nichts, wo Nikotin drin ist. Sie legte John Wesley Harding in den CD-Player, drehte die Lautstärke hoch und machte die Wasserpfeife an. Ich streckte alle viere von mir und versank in einer wohligen Welle Nostalgie.

»Diese Hertha«, sagte Mary schließlich und drehte die Lautstärke runter, »die muss eine ungewöhnliche Frau sein.«

»Ist sie!«, bestätigte ich mit Nachdruck.

»Wie lange ist sie anschaffen gegangen?«

»Ihr Leben lang. Bis sie so alt war, dass sie kaum noch Freier abbekam. Da hat sie dann in einem Büdchen gearbeitet, von einem ehemaligen Kumpel von ihr. Als ich in das Haus eingezogen bin, musste sie gerade damit aufhören, weil sie schon die kaputten Knie hatte.«

»Und wovon lebt sie jetzt?«, wollte Mary wissen.

»Rente. Die kleinste, die man vermutlich kriegen kann. Und vom Sparbuch. Aber viel ist da nicht drauf.«

»Warum machst du nicht mal eine Sendung über sie?«, fragte Mary unvermittelt. Ich starrte sie verblüfft an. Und wunderte mich, warum ich nicht schon selbst darauf gekommen war. »Ein Porträt«, schlug Mary vor. »Die hätte doch bestimmt einiges zu erzählen.«

Wohl wahr. Ich nahm mir vor, meine Lieblingsredakteurin zu fragen, ob sie sich so etwas vorstellen könnte. Und Hertha, ob sie so etwas überhaupt machen würde. Ich hörte sie schon protestieren: »Ich im Radio? Spinnst du?« Aber die Idee gefiel mir sozusagen sekündlich besser. Ich beschloss, Hertha mit allen Mitteln zu überreden. Und einfach mit den Aufnahmen zu beginnen. Was ich dann daraus machen würde, das könnten wir später entscheiden. Im Geiste sah ich mich schon ein Buch über sie schreiben. Aber dann fiel mir wieder ein, dass ich gerade andere Sorgen hatte.

»Der Onkel«, führte ich Mary zum Ausgangspunkt zurück.

»Ja.« Sie stand auf und kam mit zwei Tassen Tee und einem Teller voller Kekse zurück. Sie setzte sich im Schneidersitz auf das Sofa und tunkte einen Keks in den Tee. »Wozu bist du Journalistin?«, fragte sie mich und lächelte strahlend. Ich begriff nicht ganz, worauf sie hinauswollte. »Du könntest doch zu dem Mann gehen, sagen, du machst eine Sendung über ... was weiß ich, über Junkies in Köln oder so, und du hättest gehört, dass sein Neffe Dealer war und ermordet wurde. Und jetzt wüsstest du gerne, was für ein Mensch der Junge war, und warum ein junger Türke überhaupt heroinabhängig wird. So die Richtung.«

»Du hast Nerven!«, protestierte ich, »Da knallt der mir doch die Tür ins Gesicht.«

»Aber du könntest es zumindest versuchen.«

Ich dachte darüber nach. Das heißt, ich malte mir die Szene in mehreren Varianten aus. Ich kann nämlich keine Entscheidungen treffen, indem ich über ein Problem nachdenke. Ich muss im Kopf ein Drehbuch entwerfen und dann ein paar Takes drehen. Wenn ich die möglichen Lösungen dann vor mir sehe, weiß ich am ehesten, welche die richtige ist. Oder ob es überhaupt eine gibt.

Mary riss mich aus meinem Film. »Bist du eigentlich glücklich mit Jeff?«

»Hä?« Ich fand sie heute etwas sprunghaft.

»Ich habe ihn seit Monaten nicht mehr gesehen.«

»Er ist in Kathmandu.«

»Was ist das für eine Beziehung?«

»Eine Fernbeziehung.« Wenn du eine wirklich gute Freundin bist, beschwor ich sie stumm, dann wühlst du jetzt nicht in Wunden.

»Ich habe Freunde in den Staaten«, bohrte sie nach, »die seit gut zwanzig Jahren Buddhisten sind. Und die sagen, der Dharma oder die Dharmapraxis muss sich im Alltag bewähren. In unseren Beziehungen, darin, wie wir mit unseren Partnern und unseren Kindern umgehen. Sie sagen, in einer Höhle zu meditieren ist, zumindest für uns Westler, nicht so wichtig. Entscheidend ist, ob wir das, was wir in der Meditation erfahren und üben, auch im ganz normalen realen Leben umsetzen können.«

»Jeff ist in keiner Höhle.«

»Aber im Kloster. Und sehr weit weg von dir. Und das schon sehr lange.«

»Andere Baustelle, okay? Ich muss jetzt erst mal Neles Probleme lösen.«

»Du musst Neles Probleme lösen?« So, wie Mary den Satz dehnte, hätte sie als Therapeutin auftreten können.

»Lass gut sein«, winkte ich ab. Wozu hatten wir eigentlich das Piece geraucht? Damit ich mich jetzt mit ihr herumärgern musste? »Ich weiß, dass sie ihre Probleme nur selber lösen kann. Aber ich kann ihr dabei helfen. Und ich will ihr dabei helfen.«

Daraufhin schwiegen wir ein Ründchen. Ich sah auf die Uhr. »Ich muss jetzt los«, erklärte ich. Als ich aufstand, merkte ich, dass ich noch ziemlich stoned war. »Kann ich mein Rad bei dir im Hinterhof abstellen?«

Mary nickte. »Klar. Mir ist es auch lieber, wenn du jetzt nicht fährst.«

»Ja, Mami.«

»Hältst du mich auf dem Laufenden?«

»Mhm.« Ich war mir nicht so sicher.

»Auch wenn du Blödsinn machst?«

Ich musste lachen. »Okay. Ich fürchte, ich mache schrecklichen Blödsinn.«

Sie sah mich besorgt an. »Was heißt das?«

»Das sage ich dir, wenn ich ihn gemacht habe.«

»Komm«, schnurrte sie, »deiner Tante Mary kannst du alles sagen!«

Hast du eine Ahnung, dachte ich träge.

ACHT

Es gibt auch gute Tage, dachte ich, als ich Rosas Kistchen sauber machte. Ich hatte ausgeschlafen, lange und konzentriert meditiert, die Wäsche in die Maschine geschmissen, in aller Gemütsruhe gefrühstückt, mein Rad bei Mary abgeholt, ein Exposé für das Hertha-Porträt gedichtet und meiner Redakteurin gemailt. Zwei Stunden später hatte sie mich angerufen. Sie war begeistert. Klar, wozu ist sie meine Lieblingsredakteurin.

Ich räumte die Maschine aus und hängte die Wäsche auf. Vor lauter Überschwang besprühte ich sie mit Lavendelduft und bügelte auch noch die weiße Leinenbluse, die seit Monaten im Schrank vor sich hin knitterte. Man weiß ja nie, wann man mal ein seriöses Outfit braucht. Dann rief ich meinen Liebsten an. Ein Mönch im Sekretariat teilte mir mit, er sei mit Rinpoche und den Amis nach Pharping gefahren. Auch gut. Ich recherchierte ein, zwei Stündchen im Internet, dann machte ich mir etwas zu essen. Das Schöne am Alleinleben ist, dass man dann essen kann, wenn man Hunger hat, egal, wie spät es gerade ist. Das nicht so Schöne daran ist, dass man allein essen muss. Aber was heißt allein? Ich hatte schließlich Rosa. Sie sprang auf den Tisch und rülpste sanft in meine Spaghetti. Dann leckte sie den Parmesan vom Tellerrand. Ich machte mir nicht einmal die Mühe, sie zu rügen. Wozu auch? Sie leckt immer den Parmesan von meinem Teller. Ich spülte das Geschirr und hörte Coltranes »A Love Supreme«. Langsam wurde ich unruhig. Hinter meiner guten Laune lauerte nämlich unvermindert die Angst. Ich wusste, dass Nele kaum noch etwas übrig hatte. Und ich wusste nicht, wie sie an Nachschub kommen sollte. Dafür wusste ich sehr genau, was sie sich von mir erhoffte. Ich stellte den CD-Player aus und ging rüber.

Nele und Hertha spielten Poker.

»Sie kann nicht bluffen, die dumme Nuss«, grummelte Hertha, als ich mich zu ihnen an den Tisch setzte. Nele sah blass und verschwitzt aus. Sie kratzte sich alle paar Sekunden an einer anderen Stelle.

»Bist du auf Turkey?«, fragte ich.

»Nö, ich hab 'n Schrank voller Schore«, gab sie zurück.

»Konzentrier dich!«, knurrte Hertha.

Nele warf die Karten auf den Tisch und rannte auf die Toilette. Als sie endlich wieder herauskam, war sie grau im Gesicht. Sie hielt sich den Bauch, sah mich an, als wollte sie etwas sagen, ging dann aber in ihr Zimmer. Ich lief ihr hinterher. Sie kauerte auf dem Bett und kaute an ihren Nägeln.

Schließlich sagte sie: »Ich brauch was, Katja. Dringend!«

Sie stank nach Turkey. Sie tat mir unendlich leid. Ich schloss die Augen und sprang vom Zehnmeterbrett. »Okay, wo kriege ich was, ohne dass ich gelinkt werde? Was kostet ein Gramm?«

Sie setzte sich abrupt auf. »Würdste das echt machen?«

»Sieht so aus.«

Sie schlug die Augen nieder und flüsterte: »Danke.«

Ich zündete uns beiden eine Zigarette an und reichte ihr die ihre. »Also?«

»Lass mich mal nachdenken.«

Ich werde nicht so gern verarscht. »Hör auf«, sagte ich, »du hast dir das schon längst überlegt. Also, spuck's aus!«

Sie zog heftig an der Zigarette. »Zum Tom kann ich dich jetzt nicht schicken. Der tickt sonst aus. Aber die Bea kann dir was bei ihm besorgen. Und die glaubt ganz bestimmt nicht, dass ich den Mehmet umgebracht hab. Kann ich dir ihre Handynummer geben?«

»Und dann?«

»Dann sagste, dass du 'ne Freundin von der Nasty bist. Das war mein Name auf'm Strich. Und dass du ihr was von mir bestellen sollst.«

Sie schrieb mir die Handynummer auf. Als ich aufstand, fragte sie: »Hast du Kohle?«

»Ja.«

Sie sah mich noch immer nicht an. Ich schämte mich plötzlich. Wenn du das machst, dachte ich, dann ist es deine Entscheidung. Dann musst du nicht auf sie sauer sein. Ich setzte mich wieder hin und legte meine Hand auf ihren Arm. Dann zog ich sie sachte zurück, weil mir einfiel, dass man Berührungen auf

Turkey nicht so gut abkann. »Nele«, sagte ich sanft, »ich seh zu, dass ich dir jetzt was besorge. Und dann müssen wir ganz ernsthaft darüber nachdenken, wie es weitergehen soll, ja?«

Sie schaute auf. »Du bist echt cool, weißte das?«

Hoffentlich, dachte ich.

Ich raste zu Mary und klingelte Sturm. »Darf ich mal von deinem Handy einen Anruf machen?«, keuchte ich statt einer Begrüßung. Sie reichte es mir wortlos. Ich wählte Beas Nummer. Betete, dass sie dranging. Sie ging dran. »Hi«, sagte ich, »ich bin eine Freundin von Nasty. Sie hat mir deine Nummer gegeben. Ich müsste mit dir reden. Können wir uns treffen?«

Schweigen in der Leitung. Dann sagte sie gedehnt: »Äh, ja, morgen Nachmittag vielleicht.«

»Geht's auch jetzt?«, fragte ich. »Es ist dringend. Echt dringend.«

Als ich schon dachte, die Verbindung wäre unterbrochen, meinte sie: »Ich bin am Rondell.«

»Welches Rondell?«

»Auf der Geestemünder«, antwortete sie hörbar genervt.

»Kann ich da jetzt hinkommen?«

»Wenn's sein muss.«

»Wo kann ich dich da denn treffen?«

»Tja, musste gucken. Frag halt die Mädchen. Wenn ich gerade 'ne Tour hab, musste warten.«

Ich drückte Mary einen Kuss auf die Wange und rannte die Treppe runter. Zum Glück hatte mir Hertha erzählt, wo die Geestemünder Straße ist. Ich radelte um mein Leben. Es war schon stockdunkel, und je weiter ich die Niehler Straße rausfuhr, desto menschenleerer und unheimlicher wurde es. Ich kann nicht behaupten, dass ich mich wohlfühlte. Als ich in die Geestemünder einbog, wusste ich nicht mehr weiter. Keine Spur von Strich. Keine Frau weit und breit. Ein paar Autos fuhren an mir vorbei. Das letzte bog mitten in der Walachei links ab. Dann sah ich ein Schild mit einem roten Herzen drauf und einem Pfeil. Ich fuhr in den Feldweg und kam schließlich an ein Tor. So weit hatte ich es also geschafft. Direkt dahinter stand ein Container. Das war vermutlich die Bude, die der Sozialdienst Katholischer Frauen dort betrieb. Ich schloss mein Rad davor ab und sah mich um. Zwei Frauen standen am Zaun und guckten in meine Richtung. Ein Auto fuhr an mir vorbei, verlangsamte, fuhr weiter. Die beiden Frauen sahen dem Auto nach. Ich ging zu den Frauen rüber.

»Hi, ich such die Bea«, sagte ich so munter, wie ich es rausbrachte.

»Die steht weiter oben, kurz vor den Boxen«, sagte die eine.

»Was willsten von der?«, fragte die andere.

»Wir sind verabredet.« Das war ja nun mal ausnahmsweise die Wahrheit. Sie musterten mich misstrauisch. Sie sahen ziemlich verfroren aus und ziemlich schlecht gelaunt. Vermutlich standen sie schon etwas länger hier rum. Ich hatte keine Ahnung, wo die Boxen waren, also ging ich einfach weiter geradeaus. Die nächste Frau, auf die ich traf, fragte ich: »Bist du Bea?«

Sie nickte. Sie war um die vierzig, hatte die kurz geschnittenen schwarz gefärbten Haare punkig hochgegelt, trug einen Minirock und eine Daunenjacke und machte eine Blase mit ihrem Kaugummi. »Mach's kurz«, sagte sie.

»Ich brauch was.«

Das war jetzt offenbar zu kurz.

»Was brauchste?«

»Material«, antwortete ich.

»Was für 'n Material?«

»Hör zu«, sagte ich und sah mich um. Kein Mensch weit und breit. »Nasty war's nicht. Aber die Bullen meinen, sie wär's gewesen. Sie kann selber nicht einkaufen. Und sie braucht ganz dringend was.«

Ein Auto blieb stehen. Der Fahrer kurbelte die Scheibe herunter. Bea trat einen Schritt vor. »Na, Süßer?« Er winkte ab und fuhr weiter. »Arschloch«, meinte Bea lakonisch.

»Kannst du mir was geben?«, drängte ich.

»Wo is 'n die Nasty jetzt?«

»Was du nicht weißt, kannste auch den Bullen nicht petzen.«

»Ich bin keine, die zinkt.«

»Schon klar«, versuchte ich sie zu beschwichtigen. »Aber ich kann dir trotzdem nicht sagen, wo sie ist, okay?«

Sie scannte mich von oben nach unten und wieder zurück. »Wie viel brauchtse denn?«

»So viel wie möglich.«

»Bist du die Frau, bei der sie meditiert hat?«

Ich nickte.

»Ich kann dir jetzt 'n Bubble abgeben. Mehr hab ich nicht dabei.«

»Nasty hat gesagt, du kannst ihr bei Tom was besorgen.«

»Mhm, aber da kann ich jetzt nicht hin. Oder zahlste mir die Touren, die mir dann ausfallen?«

Ich muss ziemlich verzweifelt geguckt haben. »Also, pass auf«, sagte sie leise. »Ich geb ihm Bescheid. Wie viel willste denn? Drei Gramm erst mal?«

»Ja, super.«

Sie wählte eine Nummer auf ihrem Handy und ging ein paar Meter von mir weg. Als sie zurückkam, teilte sie mir mit: »Morgen um halb zwölf an der Haltestelle Von-Sparr-Straße.« Ich dankte ihr, unendlich erleichtert, und wollte gehen. Sie zog mich am Ärmel: »Ey, und was is jetzt mit dem Bubble?«

Mir brach der Schweiß aus. Irgendwie war ich für den Job nicht geeignet. Sie grinste mich an, drückte mir etwas in die Hand und wartete. Es brauchte einen Moment, bis ich begriff, dann gab ich ihr das Geld. »Sorry!«

»Du musst was cooler werden«, grinste sie noch breiter. »Wie geht's ihr denn?«

»Ziemlich beschissen.«

»Ja klar. Sag ihr 'n schönen Gruß. Sie soll auf sich aufpassen. Ach ja, und sag ihr, es gibt hier 'n paar Mädchen, die glauben auch nicht, dass sie's war.«

Als ich mein Rad aufschloss, ging die Tür des Containers auf.

»Hallo«, sagte eine freundliche Stimme. Ich sah hoch. So, wie die Frau aussah, hätte ich auf Sozialarbeiterin getippt. Aber ich gab nicht mehr viel auf meine Tipps. »Du bist neu hier, nicht?«, fragte sie. Sie hatte eine ausgesprochen angenehme Stimme und eine noch angenehmere Art.

»Äh, ja, ne«, stotterte ich, »ich hab mich bloß mal umgeguckt.«

»Magst du einen Kaffee trinken? Dann kann ich dir auch alles hier erklären.«

Ich schüttelte den Kopf. »Danke, ein andermal, ja, äh, tschü-hü!« Ich setzte mich auf das Rad und strampelte los.

Als ich zu Hause ankam, hatte ich garantiert drei Kilo weniger um die Hüften. Zumindest fühlte ich mich so. Ich gab Nele das Bubble und sagte ihr, dass ich morgen Nachschub holen konnte. Sie verschwand im Badezimmer. Ich ging in meine Wohnung, zog mich aus und ließ mir eine heiße Wanne ein. Als ich hineinsteigen wollte, klingelte das Telefon.

»Geh dran!«, forderte Paulemann. Er hat wirklich ein Talent dafür, im falschen Moment anzurufen. Ich gehorchte. »Ich habe Sehnsucht nach dir!«

»Du mich auch«, knurrte ich. »Hör zu, ich bin fix und fertig, ich habe mir gerade ein Bad eingelassen, und dann gehe ich ins Bett. Wann kann ich dich morgen erreichen?«

»Andere Leute bezahlen gutes Geld dafür, dass ich ihnen helfe«, blaffte er zurück. Ich hatte ihn satt. Ich hatte alle satt. Ich hatte die gesamte Welt und alle ihre Bewohner satt.

»Paul, bitte«, seufzte ich, »kann es nicht bis morgen warten? Ich bin wirklich geschafft.«

»Dann sei um vier bei mir.«

Ich legte die neue CD von Ani Chöying auf, zündete zwei Kerzen an, stellte mir ein Glas Orangensaft auf den Badewannenrand, versank im Schaum und schloss die Augen. Sylvia Plath hat gesagt: »Es gibt kein Problem, das nicht mit einem heißen Schaumbad zu lösen wäre.« Dann hat sie sich allerdings umgebracht. Vermutlich war gerade der Boiler kaputt.

Am nächsten Morgen schaute ich, bevor ich losfuhr, bei Hertha rein. Nele warf mir einen langen Blick zu. »Danke, du bist echt 'n Schatz!«

Ich erzählte ihr, was ich vorhatte. »Boah, cool«, murmelte sie und sah mich nicht dabei an.

»Hör mal«, sagte ich, »falls ich in zwei Stunden nicht zurück bin, gib Hertha Bescheid und ruf sofort Paul an! Dann ist etwas schiefgegangen.«

Ich nahm die Straßenbahn. An der Von-Sparr-Straße standen zwei junge Türken. Baseballmützen, Ohrringe, Goldkettchen. Ich war mir plötzlich sicher, dass das eine Falle war. Diese Bea glaubte also doch, dass Nele Mehmets Mörderin war und hatte seine Kumpels verständigt. Die mich so lange verprügeln, ach was!, foltern würden, bis ich ihnen verriet, wo Nele steckte. Ich baute mich vor dem Fahrplan auf und tat so, als würde ich ihn lesen. Ich war so versunken in meine Show, dass ich zusammenzuckte, als eine männliche Stimme sagte: »Sind wir verabredet?« Jetzt ist es so weit, dachte ich und überlegte, ob es sinnvoll wäre, laut zu schreien. Zum Glück sah ich mich erst mal um und einem nicht mehr ganz so jungen Deutschen mit Stirnglatze und Pferdeschwanz direkt in die Augen.

»Bist du der Freund von der Bea?«, fragte ich. Ich hatte keine Ahnung, ob er wusste, dass ich wusste, wer er war. Und schon gar nicht, ob er wusste, für wen ich das Material brauchte.

Er nickte. Wir tauschten Stoff und Geld aus, dann war er wieder weg, bevor ich noch »Danke« sagen konnte.

Die nächste Bahn sollte in sieben Minuten kommen. Ich setzte mich auf die Bank. Ich hatte Seitenstechen, obwohl ich keinen Schritt gerannt war. Außerdem bekam ich irgendwie keine Luft. »Komm runter!«, befahl ich mir. Aber wie? Dann fiel es mir ein: Sieben Minuten sind eine gute Zeit für eine kleine Achtsamkeitsmeditation. Ich schloss die Augen. Aber es sollte nicht sein. Als ich das dritte Mal ausatmete, spürte ich, dass ich nicht mehr allein war. Und dass das gar nicht gut war. Drei Grüne hatten sich vor mir aufgebaut. Zwei Typen und eine Frau.

»Ihre Papiere bitte«, sagte der eine. Ich kramte meinen Ausweis aus dem Rucksack. Ich war doch in die Falle gelaufen. Nur in eine andere, als ich gedacht hatte.

»Stehen Sie bitte auf«, forderte die Frau mich auf. Nicht unhöflich, aber ziemlich bestimmt.

Ich stand auf. So ähnlich muss sich eine Hypnose anfühlen.

»Haben Sie etwas dabei, an dem ich mich verletzen könnte?«

Mein Kopf war leer, aber mein Bauch wusste, dass sie eine Spritze meinte. Ich schüttelte den Kopf.

Sie durchsuchte mich und zog das Päckchen aus meiner Hosentasche.

»Kommen Sie mit«, sagte sie.

Ich folgte ihnen zum Streifenwagen. Auf der Fahrt sagte ich mir mantraartig: »Du musst nachdenken!« Dabei blieb es.

Sie chauffierten mich nach Kalk in das Polizeipräsidium. Als sie mir die Fingerabdrücke abnahmen, dachte ich: Ihr habt nicht gut recherchiert! Sonst wüsstet ihr, dass ihr meine Prints schon längst in der Kartei habt. Aber vielleicht wurden die ja tatsächlich nach einiger Zeit wieder gelöscht. Zumindest behaupten sie das immer, wenn es mal wieder eine Diskussion über Datenschutz gibt. Der Typ, der die ID-Behandlung durchführte, gab mir ein Tuch, um mir die schwarze Farbe von den Fingern zu wischen. Dann musste ich mich auf den Hocker vor der Kamera setzen. Der Typ sagte allen Ernstes: »Bitte lächeln.«

Als er mit mir fertig war, brachte mich ein Grüner in ein Zimmer und schloss hinter mir ab. Jetzt fiel mir ein, dass ich hätte sagen sollen: »Ich will meinen Anwalt anrufen.« Am liebsten hätte ich mich auf den Boden gesetzt und geheult. Aber dafür war ich dann doch zu stolz. In der Mitte des Raumes standen ein Tisch und zwei Stühle. Ich ließ mich auf einen davon sinken und starrte die Wand an. Die Zigaretten hatten sie mir abgenommen, also kaute ich mir die Nagelhaut ab. Ich verfiel in Trance. Irgendwann ging die Tür auf. Frau Kommissarin kam herein, musterte mich schweigend und setzte sich auf den anderen Stuhl.

»Drei Gramm Heroin«, sagte sie. »Das ist Besitz von illegalen Substanzen in nicht geringer Menge.«

»Eigenbedarf«, murmelte ich.

»Eigenbedarf?« Sie hob die Augenbrauen.

»Mhm«, bestätigte ich.

»Ich wusste nicht, dass Sie abhängig sind.«

Ich schwieg.

»Drei Gramm sind ein bisschen zu viel für Eigenbedarf, Frau Leichter«, klärte sie mich auf. »Das gibt ein Verfahren.«

Ich zuckte die Schultern. Vermutlich wirkte ich bockig. Dabei war ich einfach nur verzweifelt. Nele bekam keinen Nachschub, ich kam vor Gericht, und wenn das im WDR bekannt wurde, konnte ich mir einen anderen Auftraggeber suchen.

»Ich habe die Kollegen gebeten, unsere Stammkunden im Auge zu behalten. Und mich bei jeder Festnahme zu verständigen.«

Damit ihr die Leute dann auf Turkey setzt und aus ihnen rauspresst, wo Nele ist, dachte ich. Sie war mir richtig zuwider. Dabei hatte ich sie ansatzweise sympathisch gefunden. So kann man sich täuschen.

»Ich wusste gar nicht«, fing sie wieder an, »dass es heroinabhängige Buddhisten gibt.«

»Tja.« Der Trick war ziemlich schwach. Ich hatte ihr mehr zugetraut.

»Die Menge reicht, um Sie erst einmal hierzubehalten.«

Mit Drohungen kommst du bei mir nicht weiter, dachte ich trotzig. Laut sagte ich: »Ich will meinen Anwalt anrufen.«

»Wo ist Nele Franken?«

Ich studierte einen leichten Riss in der Tischplatte.

»Möchten Sie etwas trinken?«

Ich nickte.

Sie verschwand für einen Moment und kam mit einem Glas Wasser wieder.

Ich nahm nur ein paar Schluck, um nicht zu bedürftig zu wirken.

»Ich kann Sie auch in Beugehaft nehmen«, erklärte sie jetzt. »Sie decken eine Mörderin.«

»Wenn Sie von dem Trip mal runterkommen, könnte ich vielleicht mit Ihnen reden«, sagte ich müde.

»Von welchem Trip?«

»Dass Nele die Mörderin ist.« Langsam erwachte ich aus meiner Trance. Ich beugte mich über den Tisch und sah ihr in die Augen. »Sie war es nicht. Aber Sie suchen ja noch nicht mal nach einer anderen Spur. Sie haben sich in sie verbissen. Sie geben ihr nicht die geringste Chance. Und ich helfe Ihnen nicht dabei, die Frau lebenslänglich hinter Gitter zu bringen. Egal, was Sie mit mir anstellen.«

»Wieso sind Sie denn so sicher, dass sie es nicht war?«

Ich versuchte, sie einzuschätzen. Sie wirkte ernsthaft und überhaupt nicht aggressiv. Aber das konnte auch ihre Masche sein. Guter Bulle, böser Bulle. Der böse hatte heute anscheinend dienstfrei. Trotzdem. Mein Instinkt sagte mir, die ist okay. Mein Kopf rebellierte: Trau keinem Bullen! Ich beschloss, erst mal meinem Instinkt zu trauen, und sagte: »Waren denn außer denen von Nele noch andere Fingerabdrücke auf dem Baseballschläger?«

Sie schien zu überlegen. Dann sagte sie: »Nein.«

»Finden Sie das nicht seltsam?«, fragte ich. »Wenn es Mehmets Baseballschläger war, dann müssten doch seine auch drauf sein?«

»Woher wissen Sie, dass er Mehmet heißt?«

Scheiße. Ich war für so etwas nicht gebaut. Ich war einfach zu blöd dafür. Sie versuchte weiterhin, mir irgendwelche Würmer aus der Nase zu ziehen, aber ich hielt jetzt konsequent den Mund. Als mein Bruder noch Revolutionär gespielt hatte, war die Devise, an die sich alle im Falle einer Festnahme zu halten hatten, »Keine Aussagen!« gewesen. Daran hätte ich mich mal besser erinnert. Auch wenn ich keine Revolutionärin war.

Nachdem ich eine ziemliche Weile vor mich hin geschwiegen hatte, sagte sie plötzlich: »Sie können jetzt gehen. Ich werde ein Verfahren gegen Sie einleiten. Ihr Bruder kann Ihnen ja erklären, was das bedeutet.«

Als ich endlich wieder draußen auf der Straße stand, sah ich auf die Uhr. Es war fünf. Das Handy hatte ich ausgemacht. Ich stellte es wieder an und wählte Pauls Nummer.

»Sag jetzt nichts«, bat ich ihn, »ich bin in Kalk, es ist was passiert. Ich nehme die nächste Bahn und komme zu dir.« Dann hängte ich ein, bevor er protestieren konnte.

Aysche telefonierte. Sie winkte mir zu und deutete mit dem Kopf nach hinten. Ich ging direkt in Pauls Büro. Er sah mich an, als hätte ich ihm den Polke aus dem Vorzimmer geklaut.

»Deine Nachbarin hat hier angerufen und gefragt, wo du steckst. Sie klang ziemlich aufgeregt. Also?«

Wenn er mich nicht begrüßte, konnte ich das auch. »Kann ich

einen Kaffee haben?«, fragte ich schroff. Dann fügte ich etwas zittrig hinzu: »Bitte. Ich brauche wirklich ganz dringend einen Kaffee, Paul.«

Er stand schweigend auf und verließ das Zimmer. Als er zurückkam, servierte er mir einen Cappuccino und stellte mir auch noch ein Glas Wasser hin. Ich kramte die Zigaretten aus meiner Innentasche, warf ihm einen entschuldigenden Blick zu und steckte mir eine an. Dann erzählte ich ihm, was passiert war. Er unterbrach mich nicht ein Mal, was mich zunehmend irritierte. Hauptsächlich aber war ich ihm dankbar.

»Was steckt da noch dahinter?«, fragte mein großer Bruder.

Erst kapierte ich nicht, was er meinte. »Nichts«, antwortete ich.

»Du hast nicht selbst wieder …?«

Ich starrte ihn entgeistert an. Das Ganze ist mehr als zwanzig Jahre her. Damals hatte ich eine Zeit lang mit einer Karriere als Junkie geliebäugelt. Und auch ein bisschen was dafür getan. Dann hatte sich Haari, die große Liebe meiner Jugend, zu »Dope for Guns« von den Ruts eine Überdosis verpasst. Seither bin ich geheilt. Jedenfalls habe ich nichts mehr angefasst, das härter ist als Dope. Und wenn ich jeden Morgen gelobe, keinem Wesen Schaden zuzufügen, meine ich damit notgedrungen auch mich selbst.

»Paul«, sagte ich, »ich bin eine erwachsene Frau. Ich wollte Nele helfen. Das ist alles. Okay?«

Er musterte mich eine ganze Weile. Dann glaubte er mir offenbar. »Das war keine große Hilfe.«

»Ich weiß.«

»Katja, das war der größte Schwachsinn, den du seit Langem verbrochen hast.«

Ich suchte nach weiteren Schaumresten in der Cappuccinotasse. Es waren keine mehr da.

»Katja?«

»Ja?«

»Weißt du selbst, dass du alles falsch gemacht hast, was man nur falsch machen kann?«

Ich ließ mir das durch den Kopf gehen. Soweit ich überhaupt

noch zu einem klaren Gedanken fähig war. Er hatte nicht völlig recht, fand ich. Aber weitgehend. Also nickte ich.

»Sie war also die ganze Zeit über bei dir.«

»Bei Hertha«, korrigierte ich.

»Noch schlimmer. Du hast deine alte kranke Nachbarin mit reingezogen.«

»Meine alte kranke Nachbarin«, erwiderte ich, »ist fast fünfzig Jahre lang auf den Strich gegangen. Die weiß schon, was sie tut.«

Das machte ihn einen Moment lang sprachlos. Vermutlich überlegte er, warum ich mir ständig Ausgeflippte, Outlaws und ausgeflippte Outlaws als Freunde suchte. Als er die Sprache wieder fand, erklärte er mir, wie er gedachte, das Verfahren, das mir Miss Kommissarin anhängen wollte, niederzuschlagen.

»Und wenn sie mich wirklich in Beugehaft stecken will?«, fragte ich verzagt.

»Dann werde ich auch das verhindern.«

Großer Bruder, starker Bruder. Ich schwor bei allem, was mir heilig ist, ihn künftig über jeden Schritt, den ich unternahm oder auch nur vorhatte, zu unternehmen, zu informieren. Und Nele am nächsten Morgen zu ihm zu bringen. Dann war ich entlassen.

Als ich das Rad aufschloss, erinnerte ich mich plötzlich daran, wie er mich einmal freigeprügelt hatte. Ein paar von den Jungs auf der Schule waren ziemlich hart drauf, und ich war für sie das gefundene Opfer. Ich verbrachte meine Kindheit nämlich vorwiegend in weit entfernten Welten und Zeiten. Ich kämpfte mich mit einer Machete durch das Dickicht des Urwalds, ritt mit Winnetou und Old Shatterhand durch die Prärie, durchquerte auf dem Rücken eines Kamels glühende Wüsten und blühende Oasen und ergötzte mich an den Flötenklängen der Schlangenbeschwörer. Im realen Leben war ich nicht so häufig. Physisch natürlich schon, aber nicht im Kopf.

Es war also für die Jungs eine bombensichere Sache, mir auf dem Schulweg aufzulauern und über mich herzufallen. Vorher hatten sie mir schon ein paarmal das Pausenbrot abgenommen, und ich hatte mir mehrere Szenarien ausgedacht, in denen ich mich so geschickt und erfolgreich wehrte wie die Helden meiner

Lieblingsbücher. Das Problem war nur, dass ich mich derart intensiv in das Ausdenken meiner Gegenwehr versenkte, dass ich nie zur Ausführung kam. Die Jungs knieten also auf mir drauf, ich habe keine Ahnung, was sie eigentlich mit mir anstellen wollten, außer dem Pausenbrot gab es bei mir nichts zu klauen, und das hatten sie sich längst schon geholt. Vor lauter Schrecken vergaß ich sogar zu schreien.

Aber das war auch gar nicht nötig, denn mein Retter nahte, zwar nicht auf einem schwarzen Rappen, aber immerhin auf seinem nagelneuen Fahrrad. Er warf sich auf die Jungs, die auf mir lagen. Zog sie von mir weg und lieferte sich eine Eins-a-Schlägerei mit allen dreien gleichzeitig. Das machte mich wieder munter, und ich schlägerte tapfer mit beziehungsweise kratzte und biss, was das Zeug hielt. Danach hatte ich meine Ruhe.

Ach, Paulchen, dachte ich, es gab Zeiten, da warst du mein Held. Und jetzt musst du nach so vielen Jahren wieder den großen Bruder spielen.

Als ich zu Hause ankam, wurde mir flau im Magen. Ich musste Nele sagen, dass ich keinen Stoff hatte. Vermutlich ahnte sie es schon, ich war ja lange genug weggeblieben. Und ich hatte keine Ahnung, was wir nun tun könnten. Ich musste sie dazu überreden, doch Turkey zu machen. Ich legte mir ein paar – in meinen Augen – gute Argumente zurecht. Als ich oben ankam, war ich vollkommen erschöpft. Ich hätte mich sofort ins Bett legen können. Und wäre am liebsten nie wieder aufgestanden. Oder zumindest sehr, sehr lange nicht. Stattdessen klingelte ich bei Hertha.

Sie zog mich in die Wohnung, schloss die Tür und sagte: »Sie ist weg.«

Ich brauchte eine Weile, bis ich begriff. »Oh nein« war alles, was ich herausbrachte.

»Ich war am Büdchen. Als ich zurückkam, war sie nicht mehr da. Hier!« Hertha hielt mir einen Zettel hin. »Danke für alles!«, stand drauf. »Ich hab mir aus der Schublade zwanzig Euro genommen. Du bekommst sie zurück.«

Ich setzte mich auf einen Stuhl, legte den Kopf auf die Tischplatte und heulte los. Es ging nicht anders. Als ich mich halbwegs wieder gefangen hatte, drang der Duft von Hühnerbrühe in meine verrotzte Nase.

»Ich krieg jetzt nichts runter!«, protestierte ich heiser.

»Doch«, widersprach Hertha. Sie stellte mir einen randvollen Teller hin und drückte mir einen Löffel in die Hand. »Du isst jetzt schön mein Süppchen. Und dann legst du dich ins Bett.«

Ich kostete. Es schmeckte mal ausnahmsweise richtig gut. Ich verkniff es mir, an die gefolterten Hühner zu denken, die dafür verantwortlich waren. Als ich aufgegessen hatte, rauchten wir noch eine zusammen, und ich brachte Hertha auf den Stand der Dinge.

»Scheiße«, sagte sie nur. Und dann noch mal: »Kacke!« Sie sah mich an und schüttelte den Kopf: »Aber so fertig, wie du grade bist, Schätzchen, kannste jetzt erst mal nix machen. Außer ins Bett gehen.«

Ich stimmte ihr inhaltlich voll zu.

Aber ich konnte nicht einschlafen. Die Ereignisse des Tages spulten sich wieder und wieder in meinem Kopf ab. Ich entwarf Dialoge, in denen ich Miss Kommissarin ganz schön alt aussehen ließ und hoch erhobenen Hauptes das Bullenhauptquartier verließ. Dann schrieb ich das gesamte Drehbuch um. Ich witterte die Falle, steckte dem Dealer, dass die Bullen um die Ecke lauerten, und als sie mich durchsuchten, hatte ich nichts dabei. Und so weiter. Außerdem plagte mich das Gefühl, dass mit Hertha etwas nicht stimmte. Sie hatte so bedrückt gewirkt. Was gar nicht zu ihr passte. Hertha konnte spontan hilfsbereit sein, aber sie hatte mir einmal erklärt: »Ich häng mich in nix mehr rein. Die Leute müssen alleine klarkommen. Ich muss das schließlich auch.« Neles Abgang jedoch schien sie ernsthaft zu bekümmern.

Ich wälzte mich von einer Seite auf die andere, bis ich es endlich aufgab, in die Küche ging und mir eine Tasse Tee machte. Rosa sprang auf meinen Schoß, kratzte mir die Oberschenkel wund, bis sie endlich eine Position fand, die ihr behagte, und begann laut und zufrieden zu schnurren. »Du bist keine Nähmaschine«, klärte ich sie auf und kraulte sie hinter dem Ohr. Jeff fehlte mir schrecklich. Ich hätte ihn am liebsten auf der Stelle angerufen, aber ich hatte keine Telefonnummer in Pharping. Und auf dem Handy war es mir dann doch zu teuer.

»Wenn wenigstens Gitta da wäre«, jammerte ich und ließ mir von Rosa den Daumen annagen. Gitta ist meine beste, älteste und liebste Freundin. Wir sind zusammen zur Schule gegangen und uns, von ein paar Jahren abgesehen, seither treu geblieben, obwohl unsere Lebensweise nicht unterschiedlicher hätte sein können. Eine Zeit lang kifften wir zusammen, aber dann hatte sie keine Lust mehr auf Drogen. Ganz im Gegensatz zu mir. Mit Punks konnte sie auch nichts anfangen und ich nichts mit ihrer Friedensbewegung. Trotzdem blieben wir Freundinnen. Auch noch, als ich aus der Schule flog. Gitta fing nach dem Abi ein Medizinstudium an, verliebte sich, heiratete das Arschloch, bekam ein Kind und lebte fortan ihren Mutterinstinkt aus. Während ich mit Haari und seiner Band rummachte. Damals konnte ich mit Gitta nichts mehr anfangen. Sie erschien mir heillos spießig, es gab so gut wie nichts mehr, worüber wir uns einig waren. Sie wiederum war entsetzt über meinen Lebensstil im Allgemeinen und meinen Drogenkonsum im Besonderen.

Ihr Herr Gemahl, der damals schon ein Ober-Öko war, kaufte einen Bauernhof in der Eifel. Demeter, versteht sich. Gitta mutierte zu Mother Earth, kümmerte sich um das Kind, die Schafe, die Hühner, das Obst und Gemüse, fuhr die Eier, den Kohl, die Zucchini, die Möhren und was sie sonst noch alles anbaute, nach Aachen, Bonn und Köln in die Bioläden, und wenn sie sonst nichts zu tun hatte, kochte sie Marmelade ein, die sie dann auch noch in den einschlägigen Lädchen verscherbelte. Anders gesagt: Sie arbeitete sich halb tot, während ihr Liebster Politik machte, für die Grünen im Fernsehen auftrat und große Sprüche klopfte. Wir sahen uns kaum noch, und irgendwann stellten wir auch die Telefonate ein.

Eines Tages liefen wir uns zufällig in der Stadt über den Weg. Ich hatte gerade mein Leben geändert und mich auf der Journalistenschule angemeldet. Gitta hatte endlich geblickt, dass ihr Öko-Held sie mit jeder Tussi betrog, die ihn ranließ. Und das waren nicht wenige. Und nicht nur Tussis. Wir tranken zusammen Kaffee, redeten uns den Mund fusselig und fielen uns schließlich heulend in die Arme.

Gitta, die schon immer ein Mensch mit Prinzipien war, ließ sich scheiden, zog mit Töchterchen zurück nach Köln und machte eine Ausbildung zur Osteopathin und Heilpraktikerin. Ihr verdanke ich unter anderem, dass ich noch aufrecht gehen kann. Zu ihr floh ich, wenn ich mal wieder nicht mehr weiterwusste in meinem Leben. Ich war die Ausgeflippte, sie die Bodenständige. Sie lebte meine Eskapaden ein bisschen mit, wenn ich ihr davon erzählte, ich kam ein wenig zur Ruhe, wenn ich bei ihr auf der Küchenbank saß und Kräutertee trank. Und als ihre Tochter mit sechzehn schwanger wurde, heulte Gitta sich bei mir aus. Ließ sich von dem Gedanken trösten, dass aus mir ja letztendlich auch noch was geworden war. Jetzt allerdings saß sie auf Mallorca, statt sich um ihre liebste Freundin zu kümmern. Schande auf ihr Haupt!

Als Gitta anfing, auch mal an sich selbst zu denken, hatte sie sich eine Finca auf der Insel gekauft, mitten in den Bergen, wo damals niemand hinwollte und wo deshalb die Grundstückspreise noch vor sich hin dümpelten. Sie hatte die Gebäude eigenhändig renoviert, die Remise zu einem wunderschönen Häuschen für sich selbst ausgebaut und vermietet seither den Rest der Anlage an Feriengäste. Letztes Jahr zog ihre Tochter in einen der Bungalows. Sie kümmert sich jetzt um die Gäste, und im Winter kommt Gitta und kümmert sich um das Enkelkind. Soweit ich mich erinnerte, würde sie frühestens in vier Wochen zurück sein.

Ich beschloss, Gitta nach dem Frühstück wenigstens anzurufen. Trank meinen Tee aus, hob Rosa von meinem Schoß, leerte den Aschenbecher aus, kippte das Fenster und ging wieder ins Bett. Diesmal schlief ich auf der Stelle ein.

NEUN

Ich erwachte vom Klingeln meines Handys, sprang aus dem Bett und zog es aus der Jackentasche. Es war die Mailbox. Ich drückte die Knöpfe so hektisch, dass ich eine Weile brauchte, um endlich die Nachricht abhören zu können. Es war nicht Nele. Aber die Message war trotzdem gut. Sehr gut sogar. Gitta teilte mir mit, dass sie früher zurückkam, genauer gesagt: am selben Abend schon. Ich rief sie sofort zurück. Enkelchen lag mit Scharlach danieder, und da Gitta den selbst nie gehabt hatte, musste sie das Weite suchen, um sich nicht anzustecken. Welch ein Glück für mich! Ich schämte mich für meinen Egoismus und schnurrte bedauernde Worte in den Hörer. Sie bat mich, ihre Wohnung zu lüften und für sie einzukaufen.

Ich stellte mich eine Ewigkeit unter die heiße Dusche, dann machte ich mir ein Sonntagsfrühstück, obwohl es mitten in der Woche war. Anschließend fuhr ich nach Bickendorf ins Jugendzentrum. Ich wollte ein paar Mädchen, die dort an einem Rap-Kurs teilnahmen, interviewen. Wir machten schöne Aufnahmen im Tonstudio, und die Mädels hatten auch einiges zu sagen. Auf dem Rückweg fiel mir plötzlich auf, dass die Sonne schien. Dass der Himmel in einem irrwitzigen Bilderbuchblau erstrahlte. Und dass ich das bis gerade eben nicht bemerkt hatte. Weil ich im Kopf schon die Sendung schrieb. Ein japanischer Zen-Meister hat gesagt: »Wenn ich sitze, sitze ich. Wenn ich gehe, gehe ich. Wenn ich scheiße, scheiße ich.« Also: Wenn ich Rad fahre, fahre ich Rad. So weit bin ich nur leider noch nicht.

Aber wenigstens war mein Kopf, als ich zu Hause ankam, wieder halbwegs klar, und die Gliederschmerzen ließen nach. Ich setzte mich sofort an den Schreibtisch und tippte die Interviews ab. Die Sonne schien noch immer, und ich beschloss, mich wieder mehr in Achtsamkeit zu üben. Die Angst um Nele wurde ich allerdings nicht los. Sie tauchte aus den Tiefen meines Herzens auf und rotierte in meinem Kopf. Als ich mit der Arbeit fertig war, machte ich mir eine Tasse Tee, legte Jeff Buckley in den

CD-Player, setzte mich auf das Sofa und versuchte, ruhig und vernünftig nachzudenken. Mir fiel bloß nichts ein. Als es mitten in »Hallelujah« an der Tür klingelte, jumpte ich vom Sofa und sprintete in den Flur. Es war Hertha. Ich ging mit ihr in die Küche und fasste einen Entschluss. Ich musste mich ablenken, sonst blieb ich handlungsunfähig. Die besten Ideen zu einem Problem oder Projekt kommen mir nämlich meistens dann, wenn ich ein anderes in Angriff nehme. Ich erzählte Hertha, dass ich sie gern interviewen würde. Vielleicht für eine Radiosendung, vielleicht auch für etwas Größeres. Ein Buch zum Beispiel.

Sie schüttelte irritiert den Kopf. »Wieso mich? Was hab ich denn zu erzählen?«

»Du hast Nerven!«, erwiderte ich. »Überleg mal, was du schon alles erlebt und durchgestanden hast. Bei deiner Kindheit angefangen.«

»Ja«, meinte sie, »aber das geht keinen was an.«

»Doch«, konterte ich. »Also zum einen finde ich es wichtig, dass mal bekannt wird, was die Nazis mit Leuten wie dir und deiner Mutter gemacht haben. Und dann finde ich es total wichtig, dass mal eine Frau, die auf den Strich gegangen ist, selber sagt, was das heißt. Sonst reden oder schreiben ja immer nur andere über euch. Und meistens Blödsinn.«

»Da haste mal ausnahmsweise recht.«

Ich streckte ihr die Zunge heraus.

»Wann willste das denn machen?«, fragte sie, noch etwas zögerlich.

»Jetzt zum Beispiel?«

»Jetzt? Haste keine anderen Sorgen?«

»Doch«, beschied ich sie trocken. »Also, ich hol das Aufnahmegerät.«

»Muss ich dann in ein Mikrofon sprechen?«, fragte sie entsetzt. Ich sah ihr an, dass sie gerade einen Rückzieher machen wollte.

»Hör mal, Hertha«, sagte ich schnell, »wenn ich das alles mit der Hand mitschreibe, kann ich es im Radio nicht verwenden. Und außerdem kriege ich dann eine Sehnenscheidenentzündung.«

»Ja, aber …« Offenbar fiel ihr nichts Rechtes ein, um abzulehnen. Ich nutzte die Gunst der Stunde, holte den MD-Player, stellte ihr das Mikro vor die Nase und bat sie, »Eins, zwei, drei« zu sagen.

»Bin ich ‘n Promi oder was?« Sie schob das Mikro einen halben Meter von sich weg. Ich schob es zurück.

»Kaffee?«

Sie nickte und starrte das Mikrofon an, als würde es ihr gleich ins Gesicht springen. Als ich mit unseren Tassen zurückkam, zündeten wir uns erst einmal eine Zigarette an.

»Wennde weiter so qualmst, haste in fünf Jahren Lungenkrebs«, brummte sie.

»Yeah«, antwortete ich, nahm ihre Packung in die Hand und las ihr den Aufdruck vor: »Rauchen schadet Ihrer Gesundheit.«

»Was machste ‘n jetzt mit der Nele?«, wollte sie wissen.

»Lenk nicht ab«, sagte ich beinahe, merkte aber noch rechtzeitig, dass sie es ernst meinte.

»Ich hab keine Ahnung«, gestand ich. »Ich hab gerade versucht, nachzudenken, aber mir fällt nichts ein. Nichts. Zero. Ich hab ‘n Loch in der Birne.«

»Mhm.« Sie sah schon wieder so komisch aus. Ich nahm mir ein Herz und sagte: »Das geht dir nahe mit der Nele, ne?«

»Kann schon sein.«

Etwas an ihrem Tonfall hätte mich warnen müssen. Stattdessen murmelte ich: »Ich find’s toll, dass du ihr so geholfen hast. Und was für ein Glück, dass du das übrige Zimmer hast.« Ich wunderte mich schon lange darüber, wofür dieser Raum gut sein sollte. Sie benutzte ihn nämlich nicht, noch nicht einmal als Abstellraum.

Ich hatte offenbar genau das Falsche gesagt. Hertha machte jetzt vollends zu.

»Entschuldige«, bat ich und sah sie hilflos an. »Ich mache anscheinend grade alles falsch.«

»Das siehst du richtig.« Peng.

Können wir das Interview trotzdem machen?«, fragte ich zerknirscht.

»Weißte, was das Problem mit euch Klugscheißern ist?«, gab

sie zurück. »Ihr wollt immer über alles reden. Ich hatte mal 'n Stammkunden, der hat bei 'nem Verlag gearbeitet. So 'n Herr Doktor Dingsbums. Der hatte sein' Schwanz noch nicht ganz eingepackt, da wollte der von mir hören, warum ich das alles mache, wie's mir dabei geht und all so 'n Driss.«

Ich fühlte mich, als hätte sie mir ins Gesicht gespuckt. Wenn sie keinen Unterschied sah zwischen mir und einem ihrer ehemaligen Freier, dann hatte ich wohl die ganzen Jahre über etwas falsch verstanden. Von wegen Freundschaft.

»Okay.« Ich packte mein Aufnahmegerät ein und stand auf. Sie rührte sich nicht. An der Tür zwang ich mich zu einem freundlichen »Tschüss!«. Als ich meine hinter mir zumachte, kamen mir die Tränen. Ich legte mich auf das Sofa und starrte zur Decke. Hatte ich mir die ganzen Jahre über nur eingebildet, dass Hertha mich mochte? Aber ich bin doch nicht völlig bescheuert, überlegte ich, und ich habe ein gutes Gespür für Menschen. Ich kann mich nicht so gründlich getäuscht haben. »Haste aber wohl«, sagte eine bittere Stimme in mir. Und was ist mit Nele?, grübelte ich weiter. Habe ich mir da auch bloß etwas eingeredet?

Ich fühlte mich hundeelend, allein und verlassen, und hatte große Lust, mich zu besaufen. Oder sonst was. Mein Dharma-Ich hob alarmiert das Haupt. »Ist ja gut«, beruhigte ich es und verfluchte mich dafür, dass ich mein gesamtes Dope zu Mary gebracht hatte. Warf Jeff Buckley wieder an und setzte mir die Kopfhörer auf. Als die CD durch war, ging es mir noch immer nicht besser. Ich setzte mich an den Schreibtisch und tippte die Zitate ab, die ich für die Sendung vorgesehen hatte. Dann ging ich mein überquellendes Ablagekörbchen an. Als es leer und alles einsortiert war, fühlte ich mich ein ganz klein wenig wohler. Und weil ich gerade im Aufräumrausch war, löschte ich auch noch systematisch alle Mails, die ich archiviert hatte und nicht mehr brauchte. Als ich den Spam-Ordner leerte, klingelte es.

»Willste jetzt das Interview machen oder nicht?«, fragte Hertha. »Ich hab uns was zu trinken geholt, dir 'n Bleifreies.«

Ich verstand es als ihre Art, sich zu entschuldigen. Oder so etwas Ähnliches. Ich war noch immer verletzt und vor allem verunsichert, folgte ihr aber stumm in ihre Küche.

Erst musste ich ihr jeden Wurm einzeln aus der Nase ziehen, dann geriet sie doch ins Erzählen. Hinter der alten, abgeklärten »Bordsteinschwalbe«, wie sie sich selbst schon mal nannte, kam ein kleines, verzweifeltes Mädchen zum Vorschein, das nicht begriff, warum seine Mutter nicht mehr nach Hause kam, warum es in dieses schreckliche Heim musste, das ein Gefängnis war, warum sie, die Mädchen, die dort eingesperrt waren, mitten im Winter nur ein kratziges Kleid und Holzpantinen zum Anziehen bekamen, warum sie bei der Feldarbeit nie Pause machen durften, warum sie ständig geschlagen wurden. Ein Mädchen, das sich langsam damit abfand, dass seine Mutter es dort nicht rausholen würde, dass es kämpfen, beißen, kratzen, sich mit allen Mitteln gegen ein paar seiner älteren Leidensgenossinnen zur Wehr setzen musste, um nicht vollends unterzugehen, dass es morgens beim Appell »Heil Hitler!« schreien musste. Ein Mädchen, das begriff, dass es niemals sagen durfte, dass es hungrig war, dass es nicht weinen durfte, dass es am besten war, keine Gefühle zu zeigen, weil es sonst nur wieder Prügel gab. Ein Mädchen, das überlebte, weil es da plötzlich ein anderes Mädchen gab, mit dem es sich zusammentun konnte, zu dem es sich nachts, wenn alle schliefen, heimlich ins Bett legen konnte, von dem es Wärme bekam und Trost, dem es selbst Wärme und Trost geben konnte. Ein Mädchen, das nicht begriff, warum diese einzige, diese beste Freundin eines Tages abgeführt wurde und nie wiederkam.

»Wie dann endlich die Engländer gekommen sind«, sagte Hertha, »da war erst mal Chaos, da hat keiner mehr geblickt, was jetzt Sache ist. Und da bin ich stiften gegangen, so schnell konntste nicht gucken. Tja. Und dann haben die mich wieder eingefangen. Die haben da in der Horrorbude einfach weitergemacht wie vorher. Den Engländern ist das am Arsch vorbeigegangen. Für die warn wir ja kriminelle Jugendliche, Asoziale oder weiß der Geier was. Jedenfalls keine, wo man hätte befreien müssen. Und dann bin ich noch mal weg, das Spielchen ham wer 'n paarmal durchexerziert, ich weg, die Bullen mich wieder zurück ins Heim, neue Runde von vorne. Wie ich dann endlich bei meiner Oma bleiben konnte, da hat die mich zum Arzt geschickt, dass der was mit mir macht. Weil ich war am Rücken und am Hintern eigentlich nur noch rohes Fleisch.«

Sie rührte in ihrem Kaffee und nahm einen Schluck. »Die Mädchen im Puff waren klasse«, fuhr sie fort. »Ich hab für die geputzt und Einkäufe gemacht und all so was. Da war eine bei, die hat meine Mutter noch gekannt, die Linda, die hat mich dann so 'n bisschen betüddelt. Weil bei meiner Oma hieß es ja nur: Du bist zum Arbeiten da und nicht zum Mir-Arbeit-Machen! Das war 'ne Zigeunerin, die Linda, die hamse da in dem Puff versteckt gehabt im Krieg. Der ihre ganze Familie hamse in Auschwitz weggemacht, die Nazis. Die Linda, die hat mir das alles erzählt, mit Auschwitz und den Lagern und den Juden und so. Und dass die meine Mutti vermutlich auch umgebracht haben. Und wie ich dann schon siebzehn war, hat die zu mir gesagt: ›Wennde bei uns einsteigen willst, dann mach nie ohne Gummi und lass dir nie von 'nem Kerl die Kohle abziehen!‹«

Hertha nahm den Löffel aus ihrer Tasse und trank den Kaffee aus. Dann schob sie das Mikro auf meine Seite des Tisches: »So. Und jetzt mach das Ding da aus.«

Als sie gegangen war, setzte ich mich an den Schreibtisch und tippte das Interview ab. Ich nehme meistens erst beim Schreiben wahr, was mir die Leute alles erzählt haben, und jetzt war es genauso. Anders gesagt: Danach war ich völlig fertig. Ich überlegte, was ich mir Gutes tun könnte, dann fiel mir ein, dass ich noch nicht meditiert hatte. Das passiert mir selten, und ich interpretierte es als Symptom dafür, dass ich mich in einer Art Ausnahmezustand befand. Ich setzte mich also vor meinen Altar, entzündete ein Teelicht und ein Räucherstäbchen und schlug die Klangschale an. In meinem Kopf fuhren die Gedanken Formel 1. Nach einer langen Weile wurde ich endlich ruhiger und konnte mit der eigentlichen Praxis beginnen. Und dann blitzte plötzlich die Erkenntnis in mir auf: Die Bullen hatten sich den ganzen Tag über nicht gemeldet. Das konnte kein gutes Zeichen sein. Danach war meditationsmäßig nichts mehr zu machen.

Ich stand auf und nahm mir mein Handy vor. Ich löschte die Listen mit den Nummern der eingegangenen Anrufe und die mit den Nummern, die ich gewählt hatte, Neles Nummer und alle

SMS, die sich noch im Speicher befanden. Viel Sinn machte das nicht, aber ich wollte nicht, dass Miss Kommissarin und Co, falls sie hier noch einmal rumwühlten, allzu viel über mein Privatleben erfuhren. Ich checkte auch noch meine Mails und wunderte mich darüber, dass sogar ein jeckes Huhn wie ich erstaunliche konspirative Fähigkeiten entwickeln konnte, wenn es nötig war.

Wohl fühlte ich mich dabei allerdings nicht. Ich hatte seit Ewigkeiten nichts mehr mit der Polizei zu tun gehabt und auch nichts mehr verbrochen, das ich mit allen Mitteln hätte vertuschen müssen. Ich hatte mir zwar einiges geleistet, aber nichts, zu dem ich nicht hätte stehen können. Ich würde mich auch zu meiner Kifferei bekennen, wenn man mich dabei erwischte. Denn ich finde, angesichts der Tatsache, dass Alkohol viel gefährlicher, suchtbildender und schädlicher ist als Cannabis, gehört Letzteres dringend legalisiert. Es denkt ja auch keiner dran, den Alk zu verbieten.

Das Räucherstäbchen war noch nicht völlig abgebrannt. Ich machte die Kerze wieder an und setzte mich auf mein Kissen. Diesmal klappte es. Als ich wieder aufstand, wusste ich, dass Jeff und meine innere Stimme recht hatten. Ich hatte mich in ein Gewirr von Lügen verstrickt, die ich mir gar nicht alle merken konnte und von denen die eine unausweichlich zur nächsten führte. Ich gelobte mir, nur noch die Wahrheit zu sagen. Und wenn das nicht ging oder wenn mir das zu riskant erschien, zu schweigen. Als ich diesen Beschluss gefasst hatte, ging es mir besser. Es war, als hätte sich ein Nebel aus meinem Hirn verflüchtigt. Ich konnte wieder (halbwegs) klar sehen. Und der Druck in meinem Nacken ließ deutlich nach. Ich nahm das als Bestätigung dafür, dass meine Entscheidung richtig war.

Inzwischen war es ziemlich spät geworden, und ich musste noch für Gitta einkaufen. Ich holte im Bioladen Espresso, Brot, Eier, Butter, Marmelade, Obst und eine riesige Tüte Gemüse und fuhr weiter zu Gitta. In ihrer Wohnung riss ich alle Fenster auf und kochte eine Gemüsesuppe. Dann schrieb ich ihr, dass sie mich morgen bitte, bitte unbedingt ganz sicher verlässlich anrufen sollte, und legte den Zettel auf ihr Bett. Als ich gehen wollte, fiel mir ein, dass ich seit dem Frühstück nichts mehr gegessen hatte. Ich nahm mir einen Teller von der Minestrone, schnitt mir ein Stück Brot ab und machte das Radio an. Es lief ziemlich cooler, ziemlich zeitgenössischer Jazz, der mir nicht wirklich gefiel, aber seltsam beruhigend auf mich wirkte. Nach dem Essen spülte ich noch schön ordentlich Teller und Löffel, dann schwang ich mich aufs Rad. Richtung Geestemünder Straße. Obwohl es schon verdammt spät war.

Als ich ankam, war es zappenduster. Ich drehte eine Runde und fragte jede Frau, ob sie Bea gesehen hätte. Hatte aber keine. Eine gab mir netterweise ihre Handynummer und sah mich dabei irgendwie verschwörerisch an. Ich beschloss, wieder zu fahren und mir auf dem Weg eine Telefonzelle zu suchen. Als ich hintenrum an den Boxen vorbeiging, rannte ich wieder der Sozialarbeiterin in die Arme. Ich fluchte innerlich und versuchte, ihr mit einem freundlichen »Hi!« zu entkommen. Sie lächelte zurück, nur dass ihr Lächeln im Gegensatz zu letztem Mal ziemlich zurückhaltend war.

»Hast du Lust auf einen Kaffee?«, fragte sie.

»Nö, 'n andermal, ja?«

»Wenn du hier arbeiten willst, sollten wir erst mal miteinander reden. Das ist hier so üblich. Komm doch einfach mit, jetzt habe ich gerade gut Zeit.«

Was sollte ich machen? Wenn ich wieder ablehnte, wurde sie womöglich misstrauisch. Ich hatte keine Ahnung, was ich ihr sagen sollte, folgte ihr aber brav in den Container.

Ich war angenehm überrascht. Die Ausstattung war eher schäbig, aber der Raum wirkte gemütlich. Ein großes Sofa, eine Bar mit den dazugehörigen Hockern, ein Tisch mit Stühlen. Eine Frau zog sich gerade um und musterte mich neugierig. Die Frau hinter dem Tresen nickte mir freundlich zu. Die Sozialarbeiterin ließ sich zwei Tassen Kaffee für uns geben und führte mich in das Büro nebenan. Ich trank einen Schluck Kaffee und zog eine Zigarette aus der Packung. Die Sozialarbeiterin gab mir Feuer.

»Ich heiße Franziska«, sagte sie.

»Katja«, nuschelte ich.

»Hast du schon mal gearbeitet, Katja?«

Ich brauchte einen Moment, bis ich begriff. Bevor ich antworten konnte, klopfte es an der Tür. Eine Frau kam rein, klein, blond, hübsch, mit riesigen blauen Augen und winzigen Pupillen. »Kann ich mal tauschen?«, fragte sie. Sie zog eine Handvoll Nadeln und Pumpen aus der Tasche und legte sie auf den Tisch. Franziska zählte sie ab, warf sie in eine Tüte und gab ihr dieselbe Anzahl neuer. »Brauchst du auch noch Gummis?« Die Frau verneinte, immer mit einem Seitenblick auf mich. »Nö, danke. Hab ich noch.«

Ich war mir sicher, dass sie die Spritzen jetzt auch nicht unbedingt gebraucht hätte. Sie wollte eher checken, was für eine ich war oder, falls sie das schon wusste, was ich hier wollte.

Als sie endlich wieder raus war, fasste ich mir ein Herz. »Ich will hier nicht arbeiten«, erklärte ich.

»Das hätte mich auch gewundert.« Franziska sah mich kühl an. »Ich hatte eher den Eindruck, du willst hier Drogen kaufen. Oder verkaufen. Und das läuft hier nicht. Das ist auf dem Gelände strikt verboten.«

Nele hatte von den Sozialarbeiterinnen auf der Geestemünder regelrecht geschwärmt. Wie hilfsbereit sie waren, wie sie einen in Ruhe ließen, wenn man in Ruhe gelassen werden wollte, und wie sie einem beistanden, wenn man Unterstützung brauchte. Und dass sie den Mund halten konnten. Auf Letzteres verließ ich mich.

Ich holte tief Luft und erzählte ihr die Nele-Geschichte in Kurzfassung. Ein paar Sachen ließ ich aus, aber ich informierte sie über die Essentials. Als ich meinen Kurzvortrag beendet hatte, schüttelte sie schweigend den Kopf. Ich fragte sie, ob ich einen Saft oder Mineralwasser haben könnte. Ich hatte mir den Mund trocken geredet. Und zu viel dabei geraucht.

»Ja, natürlich!« Sie sprang auf und lief in den Container. Ich ging an den Schrank mit den Spritzen und überlegte, ob ich ein Pack für Nele mitnehmen sollte. Nur so, zur Sicherheit. Jetzt gelobe ich nur leider jeden Morgen, dass ich nichts nehme, das mir nicht gegeben wurde. Das gehört sozusagen zur Dharmapraxis-Grundausstattung. Also ließ ich die Finger von der Schublade.

Franziska kam mit einer Flasche Orangensaft und zwei Gläsern zurück. Sie schenkte uns ein, dann sagte sie: »Ich habe hier schon einiges erlebt. Auch was Linkereien und Lügen betrifft. Aber Nele kenne ich seit Jahren. Und ich bin überzeugt davon, dass sie niemanden umbringen würde. Schon gar nicht einen Freund.« Sie steckte sich eine neue Zigarette an. Die Frau rauchte eindeutig zu viel. Kein Wunder, bei ihrem Job.

»Nele«, fuhr sie fort, »ist etwas ganz Besonderes. Man kann mit ihr so gut reden, sie interessiert sich für so vieles, und sie hat auch von vielem Ahnung. Sie hat sich hier immer um die Schwächeren gekümmert, hat sie verteidigt, wenn andere auf ihnen rumgehackt haben, und all so was. Wenn eine voll auf Turkey war und ewig hier rumstand, hat Nele ihr sogar schon mal eine Tour abgegeben.« Sie schenkte mir Saft nach und lächelte mich dabei so herzlich an, dass ich mir wünschte, wir wären Freundinnen.

»Nele hat den Job hier gehasst«, sprach Franziska weiter. »Seit sie mit dem Tom zusammen war, hat sie sich hier nicht mehr blicken lassen. Sie hat uns aber manchmal im Café besucht, im Mäc Up. Als sie dann ins Methadonprogramm gegangen ist, hat sie wieder ab und zu eine Tour gemacht, aber nur ganz selten, wenn sie gar kein Geld mehr hatte. Und dann ging es ihr jedes Mal hundsmiserabel.«

»Franzi, kommst du mal?« Ihre Kollegin stand in der Tür und guckte so, als wäre es dringend. »Sofort, ja?«

Franziska stand auf, ich tat es ihr gleich. »Ich halte die Ohren offen«, sagte sie leise. »Wenn ich irgendetwas höre oder wenn ich zufällig erfahre, wo Nele steckt, gebe ich dir Bescheid.«

Wir tauschten unsere Handynummern aus, ich umarmte sie, dankte ihr und hatte das Gefühl, sie meinte es ehrlich.

ZEHN

Okay, ich hatte eine ziemlich wilde Jugend. Ich bin jahrelang in der Weltgeschichte herumgegondelt und habe da nicht immer in Hotels übernachtet. Eigentlich fast nie. Und wenn, dann in solchen, die noch nicht mal im Billig-Reiseführer stehen. Ich hatte schon die Krätze und Filzläuse und Krankheiten, über die ich nicht so gern spreche. Ich habe in – vornehm ausgedrückt – schlecht beleumundeten Kneipen gejobbt. Als Journalistin habe ich an Orten recherchiert, die andere als No-go-Areas bezeichnen. Und Leute interviewt, vor denen andere lieber davonlaufen. Das alles hat mir ziemlich großen Spaß gemacht, auch wenn es manchmal ein wenig anstrengend war. Aber auch Leute wie ich werden älter. Irgendwann habe ich mich so halbwegs gesettelt. Und seit ich den Dharma praktiziere, bin ich verhältnismäßig ruhig geworden. Das sieht sogar mein Bruder Paul so. Und das will was heißen. Deshalb war mir das, was jetzt über mich hereinbrach, doch ein bisschen zu viel.

Dabei hatte ich nach meinem Ausflug auf den Strich lange und gut geschlafen. Am Morgen war ich in ins Funkhaus gefahren, hatte Bänder abgehört, mit meiner Redakteurin zu Mittag gegessen und dann im Archiv recherchiert. Zwischendrin hatte ich mit Paul telefoniert und ein paarmal vergeblich versucht, Bea auf dem Handy zu erreichen. Mit Gitta hatte ich mich zum Abendessen in meiner Wohnung verabredet und mich standhaft geweigert, schon am Telefon zu erzählen, was passiert war.

Als ich gut gelaunt meine Wohnungstür aufschließen wollte, entdeckte ich den Zettel: »Schau erst mal bei mir rein!« Ich ahnte Böses und klingelte bei Hertha. »Setz dich hin«, begrüßte sie mich. Mir schwante noch Böseres. Vor allem, als eine zutiefst beleidigte Rosa aus Herthas Schlafzimmer stolzierte und mich wütend anfauchte. »Was macht die denn hier?«, fragte ich erschrocken.

»Die Bullen haben deine Wohnung auf'n Kopf gestellt«, teilte Hertha mir mit und schenkte mir eine Tasse Kaffee ein. »Und zwar gründlich. Ich hab versucht, ihnen auf die Finger zu gucken, aber es waren zu viele. Ich helf dir gleich beim Aufräumen.«

Ich rief Gitta an, sagte unser Essen ab, bat sie, keine Fragen zu stellen und morgen Abend zu kommen. Es entging ihr nicht, dass etwas ganz und gar nicht stimmte.

»Ich komme auf der Stelle zu dir, egal, ob dir das passt oder nicht. Ich muss wissen, was mit dir los ist!«

Sie ist eben meine älteste und beste Freundin. Aber ich konnte sie jetzt trotzdem nicht sehen. Ich konnte jetzt nichts erklären. Ich konnte jetzt eigentlich überhaupt nichts mehr.

»Gitta«, flehte ich, »hör mir bitte zu. Ich brauche dich, sogar dringend, aber ich bin so groggy, dass ich mich in meine Höhle verkriechen muss. Bitte! Du kennst mich doch!«

Sie gab schließlich nach, unter der Bedingung, dass sie morgen schon um sechs Uhr abends hier antanzen und das Kochen übernehmen würde. Dann packte ich mir die zappelnde und protestierende Rosa auf den Arm und ging mit Hertha hinüber in meine Wohnung.

Mein gemütliches Nest war nicht wiederzuerkennen. Von gemütlich keine Spur mehr. Von Nest auch nicht. Sämtliche Bücher lagen auf dem Boden, das Ausziehsofa war in seine Einzelteile zerlegt, die Küche Kriegsgebiet nach einem flächendeckenden Bombenangriff, und um den Zustand meines Schreibtisches zu beschreiben, fehlen mir die Worte. Ich setzte mich in den Schaukelstuhl und starrte auf die Verwüstung. Mein Blick fiel auf den Anrufbeantworter, der auf dem Teppich schräg an einem Kissen lehnte und blinkte. Unter Schock verhält man sich bekanntlich nicht logisch, deshalb ging ich hin und hörte ihn ab. Er funktionierte.

»Katja«, sagte mein Vater, dann räusperte er sich ein paarmal. Ich erschrak sofort, denn Anrufe gehören zum Aufgabenbereich meiner Mutter. Mein Vater nimmt das Telefon nur in die Hand, wenn es gar nicht anders geht. »Mutti ist gestürzt.« Räusper. »Sie liegt im Krankenhaus. Kannst du mal zurückrufen?« Ich schloss die Augen.

»Ach, Schätzchen!«, sagte Hertha.

»Hast du zufällig einen Wein im Haus?«, fragte ich sie.

»Nö, aber 'n lecker Bierchen?« In der Not frisst der Teufel Fliegen. Ich nickte matt. Mir wurde bewusst, dass ich meine Eltern seit Ewigkeiten nicht mehr angerufen hatte. Dabei liebe ich sie. Normalerweise telefonieren wir mindestens zweimal die Woche. Mir wurde vor schlechtem Gewissen ganz flau.

Hertha kam mit zwei geöffneten Flaschen Früh zurück und reichte mir eine. Ich trank erst mal gierig, dann ließ ich meinen Blick über das Chaos schweifen. Hertha zündete eine Zigarette an und reichte sie mir rüber. Ich zog daran und fühlte mich wie ein Automat. Ich trank die Flasche aus und rauchte die Zigarette zu Ende. Hertha war wieder in die Küche gegangen, ich hörte sie klappern und räumen. »Reiß dich zusammen!«, ermahnte ich mich und suchte das Telefon.

Mein Vater ging sofort dran, das heißt, er hatte das Telefon neben sich liegen. »Papa«, sagte ich, »was ist passiert?«

Meine Mutter, erzählte er, war auf einer Plastiktüte, die vor dem Supermarkt auf dem Pflaster lag, ausgerutscht. Sie hatte sich den Ellenbogen gebrochen, die Hüfte angeknackst und außerdem eine Gehirnerschütterung. Mein Vater klang verzagt, aber tapfer. Ich versprach, morgen zu ihm zu fahren und Mama im Krankenhaus zu besuchen. Meine Eltern wohnen, seit sie nicht mehr arbeiten, in einem Kaff in der Eifel, da kommt man nur mit dem Auto hin, und ein Auto habe ich nicht. Ich beschloss, mir darüber erst morgen Gedanken zu machen.

»Brauchst du was?«, fragte ich noch. »Soll ich dir was einkaufen?«

»Nö, lass mal, das macht schon alles die Erika.«

Erika ist eine alte Freundin und Gewerkschaftskollegin meiner Eltern. Sie hatten alle drei bei der Bahn gearbeitet, mein Vater als Schlosser in der Werkstatt, meine Mutter in der Kantine und Erika am Schalter. Ihretwegen sind meine Eltern nach der Verrentung aufs Land gezogen. Meine Mutter hatte sich ihr Leben lang nach einem großen Garten gesehnt, und das Häuschen direkt neben dem, in das Erika an ihrem sechzigsten Geburtstag eingezogen war, hatte einen. Und war gerade zu vermieten. Erika hatte immer davon geträumt, dass sie einmal eine Katze, ein paar Hühner und jede Menge Obstbäume ihr Eigen nennen würde. Und Erika ist keine, die nur träumt. Alle paar Wochen wird ihr allerdings die ländliche Idylle zu idyllisch, dann fährt sie nach Köln, um in ihrer alten Stammtischrunde ihre Meinung über die Partei, sprich: die SPD, die Pappnasen vom Gewerkschaftsvorstand, die Politik im Allgemeinen und die Rentenpolitik im Besonderen kundzutun. Als Paul zum siebzigsten Geburtstag unseres Vaters mit seiner Frau Gemahlin im Edel-Outfit erschien, fragte ihn Erika: »Na, wählst du jetzt die FDP?« Anders gesagt: Erika ist klasse. Dass sie sich jetzt um Papa kümmerte, war mir zumindest eine kleine Beruhigung.

Ich kämpfte mich mühsam aus dem Schaukelstuhl und überlegte, wo ich mit dem Aufräumen anfangen sollte. Vor lauter Verzweiflung hätte ich mich am liebsten ins Bett verkrochen. Das ging aber nicht, denn dafür hätte ich zuerst die Matratze wieder drauflegen müssen. Als wir endlich alles aufgestellt und einsortiert hatten, war es Mitternacht. Ich wollte Hertha ins Bett schicken, aber sie bestand darauf, noch ein Bierchen zu trinken. Also lief ich runter zum Büdchen, das gerade schließen wollte, und holte uns Kölsch, Salzstangen, Salznüsschen und zwei Tafeln Nussschokolade.

Hertha fläzte sich auf mein Sofa, das bei jeder Bewegung quietschte. Das hatte es vorher nicht getan. Ich nahm mir vor, Paul zu fragen, ob die Bullen mir Schadensersatz bezahlen mussten. Ich setzte mich wieder in den Schaukelstuhl und stierte wütend auf die beiden Nägel an der Wand gegenüber. An denen hatten einmal, es ist gar nicht lange her, zwei Fotos gehangen. Eines von meinem Lieblings-Tempellöwen auf dem Durbar Margh in Kathmandu und eines von den Gebetsfahnen oben auf dem Berg in Pharping. Jetzt lagen die Fotos auf dem Schreibtisch und die Scherben der Wechselrahmen im Mülleimer.

»Ich hab mich einmal lange mit ihr über Heime unterhalten«, sagte Hertha unvermittelt. Das Kölsch stand noch immer ungeöffnet vor ihr. Ein Zeichen dafür, dass sie gerade auch nicht die Gelassenheit in Person war. Ich machte die Flasche auf und hielt sie ihr hin. Sie nahm einen Schluck und dann noch einen.

»Da, wo die Nele war«, fuhr sie fort, »da war's schon besser wie bei uns, klar. Da mussten die nicht malochen, und die haben auch genug zu essen gekriegt, und geprügelt haben die sie da auch nicht. Aber was sie so erzählt hat, von dem Alleinsein und Keine-Mutti-mehr-Haben und so, und nicht wissen, für was man eigentlich auf der Welt ist, das war im Grunde dasselbe.«

Sie steckte sich eine Kippe an und schwieg ein Weilchen. Dann redete sie weiter: »Übers Anschaffen haben wir uns auch unterhalten. Das war bei ihr genau der gleiche Driss wie bei mir. Ich hätt ja im Leben nicht zugegeben, wie mich das alles angekotzt hat. Man hat ja schließlich seinen Stolz. Und die Nele, die hat da ganz offen drüber geredet. Wie's ihr vor ihr selber geekelt hat. Die hat mir so Freiergeschichten erzählt, die kenne ich genauso. Und wie sie dann danach aus der Dusche gar nicht mehr rausgekommen ist. Oder auf'n Horror gegangen ist, wenn sie nicht duschen konnte. Weißte, ich hab ja immer 'ne Bude gehabt, also waschen konnt ich mich. Aber es gibt so Tage, da hilft noch nicht mal das Duschen.«

Sie strich mit der Zigarette über den Rand des Aschenbechers. »Wir haben auf die runtergeguckt, muss ich ehrlich sagen, auf die Junkies. Die verderben uns die Preise, ham wir gelästert, die machen ohne Gummi, die waren für uns das Letzte. Und jetzt, wo die Nele so erzählt hat ...« Sie nahm einen tiefen Zug und blies langsam den Rauch aus. »Jetzt is mir das richtig peinlich.«

»Aber du hast Nele doch schon geholfen, bevor du sie überhaupt gekannt hast. Bevor du mit ihr über all das geredet hast«, wandte ich ein.

Ich erntete einen dunklen Blick. Hertha öffnete eine neue Flasche Kölsch und kippte sich erst mal jede Menge rein.

»Da war mal 'n Mädchen«, sagte sie schließlich, ohne mich anzusehen, »'n Junkie. Auf der Brühler. Der ihr Typ hat die systematisch verdroschen. Da konntste nich bei zugucken. Die sah aus!«

Sie nahm einen neuen Schluck Bier. »Wir ham der gesagt, sie soll von dem weg. Weil die das sonst nich überlebt. Die Frau war voll fertig. Die hat gemacht, was der Kerl wollte. Die hat uns abgezogen, die hat ... Is ja egal. Die war einfach kaputt. Die hat nix mehr geregelt gekriegt.«

Hertha drückte ihre Kippe aus und steckte sich eine neue an. Ich war todmüde und wollte nur noch ins Bett. Aber ich wusste, ich musste mir diese Geschichte anhören. Bis zum garantiert bitteren Ende.

»Und dann is die eines Tages angekommen und hat gesagt: ›Kann ich bei dir pennen, Hertha? Für 'n paar Tage?‹ Die wollte von dem weg. Auf einmal.«

Pause. Noch ein Zug aus der Flasche.

»Aber ich wollt die nich haben. Ich hatt ja das Zimmer, damals schon. Das war mal für wen anders gedacht. Is ja egal. Jedenfalls wollt ich die nich in der Wohnung. Weil ich hab mir gedacht, die packt das ja doch nich, und dann krieg ich Stress mit dem Typen. Hab ich der gesagt, is nich. Dann ham die die gefunden, paar Tage später. Irgendwo im Wald. Tot. Mit 'ner Überdosis.«

Ich zündete mir eine Zigarette an. Wir schwiegen eine Weile vor uns hin.

Dann fragte sie herausfordernd: »Hättste nich von mir gedacht, was?«

Ich stand auf und holte mir eine Flasche Kölsch. Echtes. Dann erzählte ich ihr, dass ich Nele nicht bei mir hatte wohnen lassen wollen. Und warum.

Hertha nickte ein paarmal schweigend. Rieb sich das Knie und verzog vor Schmerz das Gesicht. Erhob sich schwerfällig aus dem Sessel, legte mir kurz die Hand auf die Schulter, knurrte: »Jetzt ab in die Heia.«

»Ich muss morgen zu meiner Mutter fahren«, sagte ich, »aber ich werde vermutlich am frühen Abend wieder da sein. Und dann gehe ich zu dem Onkel von Mehmet. Und versuch mal, den auszufragen. Oder mir zumindest ein Bild von ihm zu machen. Und die Sozialarbeiterin von der Geestemünder will sich auch umhören.« Dabei fiel mir ein, dass ich Hertha davon noch gar nicht berichtet hatte. Ich brachte sie kurz auf den neuesten Stand, und dann gingen wir endlich schlafen.

ELF

Ich stand um halb sieben auf, um meinen geplanten Tagesablauf zu schaffen. Als ich gerade das Frühstücksgeschirr abräumte, fiel mir ein, dass Gitta abends zum Essen kommen wollte. Dann konnte ich also erst morgen den bösen Onkel besuchen. Ich ärgerte mich, dass ich einen ganzen Tag für Nele verlor, aber meine Eltern und meine beste Freundin waren schließlich auch wichtig. Trotzdem, das schlechte Gefühl blieb. Ich hatte keine Ahnung, wo Nele steckte, aber ich war mir sehr sicher, dass es ihr beschissen ging. Und ihre Drohung »Ich mach mich weg« saß mir in den Knochen. Schließlich fand ich die Lösung. Ich rief Gitta an und fragte sie, ob sie mich in die Eifel fahren würde. Sie ist Frühaufsteherin und mag meine Eltern. Und wir könnten auf dem Weg in Ruhe reden. Sie sagte zu, wie ich gehofft hatte.

Eine halbe Stunde später lagen wir uns in den Armen. Sie war geradezu unverschämt braun gebrannt und sprühte vor Energie. Als wir in das Dorf einbogen, in dem meine Eltern leben, hatte ich ihr die gesamte Nele-Story von A bis Z erzählt.

»Du machst immer Sachen«, lautete ihr trockener Kommentar.

»Es geht nicht um mich, Gitta«, konterte ich etwas verärgert.

»Ach Schätzchen, das weiß ich. Aber mir geht es um dich.«

Wenn ich jetzt behaupten würde, das hätte mir nicht gutgetan, wäre das eine glatte Lüge. Als wir vor dem Haus meiner Eltern parkten, ging auch schon die Tür auf, und mein Vater kam heraus. Ich nahm ihn in den Arm, dann drückte Gitta ihn, und ich hatte Zeit, mich zu fassen. Er sah furchtbar schlecht aus. Blass, schwarze Schatten unter den Augen. Ich fragte mich, ob er ernstlich krank war und ob er deshalb vor einem guten Monat das Auto verkauft hatte. Seither hatte ich ihn nicht mehr gesehen, denn in das blöde Kaff kommt man mit öffentlichen Verkehrsmitteln nur, wenn man sehr viel Zeit hat. Und an den Wochenenden so gut wie gar nicht. Am Telefon hatte er immer ganz munter geklungen, aber mein Vater ist der Typ Mann, der einem erst erzählt, dass er eine schwere Krankheit hat, wenn er schon auf dem Sterbebett liegt. Und jetzt konnte ich ihn schon gar nicht nach seinem Gesundheitszustand fragen, denn im Moment gab es für ihn nur Mama. Wir tranken einen Kaffee zusammen, dann machten wir uns auf den Weg ins Krankenhaus.

»Meine Tochter«, stellte mich Papa der Krankenschwester vor, und der Stolz, der in seiner Stimme mitschwang, rührte mich mal wieder zu Tränen.

»Ihre Mutter ist ja so eine liebe Person!«, schwärmte die Schwester. »Wenn wir doch nur solche Patienten wie sie hätten!«

Mama war mal wieder das Sonnenscheinchen der Station. Als sie das letzte Mal in der Klinik war, hatte mir der Chefarzt erklärt, sie würden meine Mutter am liebsten dabehalten, als Seelsorgerin. Ich hatte innerlich gegrinst und gedacht: Täusch du dich mal nicht, dann hättest du nämlich eine alte Gewerkschafterin am Hals, die dir das ganze Personal organisiert.

Als wir reinkamen, schlief sie. Zum Glück, denn sie hätte mir den Schock vermutlich angesehen. Sie war grau im Gesicht, ihre Wangen waren eingefallen, die Nase stand spitz hervor, und ihre Hand strich nervös über die Bettdecke. Vielleicht hat sie einen Albtraum?, dachte ich und wollte sie gerade wecken, als sie die Augen aufschlug.

»Katja!«, sie strahlte mich an, setzte sich auf und ließ sich mit schmerzverzerrtem Gesicht wieder zurücksinken.

»Tut es so weh?«, stammelte ich und streichelte vorsichtig ihre Hand.

»Geht schon.« Sie lächelte tapfer und wandte sich Gitta zu. »Mensch, Gitta, das ist ja schön, dich zu sehen! Katja hat mir erzählt, du bist auf Mallorca, babysitten. Haste der Panz ins Meer geschmissen?«

Gitta lachte schallend. »Ach Erna, du weißt doch, mit den Enkelchen kommt man besser klar als mit den eigenen.«

»Weiß ich nicht!«, schnaubte meine Mutter. »Mir macht ja keiner Enkelchen.«

Wir blieben bis ein Uhr, dann gingen wir in den Kronenwirt Mittag essen. Der Kronenwirt ist die Stammkneipe meiner Eltern. Und die von Erika, versteht sich. Man kann dort Tischfußball spielen, es gibt einen Flipperautomaten, einen großen runden Stammtisch und eine Musikbox mit Platten aus den fünfziger und sechziger Jahren, einschließlich »Paloma Blanca«, Herb Alpert und Engelbert Humperdinck. Von den Beatles haben sie »Yesterday«. Immerhin. Als wir reinkamen, lief »Junge komm bald wieder«, und ich bekam einen Lachkrampf. Gitta prustete genauso verzweifelt wie ich, und sogar mein Vater musste grinsen. Freddy Quinn kann er nämlich auch nicht leiden.

Erika saß an einem Tisch in der Ecke und winkte uns zu sich. »Na, ist dein Bekannter immer noch bei den Bhaggis?«, fragte sie mich statt einer Begrüßung.

»Jeff ist Buddhist und kein Sannyasin«, knurrte ich. Das Spielchen spielen wir seit Jahren.

»Gibt's da 'n Unterschied?«

Ich ignorierte sie. Mamas Zustand lag mir so im Magen, dass mir nicht nach unserer üblichen Kabbelei zumute war. Erika hat zwar eine große Klappe, sie ist aber auch sensibel. Sie stand auf und nahm mich fest in den Arm. »Was ist denn los, Schätzchen? Die Erna wird schon wieder. Die sieht jetzt 'n bisschen mitgenommen aus, aber die wird wieder. Du weißt doch, was für 'n zäher Brocken deine Mutter ist.«

Ich nickte stumm und war ihr dankbar.

Der Kellner brachte die Speisekarten, die wir eigentlich nicht brauchten. Wir bestellten wie immer Schnitzel, denn etwas anderes gibt es im Kronenwirt nicht. Die Nachricht, dass man auch vegetarisch kochen kann, hat ihn noch nicht erreicht. Ich hielt mich an den Reis und die Gemüsebeilage und wollte das Fleisch meinem Vater auf den Teller legen, doch er winkte ab. Er hatte sein eigenes Schnitzel kaum zur Hälfte gegessen. Jetzt machte ich mir ernsthafte Sorgen um ihn. Ich sah ihn fragend an, aber er wich meinem Blick aus. Ich nahm mir vor, ihn morgen anzurufen und zu löchern.

Als Erika aufstand, um auf die Toilette zu gehen, lief ich ihr hinterher. »Was hat Papa?«, fragte ich sie, bevor sie die Tür hinter sich schließen konnte.

»Ich hab keine Ahnung«, antwortete sie und sah mich ernst an. »Er ist neulich morgens mit dem Bus irgendwohin gefahren und erst am Nachmittag zurückgekommen. Erna hat behauptet, er hätte einen alten Kollegen besucht, der krank ist.« Sie warf den Kopf zurück. »Das halte ich für Quatsch mit Soße.« Ich war ganz ihrer Meinung.

Erika lud uns noch auf einen Kaffee in ihrem Häuschen ein. Sie hat einen fetten gestreiften, kastrierten Kater, der sich, zumindest in meiner Gegenwart, noch nie bewegt hat. Jetzt lag er auf der Fensterbank und machte sich nicht einmal die Mühe, zu uns herüberzuschauen. Wir plauderten über Belanglosigkeiten, Erika und Papa regten sich über die Gesundheitsreform auf, und Gitta erzählte von Mallorca. Dann brachen wir auf. Ich schwieg die ganze Heimfahrt über, machte mir Sorgen um meine Eltern und fragte mich, wie ich herausbekommen könnte, was Papa fehlte. Gitta schob eine Jan-Garbarek-Kassette in den Rekorder und ließ mich vor mich hin brodeln. Als sie mich vor meiner Haustür absetzte, mahnte sie mich, vorsichtig zu sein, wenn ich gleich zum bösen Onkel fuhr.

Ich musste an der Von-Sparr-Straße aussteigen, was mir ziemlich unangenehm war. Ich guckte mich ständig um, ob irgendwelche Bullen auf mich lauerten. Was natürlich Blödsinn war, denn ich fuhr nicht zu einem Dealer, sondern zu einem unbescholtenen türkischen Mitbürger. Andererseits, woher sollten sie wissen, wen ich in Mülheim treffen wollte? Ich fragte mich zu der Adresse durch, die Aysche mir gegeben hatte. Die Läden waren noch auf, ich bestaunte das verlockende Angebot an Orangen, Mandarinen, Granatäpfeln, Datteln, Kiwis und kaufte schließlich zwei dicke Granatäpfel, sechs Orangen und eine Tüte voller Datteln. Das Haus, in dem der böse Onkel wohnte, sah genauso aus, wie ich mir ein heruntergekommenes Mietshaus in einer der düstersten Ecken Mülheims vorgestellt hatte. Semiha machte mir auf.

»Zu wem möchten Sie?«, fragte sie steif.

»Zu Herrn Beyoglu«, antwortete ich, ebenso förmlich.

Eine Männerstimme rief etwas auf Türkisch, Semiha wandte sich um und öffnete die Tür zu einem Zimmer. Es war mit dunklen Holzmöbeln ausgestattet, auf dem Boden lagen orientalische

Teppiche, an der Wand hing ein sehr buntes Gemälde einer großen Moschee. Einschließlich Sonnenuntergang. Manche Klischees, dachte ich, entstammen direkt der Realität. Ich weiß zum Beispiel definitiv, dass es deutsche Wohnzimmer gibt, in denen ein röhrender Hirsch die Stirnwand ziert. Auf dem Sofa saß ein Mann und zielte mit der Fernbedienung wie mit einer Knarre auf uns. In der Glotze lief ein türkisches Programm, irgendeine Serie, soweit ich es auf die Schnelle mitbekam. Viel Zeit war mir nämlich nicht gegeben. Der böse Onkel sah zwar sehr viel jünger aus, als ich ihn mir ausgemalt hatte, aber genauso böse. Er schnauzte Semiha an, die nun von mir wissen wollte, warum ich hier war.

»Ich arbeite für meinen Bruder, der Rechtsanwalt ist. Er verteidigt die junge Frau, die beschuldigt wird, Ihren Neffen ermordet zu haben«, sagte ich zum Onkel. »Wir gehen davon aus, dass unsere Mandantin unschuldig ist, und versuchen nun den wahren Schuldigen zu finden.« Anwälte, die selbst ermitteln, gibt es eigentlich nur im Fernsehen, vor allem im amerikanischen. Aber mir fiel keine bessere Erklärung ein. Und richtig lügen wollte ich ja nicht mehr.

Semiha fing an, zu übersetzen, aber ihr Onkel unterbrach sie rüde.

»Raus!«, schrie er mich an.

»Aber Sie wollen doch sicher auch wissen, wer Ihren Neffen ermordet hat«, sagte ich mit erlesener Höflichkeit.

»Raus hier!«, brüllte er noch einmal und fügte etwas auf Türkisch hinzu, das Semiha erblassen ließ.

»Gehen Sie bitte!«, drängte sie mich und zerrte an meinem Arm. Ich wusste nun auch nicht mehr weiter und folgte ihr brav wie ein Lamm. Im Flur stand eine kleine, hübsche, aber ziemlich verhärmte Frau. Sie sah mich ängstlich an und zupfte an ihrem Kopftuch. Ich hatte den Eindruck, dass sie etwas sagen wollte, sich aber nicht traute. Ich lächelte sie freundlich an, doch dann stürmte der Onkel aus dem Wohnzimmer, Semiha schob mich durch die Tür und schloss sie hastig hinter mir. So viel zu meinen ermittlerischen Fähigkeiten.

Als ich wieder auf der Straße stand, hupte ein Auto auf der anderen Seite. Ich sah hin, die Beifahrertür ging auf, und eine Frauenstimme rief etwas auf Deutsch. Es war hier so dunkel, dass ich nicht erkennen konnte, wer es war, die Stimme kam mir allerdings bekannt vor. Ich ging hinüber und hätte am liebsten laut »Scheiße« geschrien. Es war Miss Möchtegern-Lena-Odenthal. Die hatte mir gerade noch gefehlt.

»Steigen Sie ein«, sagte sie.

»Warum sollte ich?«, blaffte ich sie an.

»Weil wir miteinander reden sollten.«

»Null Bock«, sagte ich pampig und machte mich auf den Weg Richtung Straßenbahn. Sie fuhr im Schritttempo neben mir her. Mach du nur, dachte ich, an der Haltestelle musst du sowieso aufgeben.

»Frau Leichter«, flötete sie, »ich würde wirklich gerne mit Ihnen reden.«

»Keine Zeit«, gab ich zurück, »ich muss meine Wohnung aufräumen, die ist nämlich verwüstet worden.«

Als ich die Straße überqueren wollte, fuhr sie mir direkt vor die Füße. Ich blieb erschrocken stehen und überlegte einen Moment lang, ob ich mich jetzt fürchten sollte. Sie hielt an, stieg aus, streckte die Hand aus, zog sie wieder zurück und sagte doch tatsächlich: »Das tut mir leid. Das geht nicht auf mein Konto.«

Ich war, ehrlich gesagt, verunsichert. Aber das wollte ich auf keinen Fall zugeben.

»Ist das jetzt Trick siebzehn?«, fragte ich und verzog spöttisch den Mund. Mein Problem bestand im Moment vor allem darin, dass sie mir schon wieder sympathisch war.

»Darf ich Sie auf eine Pizza einladen?« Sie öffnete die Beifahrertür. Bevor ich es mir besser überlegen konnte, stieg ich ein. Sie seufzte hörbar. Wir fuhren Richtung Nippes. Als wir in die Neusser Straße einbogen, brach sie das Schweigen: »Mimmo e Santo?« Ich war einverstanden. Wir kurvten noch eine Ewigkeit herum, um einen Parkplatz zu finden. Das Restaurant war halb leer, wir setzten uns ganz hinten in die Ecke und studierten die Speisekarte. Sie nahm Gnocchi mit Brokkoli, ich entschied mich für eine Pizza Verdura.

Als wir den Wein vor uns stehen hatten, fragte sie mich: »Warum sind Sie so sicher, dass Frau Franken unschuldig ist?«

Ich wollte schon genervt erwidern: »Weil sie es ist!« Aber etwas in ihrem Tonfall hielt mich davon ab. Ich sah sie lange an. Sie wirkte besorgt. Und aufmerksam.

»Wenn ich jetzt mit Ihnen rede«, sagte ich schließlich, »erzählen Sie alles Ihrem reizenden Kollegen weiter und Ihrem Vorgesetzten und was weiß ich noch wem! Und die werden mir mit dem größten Vergnügen Schwierigkeiten machen. Schwierigkeiten habe ich aber schon genug. Ich brauche nicht noch mehr.«

»Ich will herausfinden, wer diesen jungen Mann ermordet hat. Es geht mir überhaupt nicht darum, Ihnen Schwierigkeiten zu machen.«

Ich warf ihr noch einen langen Blick zu. »Das glaube ich Ihnen sogar«, konzedierte ich. »Aber es geht ja hier nicht nur um Sie.«

»Was wollten Sie bei Mehmets Onkel?«

»Sehen Sie«, fauchte ich, nun wieder wütend, »Sie beschatten mich. Und dann wollen Sie, dass ich Ihnen vertraue.«

»Ich habe sie nicht beschattet«, sagte sie leise. »Ich wollte selbst zu Herrn Beyoglu. Und als ich gerade am Einparken war, kamen Sie aus der Haustür.«

Warum glaubte ich ihr? Wollte ich ihr vertrauen können? Vermutlich. Ich war vor lauter Erschöpfung bedürftig wie ein kleines Kind. Aber du bist kein kleines Kind, ermahnte ich mich.

Der Kellner brachte unser Essen. Ich schnitt mir die Pizza zurecht und biss ein Stück ab. Ich konnte jetzt schweigend zu Ende essen und gehen. Oder ihr die Wahrheit sagen. Weiter zu lügen hatte ich mir ja verboten.

»Ich kenne Sie nicht gut, Frau Leichter«, fing sie wieder an. »Oder besser gesagt, ich kenne Sie eigentlich gar nicht. Aber ich vertraue auf meinen Instinkt. Und der sagt mir, Sie würden keinen schützen, der so lange mit einem Baseballschläger auf einen anderen Menschen eingedroschen hat, bis der tot war. Oder Sie würden so jemanden zumindest nicht aktiv unterstützen.«

Das musste ich erst mal verdauen. »Weiß ich nicht«, wandte ich dann ein. »Wenn der Typ ein kleines Mädchen vergewaltigt hätte, zum Beispiel, dann wäre ich mir da nicht sicher.«

Sie lächelte mich mit freundlichem Spott an und enthielt sich eines Kommentars.

Ich nahm einen Schluck Wein und ergab mich. »Nele ist zu Mehmet gegangen, um Stoff zu kaufen. Sie mochte ihn. Sie sagt, er war ein richtig guter Typ, er hat sie nie gelinkt. Er war nicht nur ihr Dealer, sondern ein Freund. Als sie in die Wohnung kam, fand sie ihn tot auf dem Boden. Neben ihm lag der Baseballschläger. Und unter dem Baseballschläger lagen drei Tütchen Heroin. Sie war im Schock. Und sie ist ein Junkie. Sie hat das Ding aufgehoben und sich den Stoff genommen. Dann hat sie noch versucht, Mehmet die Augen zu schließen. Und dann hat sie sich so zugeknallt, dass sie nicht mehr gradeaus gucken konnte.«

Ich trank mein Glas leer. Ihre Gnocchi wurden so kalt wie meine Pizza. »Nele war im Methadonprogramm«, fuhr ich fort. »Sie hatte eine Zeit lang Beikonsum, okay, aber seit wir uns kennen, waren ihre Urinkontrollen immer sauber. Das Meditieren hat ihr gutgetan. Und dann habt ihr sie als Mörderin gejagt. Da konnte sie nicht mehr zum Arzt. Jetzt ist sie wieder voll drauf. Ich habe sie versteckt. Und als ihr Stoff alle war, habe ich ihr welchen besorgt. Sie selber konnte sich ja auf der Szene nicht blicken lassen. Und dann habt ihr mich mit dem Stoff abgegriffen. Und seither ist Nele verschwunden. Und wenn sie jetzt in irgendeinem Loch an einer Überdosis oder an schlechtem Stoff krepiert, dann könnt ihr euch das zugutehalten.«

Ich pulte eine Zucchinischeibe aus dem Pizzateig und kaute darauf herum. »Wie heißen Sie eigentlich? Ich hab Ihren Namen vergessen«, fragte ich sie etwas unvermittelt.

»Gruber«, antwortete sie.

Ich inspizierte meine kalte Pizza und schob den Teller zur Seite. Kam mir schon wie Nele vor. Bloß dass ich nicht breit war. Gruber stocherte in ihren Gnocchi herum.

»Warum wollten Sie denn zu Mehmets Onkel?«, wollte ich wissen.

Ich sah ihr an, dass sie jetzt eine schwere Entscheidung treffen musste. Vermutlich durfte sie mir nichts über ihre Ermittlungen verraten. Sie fischte mit der Gabel drei Brokkoli-Röschen aus der

Soße und kaute ewig auf ihnen herum. Dann sah sie mich wieder an. »Wir haben gehört, er habe Mehmet mehrfach mit dem Tod bedroht.«

Mir blieb der Mund offen stehen. Sie ermittelten also doch nicht nur gegen Nele. Und sie vertraute mir.

»Das hat man mir auch gesagt. Er hat ihn einmal brutal zusammengeschlagen. Und dann verkündet, das sei nur eine Kostprobe gewesen. Das nächste Mal würde Mehmet es nicht überleben.«

Sie nickte. »Ich heiße Tina.«

»Katja«, nuschelte ich.

»Wenn Nele auftauchen würde«, sagte sie so leise, dass ich sie kaum verstehen konnte, »dann müsste ich sie erst mal festnehmen. Sie ist immer noch die Hauptverdächtige. Aber sie könnte eine Aussage machen. Dann könnte ich sie wieder freilassen, sagen wir, mit Meldeauflage. Und sie könnte wieder ins Methadonprogramm gehen. Und ganz legal bei Ihnen wohnen.«

Ich griff nach meinem leeren Weinglas und stellte es wieder ab. Tina winkte dem Kellner mit der Karaffe.

»Nein, danke«, sagte ich schnell, »ich vertrage nicht viel Alkohol.« Sie bestellte eine neue Flasche Wasser. Ich wartete so lange, schenkte uns dann ein und beugte mich leicht zu Tina vor.

»Woher weiß ich, ob ich Ihnen vertrauen kann? Und ob Sie nicht einfach zu viel versprechen? Entscheiden Sie denn so etwas ganz alleine?« Ich nahm einen Schluck Wasser und sah sie dabei aufmerksam an. »Ich weiß leider wirklich nicht, wo Nele jetzt steckt. Ich will es aber unbedingt herausfinden, denn ich will ihr helfen. Ich mag die Frau. Ich mag sie sehr. Aber wenn Sie jetzt lügen, Tina, oder wenn Sie Ihr Versprechen nicht halten können, dann habe ich den Lockvogel für euch gespielt. Dann liefere ich Nele an euch aus.«

Tina nickte. Sie nippte ein paarmal an ihrem Glas und schien nachzudenken. Dann griff sie nach meiner Zigarettenpackung. »Kann ich eine haben?«

Ich gab ihr Feuer und sah sie fragend an.

»Eigentlich rauche ich nicht mehr«, grinste sie, »aber halt nur eigentlich.« Dann wurde sie wieder ernst. »Wenn ich ehrlich bin:

Ich kann nichts wirklich versprechen. Es kann auch alles anders kommen. Ich denke, meinen Vorgesetzten kann ich überzeugen, aber ich kann nicht die Hand dafür ins Feuer legen. Andererseits, wir haben nichts als die Fingerabdrücke. Und Ihr Bruder hat den Ruf, ein guter Anwalt zu sein. Und ich kann noch einen anderen Verdächtigen präsentieren.«

»Haben Sie denn schon mal mit Mehmets Onkel geredet?«

»Er lässt uns nicht in die Wohnung. Ich werde ihn jetzt vorladen.«

»Ah ja, aber bei mir habt ihr direkt mit einem Hausdurchsuchungsbefehl auf der Matte gestanden!«

»Na ja, wir haben Mehmets Onkel nicht in Verdacht, dass er Frau Franken bei sich versteckt hält.«

Ich musste trotz allem lachen. Tina auch.

Ich atmete tief ein und aus, dann sagte ich: »Gut. Ich sehe zu, dass ich Nele finde, und ich verlasse mich drauf, dass ich euch dabei nicht auf den Fersen habe. Und Sie, Tina, schwören mir bei allem, was Ihnen heilig ist, dass Sie mein Handy nicht mehr abhören. Ich kann sonst keinen Dealer und überhaupt keine Connection kontaktieren. Sollte ich Nele tatsächlich auftreiben, bestelle ich ihr alles, was Sie vorschlagen. Wenn sie nicht will, war es das. Wenn sie will, rufe ich Sie an. Okay?«

Tina nickte langsam. »Okay.«

Als wir schon zur Tür raus waren, fragte ich sie: »Mögen Sie Lena Odenthal?«

Sie lachte laut und sagte vergnügt: »Ja klar!«

Ich schaltete mein Handy wieder ein und hatte eine Nachricht von Franziska auf der Mailbox. Ich rief sofort zurück.

»Hallo, Frau Leichter«, sagte sie, und ich war hellwach. »Ich bin die Sozialarbeiterin vom SKF, wir haben mal kurz miteinander gesprochen, können Sie sich erinnern?«

»Ja klar«, antwortete ich so cool, wie ich dazu in der Lage war. Sehr cool klang es wohl nicht.

»Also«, fuhr sie fort, »ich hätte eine Bitte. Eine der Frauen hier wurde von einer Journalistin angesprochen, die sagt, sie sei vom WDR. Wir haben aber schon sehr schlechte Erfahrungen mit der Presse gemacht, deshalb habe ich ihr zur Vorsicht geraten. Die Frau will das Interview machen, aber sie möchte gerne vorher mit einem Profi reden, der ihr da sozusagen ein paar Tipps geben könnte. Wären Sie denn eventuell dazu bereit?«

»Ja klar«, sagte ich schon wieder.

»Das ist toll, vielen Dank! Könnten Sie denn vielleicht morgen Nachmittag zu uns kommen? Ich meine, ins Café Mäc Up? Das wäre für die Frau angenehmer als auf dem Strich. Und es ist vermutlich auch für Sie zentraler.«

Sie gab mir die Adresse, und wir verabredeten uns für sechzehn Uhr. Ich war zum Platzen gespannt.

ZWÖLF

Als ich aufwachte, hing noch ein Traumfetzen irgendwo in meinem Kopf herum, es ging um Nele, aber ich konnte den Traum nicht mehr rekonstruieren, sosehr ich mich auch bemühte. Den ganzen Morgen über hatte ich ein Gefühl von Dringlichkeit, so als müsste ich sofort los, aber ich wusste nicht, wohin. Während der Meditation klärte sich der Nebel, und mir wurde klar: Ich musste Nele suchen. Heute noch. Es war lebenswichtig, dass ich sie fand. Wenn ich solche Eingebungen in der Meditation habe, nehme ich sie ernst. Das Problem war nur: Ich hatte keine Ahnung, wo ich suchen sollte. Andererseits hatte mich Franziska sicher angerufen, weil sie irgendwelche Neuigkeiten oder sogar Informationen hatte. Ich beschloss also, abzuwarten, bis ich sie gesehen hatte. Es fiel mir bloß verdammt schwer. Geduld war noch nie meine starke Seite, deshalb werde ich im nächsten Leben bestimmt als Schnecke wiedergeboren. Mir graut jetzt schon davor.

Wie sollte ich bloß die Zeit bis vier Uhr nachmittags herumkriegen? Arbeiten kam nicht wirklich infrage, dafür war ich zu nervös.

Dann hatte ich die Erleuchtung: Putzen! Meine Wohnung sah, gelinde gesagt, etwas chaotisch aus. Und das lag nicht nur an der Verwüstung, die der Pitbull und seine Bullenkollegen angerichtet hatten. Die Wollmäuse unter dem Bett zum Beispiel hatten sich schon vor geraumer Zeit selbständig gemacht und schwebten jetzt sanft durch das Schlafzimmer. Ich hatte die Bücher nach der Hausdurchsuchung einfach kreuz und quer wieder in die völlig verstaubten Regale gestellt und dabei mehr als einen Niesanfall bekommen. Die Kacheln über dem Herd hatten im Laufe der Zeit durch diverse Soßen- und Fettspritzer ein ganz neues Design erhalten, von den Herdplatten ganz zu schweigen. Ich habe in meinem Leben als Punk in besetzten Häusern gewohnt und mir seither eine gewisse, nun ja, Leichtigkeit in Sachen Reinlichkeit bewahrt. Das Einzige, was ich immer sauber hielt, war das Klo.

Ich warf den Staubsauger an, und Rosa flüchtete fauchend an mir vorbei ins Schlafzimmer. Sie hasst den Staubsauger persönlich. Nachdem ich auch die Küche auf Vordermann gebracht hatte, nahm ich mir die Bücherregale vor. Als ich schließlich klatschnass geschwitzt und mit zunehmenden Rückenschmerzen auf das Sofa sank, betrachtete ich mein Werk, und siehe, es ward gut. Das Schöne am Putzen ist, dass man danach so zufrieden ist. Das weniger Schöne ist, dass dieser Zustand nicht vorhält. Hausarbeit ist zum Erbrechen redundant.

Ich roch an der Gemüsesuppe von vor einigen Tagen und kippte sie ins Klo. Weil ich schon dabei war, sortierte ich gleich noch alle übrigen verdorbenen Lebensmittel aus dem Kühlschrank aus, und da er danach ohnehin leer war, taute ich ihn auch noch ab. Eine leise Stimme in mir stänkerte: »Was ist denn in dich gefahren? Mutierst du jetzt zur Hausfrau?«

»Schnauze«, konterte ich laut, was wiederum Rosa zu Tode erschreckte, die sich gerade zurück in die Küche gewagt hatte. »Ich gehe jetzt rüber zu Hertha«, klärte ich sie auf, »vielleicht hat die was zu essen für mich.« Sie sah mich aufmerksam an, so als wäre sie nicht sicher, ob ich wirklich ich war. Das gab mir dann doch zu denken. »Keine Sorge!« Ich kraulte sie beruhigend hinter dem linken Ohr, »ich bin immer noch die Alte. Aber der Siff musste trotzdem weg. Und außerdem dachte ich, Katzen lieben Sauberkeit?«

Rosa schnurrte sanft, was ich als Zustimmung interpretierte. Ich holte das Fleisch für sie aus der Tiefkühltruhe und legte es zum Auftauen in den Geschirrschrank. Dann ließ ich noch einmal einen sehr selbstzufriedenen Blick über meine picobello Wohnung schweifen und läutete bei Hertha. Als ich es schon aufgeben wollte, hörte ich die Haustür und anschließend das typische Hertha-Keuchen.

»Soll ich dir helfen? Hast du was zum Hochtragen?«, rief ich.

»Nö«, schnaufte sie und plagte sich die Treppe hoch.

Sie behauptete, sie hätte auch nichts Essbares im Haus, aber ich fand Nudeln, Knoblauch und eine Peperoni. Die war ihr vermutlich vom Gulasch übrig geblieben. »Soll ich uns Spaghetti aglio e olio machen?«, fragte ich hoffnungsvoll. Sie verzog angewidert den Mund. Hertha hatte sich in der Blüte ihrer Jugend mit einem Italiener eingelassen. Der wollte dann ihr Zuhälter werden, was sie aber gar nicht wollte. Daraufhin hatte er sie, zusammen mit einem gleichfalls italienischen Kumpel, so zugerichtet, dass sie eine Woche lang im Krankenhaus bleiben musste. Seither hegt Hertha, von Grappa mal abgesehen, eine gewisse Abneigung gegen alles Italienische. Was ich ihr nicht verdenken kann. Trotzdem konnte ich sie im Laufe der Jahre davon abbringen, Italiener pauschal als »Spaghettifresser« zu bezeichnen. Für ihren Ex nebst Kumpel hat sie ohnehin noch ganz andere Ausdrücke parat. Und sie hat sich aus ihrer italienischen Phase den schönen, aber nicht übersetzbaren Spruch »Ma che cazzo vuoi?« gemerkt, den sie auch gern immer mal wieder anbringt.

Es war inzwischen zwei Uhr. Um halb vier musste ich los, um rechtzeitig im Mäc Up zu sein.

»Weißte was?«, schlug ich vor. »Wir gehen zum Türken.«

Gegen Türken hat Hertha nichts und auch nichts gegen deren Küche. Als ich die gefüllten Auberginen mit Bulgur vor mir hatte, merkte ich, wie hungrig ich war. Ich erzählte Hertha lachend von meiner Putzaktion, worauf sie trocken meinte: »Das kannste bei mir auch mal machen.« Irgendetwas stimmte nicht, sie wirkte bedrückt und leicht grantig. Paranoid, wie ich manchmal bin, dachte ich, es hätte mit mir zu tun. Ich sah sie fragend an.

»Mir is was Komisches passiert«, nuschelte sie, den Mund voller Köfte. Sie trank noch einen Schluck Apfelschorle und brummte etwas von »Scheißmohammedaner«, und »kein Alkohol«. Ich sah mich vorsichtig um, aber es hatte sie offenbar niemand gehört.

»Ich hab 'n alten Freier getroffen«, fuhr sie fort. »So 'n Oberarschloch, den konnt ich noch nie verknusen. Der hat mich jedes Mal gefragt, ob ich anal mache, obwohl der genau wusste, dass das bei mir nicht läuft.« Sie spießte eine Tomate auf, stellvertretend sozusagen. »Saftsack!«, schnaubte sie und schob die Tomate in den Mund. »Und jetzt stell dir mal vor! Jammert mir der Wichser doch einen vor, dass seine Tochter wieder drauf ist. Die jüngere. Die ältere is nämlich tot. Die hat sich 'ne Überdosis gemacht. Sind beide anschaffen gegangen, die Mädels. Auf'm Ebertplatz. Und der Alte is auf die Brühler gegangen, wie findst 'n das?«

»Klasse«, sagte ich ironisch.

»Genau. Irgendwann mal is die Große zu uns auf die Brühler gekommen. Die war so fertig, da hab ich mir die vorgeköpft und ihr die Regeln erklärt. Preise und so, und nie ohne Gummi.« Hertha schaufelte den Rest ihrer Köfte in sich hinein und wischte sich dann besänftigt den Mund ab. »Kochen könnense, die Türken«, stellte sie sachlich fest und zündete sich eine Zigarette an.

»Und weiter?«, wollte ich wissen.

»Tja, irgendwann mal hat mir das Mädel erzählt, dass der Alte sie jahrelang missbraucht hat. Sie und ihre Schwester. Wie der dann das nächste Mal bei mir angetanzt ist, hab ich dem gesagt, er soll sich vom Acker machen, sonst hol ich die Bullen. Der hat nix mehr geblickt, und ich hab den auch nicht aufgeklärt. Und jetzt hat der echt die Frechheit und quatscht mich an. Mitten auf der Straße. Wie findst 'n das?«

»Was wollte er denn?«, fragte ich und zündete mir auch eine an.

»Keine Ahnung. Der war bloß am Labern. Der is nicht dicht, der Kerl. Aber auf jeden Fall sagt der auf einmal: ›Wenn ich der ihren Dealer finde, den mach ich kalt.‹« Hertha sah mich herausfordernd an. Ich hing an ihren Lippen. »Sag ich: ›Da hat doch grade einer 'n Dealer kaltgemacht.‹«

»Und?« Ich vergaß vor lauter Aufregung zu rauchen.

»Da guckt der mich so komisch an. Und dann war der weg.«

Ich dachte eine Weile nach. Das Ganze musste überhaupt nichts bedeuten. Solche Sprüche machten manche Leute vermutlich dreimal täglich. Der Mann war nicht der Einzige, der Dealer hasste. Und da er daran schuld war, dass seine Töchter Junkies geworden waren, lag es umso näher, dass er dem Dealer dafür die Verantwortung in die Schuhe schob. Trotzdem fragte ich Hertha: »Wie sieht der denn aus?«

»Abartig. Das is 'n Voll-Assi.«

Das war nun keine ausreichende Personenbeschreibung, also bohrte ich nach. Um die sechzig, leicht dicklich, winzig kleine

Ohren, Halbglatze, Jogginganzug, ließ sie mich schließlich wissen.

»Geht die Tochter noch anschaffen?«

»Woher soll 'n ich das wissen?«, grantelte Hertha und studierte den Getränkekühlschrank. Es war noch immer kein Bier drin. »Aber wär ja logisch, wennse wieder drauf ist, oder?«

Ich schaute auf die Uhr und erschrak. Ich musste sofort gehen. »Hertha«, sagte ich im Aufstehen, »ich muss ins Mäc Up. Vermutlich hat die Streetworkerin, von der ich dir erzählt habe, Neuigkeiten für mich.«

»Na, denn mal los«, forderte sie mich auf.

Das Gebäude sah aus wie ein Bürokomplex, und ich wäre im Leben nicht darauf gekommen, dass sich hier das Café für Treberinnen, Junkies und die Frauen vom Strich befand. Ich war noch nicht die halbe Treppe hoch, da kam mir Bea entgegen. Die Haare nach hinten gegelt, Minirock und Lederjacke. Voll cool. »Komm mit!« war alles, was sie von sich gab. Wir liefen zum Appellhofplatz und fuhren mit der Bahn nach Mülheim. Langsam wurde mir das Viertel zur zweiten Heimat. Bea sprach kein weiteres Wort mit mir. Stattdessen musterte sie die anderen Fahrgäste. Am Wiener Platz stieß sie mich plötzlich in die Seite und zerrte mich aus der Bahn, als die Türen sich gerade schlossen.

»Spinnst du?«, entfuhr es mir. Sie sah mich an, wie eine Mutter ein Kind betrachtet, das noch nicht begreifen kann, warum Erwachsene sich wie Erwachsene verhalten. Aber ich war nun auch kein ganz kleines Mädchen mehr und kapierte schließlich, dass sie gecheckt hatte, ob wir von Zivilbullen beschattet wurden. Wurden wir offenbar nicht, denn jetzt machte Bea endlich den Mund auf.

»Wir gehen zur Nasty.«

Bea geht mit ihren Worten sehr sparsam um. Ich brauchte einen Moment, bevor ich wirklich verstand, was sie mir da mitgeteilt hatte. Vor lauter Verwirrung schwieg ich, und Bea schien das nur recht zu sein. Wir liefen durch Seitenstraßen, rechts um die Ecke, links um die Ecke, noch mal rechts, bis ich beim besten

Willen nicht mehr wusste, wo wir uns befanden. Mal davon abgesehen, dass ich mich in Mülheim ohnehin nicht auskenne. Aber das kann ja noch werden. Dann öffnete Bea die Tür zu einem ziemlich vergammelten Altbau. Das Flurlicht funktionierte nicht, wir tasteten uns im Dunkeln drei Stockwerke hoch. An der Wohnung links von der Treppe klopfte Bea einen kurzen Beat. Die Tür ging auf, und Nele stand vor mir. Ich fiel ihr um den Hals und drückte sie an mich. Sie ließ die Arme hängen. Wir gingen in die Wohnung, Nele ließ sich auf das Sofa sinken, ich setzte mich mangels echter Alternativen neben sie.

»Wie geht es dir?«, fragte ich etwas dümmlich.

»Gut«, antwortete sie träge.

Na denn, dachte ich und fühlte mich völlig fehl am Platz. Ich saß stumm neben ihr und sehnte mich nach einem Glas Wasser. Nach einer Ewigkeit stand ich auf, suchte die Küche und trank mindestens einen halben Liter direkt aus dem Kran. Den Gläsern traute ich nicht. Ich ging zurück in das Zimmer, setzte mich wieder neben Nele und wurde langsam wütend.

»Ich dachte, du wolltest mich sehen?«, fragte ich sie schließlich.

»Ja, du hast ja überall Terz gemacht, dass du mich suchst.«

Mein Ärger verwandelte sich in Verletztheit. Ich hatte mich auf den Kopf gestellt, um ihr zu helfen, und ihr ging das alles am Arsch vorbei. Einschließlich meiner selbst. Bea setzte sich auf den Boden vor das Sofa, hob den Teppich an und holte ein Tütchen darunter hervor. Sie ging in die Küche, kam mit einem Löffel zurück, packte ihre Spritze aus und begann den Stoff aufzukochen. Wir sahen ihr zu, wie sie sich den Schuss setzte und sich zufrieden auf den Teppich sinken ließ. Nele schubste mit dem Fuß die Pumpe zur Seite und fing an, eine Kippe zu drehen.

»Tja«, sagte ich und stand auf, »dann geh ich wohl wieder!«

Keine Antwort. Ich bewegte mich im Zeitlupentempo zur Tür. Niemand hielt mich auf. Eine Stimme in meinem Kopf rezitierte das Mantra »So viel zu unserer Freundschaft«. Ich drückte die Klinke herunter.

»Katja?«

Ich drehte mich zögernd um. Sie war halb aufgestanden, ließ

sich wieder zurück auf das Sofa plumpsen und hielt mir die Selbstgedrehte hin.

Ich setzte mich neben sie und zündete mir eine von meinen eigenen Kippen an.

»Soll ich uns 'n Kaffee machen?«

»Können wir irgendwo anders hingehen?«, erwiderte ich mit Blick auf Bea.

»Lädste mich ein?« Sie schlüpfte in einen alten Parka und steckte ihren Tabak ein.

Auf der Straße dachte ich darüber nach, was ich eigentlich wollte. Wahres Mitgefühl braucht keine Belohnung. Aber ich brachte ihr ja nicht nur Mitgefühl entgegen. Ich mochte sie. Und ich hoffte, dass sie mich auch mochte.

Nele riss mich aus meinen Überlegungen, indem sie abrupt vor einem türkischen Imbiss stehen blieb. »Was hältst 'n davon?«

Wir steuerten auf den Tisch zu, der am weitesten vom Eingang entfernt stand. Sie bestellte sich einen Kaffee. Ich nahm Tee. Dann saßen wir uns schweigend gegenüber. Schließlich fasste ich mir ein Herz.

»Nele«, fing ich an, verstummte kurz und fuhr dann fort: »Ich habe ein Problem.«

Sie sah mich erstaunt an.

»Ich versuch mal, dir das zu erklären, okay?« Ich nahm einen Schluck von dem Tee und verbrannte mir die Zungenspitze. »Du warst oder bist für mich eine Freundin. Ich hatte das Gefühl, wir sind wirklich Freundinnen geworden. Aber Freundschaft basiert für mich auf Gegenseitigkeit. Weißte?«

Sie guckte immer noch halb erstaunt, halb fragend.

»Und so, wie du mich gerade behandelst, so behandelt man eine lästige Fliege. Oder eine Sozialarbeiterin, die einem auf die Nerven geht. Und da hab ich keinen Bock drauf.«

Sie rührte mit dem Löffel in ihrer Tasse herum.

»Ich hab Himmel und Hölle in Bewegung gesetzt, um dir aus der Scheiße zu helfen. Ich bekomme womöglich ein Verfahren wegen dem Stoff, den ich für dich besorgt habe. Ich versuche, den Mörder von Mehmet zu finden. Ich tue das alles, weil ich dich lieb habe. Weil ich das für jeden Menschen, der mir wichtig ist, tun würde. Aber ich bin nicht deine Sozialarbeiterin. Und ich bin auch nicht Robin Hood. Ich sag dir jetzt, was Stand der Dinge ist, und dann kannst du selber entscheiden, was du machen willst.«

Nele schob ein Stück Zucker von der Mitte des Tisches an den Rand und wieder zurück.

Ich berichtete ihr von meinem Gespräch mit der Kommissarin. »Ich habe das Gefühl, man kann ihr trauen«, schloss ich. »Wenn du willst, rufe ich sie an und sage ihr, dass du kommst, um eine Aussage zu machen. Und Paul geht mit dir hin. Du könntest dann wieder ins Methadonprogramm.«

»Und wenn sie linkt? Ich trau doch keinem Bullen!«

»Irgendwann fliegst du sowieso auf. Aber wenn sie deine Aussage hat, kann sie die anderen Verdächtigen besser in die Mangel nehmen. Ich bin mir ziemlich sicher, dass sie mir deine Geschichte abgenommen hat. Aber das muss sie erst mal ihren Kollegen verklickern.«

Nele hob den Kopf und sah mich an. »Ich kann nicht zu den Bullen. Ich bin wieder voll drauf. Und am Ticken.«

»Spinnst du?«, rief ich so laut, dass der Kellner zu uns herübersah. Ich senkte erschrocken die Stimme. »Das ist doch viel zu gefährlich!«

»Ja, nur für Privatkunden. Vom Tom. Und bloß in der Wohnung. Ich geh nicht raus.«

»Überleg's dir«, sagte ich. »Und ruf mich dann einfach an.«

»Hör mal«, sie rührte im Rest ihres Kaffees herum, »vergiss es einfach. Ich bring das jetzt nicht. Und ich will dir nicht noch mehr Stress machen. Okay?«

»Okay«, antwortete ich. »Es ist dein Leben.« Ich stand auf und ging an den Tresen, um zu bezahlen. Bis ich endlich mein Wechselgeld hatte, war Nele verschwunden.

Als ich die Wohnungstür aufsperrte, klingelte mein Handy. Ich ließ es jammern und stellte erst einmal meine Sachen ab. Aus der Küche hörte ich seltsame Geräusche, also ging ich nachsehen. Rosa spielte mit meinem MP3-Player Fangen. I was not amused.

Ich nahm ihr das Gerät ab und verstaute es in der Schreibtischschublade. Rosa hatte die Frechheit zu meckern. Sie kann tatsächlich meckern, vielleicht war sie ja in einem früheren Leben auch mal eine Bergziege. »Du hast echt Nerven!«, beschied ich sie und sah nach, wer mich angerufen hatte. Die Nummer auf dem Display kannte ich nicht. Ich rief trotzdem zurück. Aysche meldete sich. Teilte mir mit, dass Semiha ins Frauenhaus geflüchtet war. Ihr Onkel hatte sie wieder einmal brutal verdroschen, und jetzt hatte sie die Faxen dicke.

»Inzwischen wäre ich echt froh, wenn er Mehmet wirklich umgebracht hätte«, sagte Aysche, »dann käme er wenigstens in den Knast.«

Ich erzählte ihr, dass es inzwischen einen weiteren Verdächtigen gab.

»Weiß dein Bruder das?«, fragte sie.

Mir fiel ein, dass ich schon länger nicht mehr mit Paul geredet hatte. »Nö«, erwiderte ich, »aber ich schaue morgen vorbei und bringe ihn auf den neuesten Stand. Meinst du, er hat zwischendrin mal Zeit?«

Ich hörte, wie Aysche im Terminbuch blätterte. »Wenn du so gegen ein Uhr mittags kommen könntest, trage ich dich einfach ein.«

»Super. Hast du denn danach Zeit für einen Kaffee?«

Sie zögerte. »Nicht wirklich.«

»Hör mal«, konterte ich, »auch die perfektesten Anwaltsassistentinnen müssen Mittagspause machen!«

Jetzt lachte sie. »Ich guck mal, was sich machen lässt.«

Das Gespräch mit Aysche hatte mich abgelenkt, aber nur kurz. Ich musste mit jemandem reden.

Hertha war zum Glück zu Hause.

»Was 'n mit dir los?«, fragte sie und ging in die Küche, um den unvermeidlichen Kaffee aufzustellen. Ich setzte mich an den Tisch und berichtete ihr von meinem Treffen mit Nele. Während ich redete, merkte ich, dass ich schrecklich traurig war.

»Da kannste nix machen«, stellte Hertha fest, als ich fertig war, und goss mir Kaffee ein.

»Ich weiß. Im Kopf weiß ich es. Dass das halt so ist mit Junkies. Dass die Sucht immer stärker ist als alles andere. Dass ich ihr nicht helfen kann, solange sie nicht selber an dem Punkt ist, an dem sie aufhören will.« Ich sah Hertha fragend an. Sie nickte.

»Aber ich hab die dumme Nuss ins Herz geschlossen, weißte? Ich kann nicht so tun, als ob mich das alles nichts angeht. Es geht mich was an!«

»Und was willste jetzt machen?«

»Keine Ahnung. Abwarten. Vielleicht meldet sie sich ja doch noch mal.«

»Ich behalt mal den Kinderficker im Auge«, knurrte Hertha.

Plötzlich hatte ich das Bedürfnis nach wildem, sattem, lautem Punk. Ich staubte meinen alten Plattenspieler ab und legte »Road to Ruin« auf. Steckte die Kopfhörer ein und drehte die Lautstärke bis zur Schmerzgrenze hoch. Ich drosch auf das Sofa ein und gab mich der flammenden Wut hin, die in mir aufloderte. Sprang auf und stampfte einen Pogo aufs Parkett, bis mir einfiel, dass die Nachbarin unter mir vermutlich schon zu Hause war. Was meine Wut noch mehr anfachte. Ich hasste meine Nachbarin, ich hasste Mehmets und Semihas Onkel, ich hasste die Bullen, ich hasste meinen Bruder, ich hasste das Scheißheroin, ich hasste die ganze Welt, und ich hasste vor allem mich selbst. Nicht mehr lange, und ich war vierzig! Nicht mehr lange, und ich war eine fiese alte Vettel. Vierzig! Wie konnte man vierzig werden! Nur Spießer wurden vierzig!

Ich suhlte mich in der Selbstverachtung, die jetzt das Feuer meiner Wut erstickte. »Und wofür? Wofür wirst du vierzig?«, fragte ich mich. »Dafür dass du Radiosendungen schreibst und brav jeden Monat die Miete bezahlst? Hast du dir so dein Leben vorgestellt? Hast du so gelebt, bevor du dich vom Mainstream hast einlullen lassen? Hast du nicht!« Ich schleuderte das Kissen gegen die Wand. »Lebe wild und gefährlich! Das war deine Devise, und was hast du daraus gemacht? Ein ordentliches geregeltes, biederes, dumpfbackiges, beschissenes Spießerleben.«

»I wanted everything! I wanted everything! I wanted everything!«, schrie Joey Ramone. Ich brüllte mit ihm im Chor, bis ich heiser war.

Langsam taten mir die Ohren weh. Ich fuhr die Lautstärke herunter, aber das brachte nichts. Punk hört man laut oder gar nicht. Ich gab es auf. Fühlte mich zu Tode erschöpft. Ich stellte den Plattenspieler aus, ging in die Küche und setzte Teewasser auf. Trank ein Glas Wasser und lockte Rosa aus ihrer Ecke.

»Tut mir leid, Süße«, krächzte ich, »das musste jetzt einfach sein.« Sie maunzte kurz und musterte mich misstrauisch. »Ich habe eine Midlife-Crisis, weißte?«, teilte ich ihr mit. »Ich hab null null null Bock, vierzig zu werden. Es ist absolut ätzend, vierzig zu werden.«

Rosa rührte sich nicht vom Fleck. »Bei Katzen ist das etwas anderes«, fuhr ich beschwichtigend fort, denn Rosa ist auch nicht mehr die Jüngste, »aber Menschen, und vor allem Frauen, werden spätestens ab vierzig …« Ja, was eigentlich? Alt? Uninteressant? Beschränkt?

Der Wasserkessel pfiff und rettete mich davor, keine passende Antwort zu finden. Ich griff automatisch nach der Dose mit dem Kräutertee. Es war schon später Nachmittag; wenn ich jetzt echten Tee trank, konnte ich nachts nicht schlafen. »Siehste!«, schrie die Stimme in mir, und ich ließ vor Schreck fast die Teedose fallen. »Das ist es! Du musst am helllichten Tag Kräutertee trinken, wie ein altes Weib! Du hast Angst, nachts wach zu liegen, weil dir zu Nacht nur noch Schlafen einfällt!«

Ich ließ mich auf den Küchenstuhl fallen und stierte erschöpft vor mich hin.

»Muss ich mehr sagen?«, höhnte mein altes Punk-Ego, denn als solches hatte ich die aggressive Stimme identifiziert.

»Halt den Rand!«, schnauzte ich zurück. Ich stand wieder auf und goss mir eine Tasse Tee ein. Er schmeckte köstlich, ob ich es wollte oder nicht. »Widrige Umstände geduldig ertragen« ist eine der sechs Paramitas, sprich: Tugenden, deren sich ein angehender Bodhisattva befleißigen sollte. Das ist sozusagen meine Spezial-Paramita, denn nichts fällt mir schwerer als Geduld. Oder das Ertragen von egal was. Aber ich nehme den Dharma schließlich ernst, und dazu gehört, dass ich mich in den diversen Tugenden übe.

»Was heißt das denn nun wirklich: vierzig werden?«, fragte

ich mich und schlürfte meinen Kräutertee. »Möchtest du noch mal achtzehn sein oder zwanzig, Katja Leichter?« Nein, mochte ich nicht. Das war die vermutlich anstrengendste Zeit in meinem Leben, trotz all der Freuden, die ich mir gegönnt hatte. Wobei einige der Freuden schuld daran waren, dass alles so anstrengend wurde. Na ja, lassen wir das.

Vierzig sein, überlegte ich, ist heute etwas ganz anderes als noch in meiner Jugend. Ich bin eine völlig andere Vierzigjährige, als es meine Mutter war. Ich bin aber gleichzeitig wesentlich ruhiger als früher, auch wenn man mir das nicht immer anmerkt und ich es manchmal selbst vergesse. Ich habe jahrelang erst gehandelt und dann nachgedacht, das hat mir eine Menge Blessuren eingebracht, aber auch einen reichen Schatz an Erfahrungen, um es mal schön altmodisch auszudrücken. Und von alldem könnte ich jetzt doch bitte schön zehren. Niemand muss spießig werden, nur weil er oder sie vierzig ist. Iggy Pop, Tom Waits, Lou Reed, Patti Smith und Keith Richards sind um einiges älter als ich und cool wie eh und je. Von den verrückten weisen alten Yoginis in irgendwelchen Himalajahöhlen ganz zu schweigen.

»Ich werde eine weise Alte, aber eine mit Biss«, teilte ich Rosa mit. »Eine, die mit achtzig Pogo tanzt und dann den Kids bei einer Tasse Kräutertee erzählt, was mal echter Punk war.«

Rosa schnurrte zufrieden, und ich fühlte mich schon wesentlich besser. Ich rief meinen Vater an, der mir erzählte, dass Mama am Morgen aus dem Krankenhaus entlassen worden war.

»Und du?«, fragte ich.

»Was, ich?«, fragte mein unsäglicher Vater zurück.

»Wie geht es dir?«, bohrte ich nach.

»Mit mir ist alles in Ordnung.«

»Das schaue ich mir demnächst persönlich an«, drohte ich.

»Ich freue mich immer, wenn du kommst«, gab er mir schnippisch zurück.

Warum können Männer nicht einfach sagen, was mit ihnen los ist? »Ich guck mal, ob Gitta mich kommende Woche fahren kann. Und wenn nicht, nehme ich den Zug«, teilte ich ihm mit. »Und jetzt gib mir Mama!«

Sie klang gut. Es war fast alles verheilt, sie musste noch ein paar Tage zur Sicherheit am Stock gehen.

»Aber ansonsten«, meinte sie, »bin ich wieder fit wie 'n Turnschuh.« Letzteres war unter Garantie gelogen, aber Ruhe geben ist im Lebensplan meiner Mutter nicht vorgesehen.

»Schon dich noch ein bisschen«, bat ich sie, »du hast nichts davon, wenn du dich gleich überanstrengst und dann noch mal ins Krankenhaus musst.«

»Papperlapapp!«

Kein Zweifel, sie war wieder ganz sie selbst.

DREIZEHN

Ich musste den Wecker überhört haben. Als ich aufwachte, war es bereits elf. Irgendetwas Unangenehmes steht mir bevor, dachte ich, kam aber nicht gleich darauf. Dann fiel es mir siedend heiß ein: Ich hatte einen Termin bei Paul. Ich hatte keine Lust, Frühstück zu machen, und da ich ohnehin vollständig pleite war, konnte ich auch gleich ins Kaffeehaus gehen. Ich gönnte mir das »Bohème-Frühstück« im Bauturmcafé und ärgerte mich mal wieder über den wässrigen Latte macchiato. Schließlich nahm ich all meinen Mut zusammen und marschierte in die Lütticher Straße. Aysche sprach am Telefon mit jemandem türkisch, nickte mir nur kurz zu und deutete mit dem Daumen nach oben. Ich begab mich in die heiligen Gemächer meines geliebten Brüderchens und legte eine vollständige Beichte ab. Da Paul nicht katholisch ist, bekam ich keine Absolution.

Stattdessen raunzte er mich an: »Das heißt, wir hören erst wieder von ihr, wenn sie auf dem Polizeipräsidium sitzt und einen Anwalt braucht?«

»Ich weiß es nicht. Ich kann das nicht einschätzen. Ich kann sie nicht einschätzen. Aber ich hoffe, dass sie sich doch noch mal bei mir meldet. Sie wollte mich ja offenbar sehen, sonst hätte Bea mich nicht in Toms Wohnung gebracht.«

»Sind eigentlich alle Junkies so blöd?«, fragte Paul in einem provokant arroganten Tonfall.

Ich gab mir alle Mühe, ruhig zu bleiben. »Was meinst du damit?«

»Na, dass sie denken, sie könnten dealen und würden nicht erwischt?«

»Was soll sie denn sonst machen?«

Mein Bruderherz starrte mich an, als hätte er mich noch nie gesehen. »Was sie sonst machen soll?«, wiederholte er Buchstabe für Buchstabe. »Mit der ganzen Scheiße aufhören, zum Beispiel.«

»Ach, Paul, lass gut sein«, sagte ich müde. Ich hatte keine Lust, keinen Nerv und keine Kraft, mit ihm zu streiten.

Nachdem er ostentativ den Kopf geschüttelt und mich strafend angesehen hatte, lehnte er sich im Stuhl zurück und seufzte: »Es wäre äußerst ratsam, dass sie sich bei dir und vor allem bei der Polizei meldet.«

»Ich weiß«, gab ich zu. »Aber ich kann sie nicht dazu zwingen.« Ich erzählte ihm noch, wie es Mama ging und dass ich die Eltern möglichst bald wieder besuchen wollte. Er schlug tatsächlich vor, wir könnten zusammen fahren. Ich nahm das Angebot an. Zum einen, weil es für mich die bequemste Lösung war, zum anderen, weil ich wusste, dass die Eltern sich schrecklich darüber freuen würden, uns mal beide auf einem Haufen dazuhaben.

Als ich ins Vorzimmer kam, hatte Aysche ausnahmsweise keinen Hörer am Ohr. Ich nutzte meine Chance. »Kaffee?«

»Okay.«

Begeistert klang das nicht.

»Hör mal«, sagte ich, »wenn du nicht magst, ist das okay. Sag's einfach, ja?«

»Lass uns gehen!« Sie schlüpfte in ihren Mantel und hängte sich die Tasche um. Wir liefen schweigend in die Espressobar auf der Aachener Straße. »Semiha hat sich nicht mehr bei mir gemeldet. Ich hab im Frauenhaus angerufen und darum gebeten, dass sie mich zurückruft. Aber ich habe nichts mehr von ihr gehört.« Sie sah mich düster an. »Langsam mache ich mir Sorgen.«

»Kannst du nicht hingehen?«

»Die lassen dich nicht rein, wenn die betreffende Frau dich nicht ausdrücklich erwartet.«

»Und wenn Paul dort anruft und sagt, er ist ihr Anwalt?«

»Das wird nicht funktionieren. Den Trick kann ja jeder prügelnde Ehemann bringen. Oder Onkel.«

Da hatte sie leider recht. Ich wusste auch nicht weiter. »Aber du könntest ihr schreiben!«, fiel mir ein.

»Hab ich gemacht. Gestern. Den Brief müsste sie heute bekommen haben.«

»Wenn ich irgendetwas tun kann, sag's mir bitte.«

Aysche wirkte so bedrückt, dass ich sie am liebsten in den

Arm genommen hätte. »Sie weiß, wo ich wohne«, sagte sie, »sie könnte jederzeit kommen.«

»Aber bei dir würde der Onkel sie doch zuerst suchen«, wandte ich ein.

»Ja, komisch!« Sie sah mich erschrocken an. »Der war aber nicht da. Der hat noch nicht mal bei mir angerufen!«

Jetzt hatte sie deutlich Angst. Ich ahnte auch, warum.

»Willst du die Polizei einschalten? Dass die sich im Frauenhaus nach ihr erkundigen?«

»Das hab ich mir auch schon überlegt. Vielleicht mache ich es.« Sie wirkte ziemlich unschlüssig.

»Weißt du was? Frag doch Paul, ob er das macht. Als Semihas Rechtsanwalt.«

»Der ist doch so hyperkorrekt«, erwiderte Aysche und musste lächeln. »Und er hat keine Vollmacht von ihr. Er kennt sie ja noch nicht mal.«

»Aber sie hat den Migrantenbonus«, grinste ich. »Der zieht bei meinem Bruder.«

Das brachte Aysche wenigstens zum Lächeln. »Kannst du ihn darum bitten?

»Klar!« Wir gingen zusammen zurück in die Kanzlei. Paul lehnte rundweg ab. Ich bettelte. Dann schrie ich. Dann knallte ich die Tür zu und wollte ihn niemals wiedersehen.

Am Nachmittag setzte ich mich brav an den Schreibtisch und versuchte, Exposés zu dichten. Irgendwann gab ich es auf, denn es fiel mir nichts ein. Nada. Ich nahm mein Aufnahmegerät und klingelte bei Hertha.

»Wir machen weiter«, verkündete ich.

Hertha rümpfte angeekelt die Nase. »Mädchen, ich hab dir doch schon alles erzählt!«

»Hast du nicht.« Ich baute das Gerät auf dem Küchentisch auf und sah nach, ob Hertha Kaffee hatte.

»Fühl dich ganz wie zu Hause«, lästerte sie. In der Kanne war noch ein Rest, vermutlich kalt und bitter. Ich schenkte uns trotzdem zwei Tassen ein. Dann stellte ich ihr das Mikrofon vor die Nase, zündete mir eine Zigarette an und holte tief Luft.

»Wie war das denn mit deinem ersten Freier?«, fragte ich. »Wie hast du dich da gefühlt?«

»Du hast Nerven!« Sie funkelte mich wütend an. Ich wartete. Sie fischte eine Kippe aus der Packung, ich gab ihr Feuer.

»Ja, wie hab ich mich da gefühlt? Scheiße hab ich mich da gefühlt. Ich dachte, das machste nie wieder.« Sie stand auf, schwemmte die Kaffeekanne aus und stellte Wasser auf.

»Die Mädchen haben gesagt«, murmelte sie vom Herd her, »denk an was anderes. Mach einfach dicht und tu so, als fändste das grade supergeil. Dann kommt der schneller, und du hast es hinter dir.«

Ich stellte das Mikrofon auf Surround. Hoffte, dass es ihr Geflüster aufnahm.

»Und so war's dann auch. Ich hab dem einen vorgestöhnt, und das Ganze hat bloß zehn Minuten gedauert. Danach hab ich 'ne halbe Stunde geduscht. Wie ich wieder runter bin, in den Barbereich, da kam schon der Nächste an.«

Sie setzte sich wieder an den Tisch und rieb sich die schmerzenden Knie. »Ich hab an dem Tag vier Freier gemacht. Vier.« Sie fuhr mit der Hand über den Tassenrand. »Aber dann hatte ich die Kohle. Ich hab vorher im ganzen Leben noch nie so viel Kohle auf einmal auf der Hand gehabt.« Sie sah hoch und grinste mich an. »Die war dann am nächsten Tag schon wieder weg. Ich hab mir Klamotten gekauft und Sekt für die Mädchen und weiß der Geier was für 'n Driss.«

Der Kessel pfiff. Ich ging zum Herd und brühte den Kaffee auf. Schenkte uns zwei neue Tassen ein und brachte sie an den Tisch.

»Aber mir hat das da im Puff nicht gefallen. Da musste jeden nehmen, der kommt. Und 'ne Menge Kohle an den Betreiber abgeben. Dann bin ich auf'n Straßenstrich. Da haste selber die Wahl, weißte? Da kannst du auch mal nein sagen, wenn dir einer stinkt.«

»Hast du dich denn irgendwann dran gewöhnt?«, fragte ich leise.

Hertha trank einen Schluck und machte ihre Zigarette aus. »Ja, wie soll ich sagen? Klar hab ich mich dran gewöhnt, sonst hätt ich da nicht mein Leben lang gestanden. Ich hab ja auch eigentlich nix anderes gekannt. Ich bin ja im Milieu groß geworden, das war da irgendwie ganz normal, dass 'ne Frau eben anschaffen ging. Aber schön fand ich das nie. Erst hab ich mir ziemlich einen gebechert. Dann hab ich's mit Tabletten probiert. Von den Mädchen waren damals viele auf Tabletten. Aber irgendwie hab ich gemerkt, das bekommt mir nicht. Ich hatte keinen klaren Kopf, weißte, und den brauchste aufm Strich. Sonst linken dich die Typen, die zocken dich voll ab, wenn die merken, du bist nicht ganz da.«

Ich stellte das Mikrofon wieder in den normalen Modus um. Hertha beachtete mich nicht, sie war in Gedanken versunken. »Ich hab, auf Deutsch gesagt, 'ne Hurenehre entwickelt«, fuhr sie dann fort. »Das haben wir alle, oder fast alle. Ich hab meine Arbeit gut gemacht, und da war ich stolz drauf. Ich war gefragt, ich hatte jede Menge Stammkunden.« Sie sah hoch und grinste mich an. »Auch noch im hohen Alter.«

Ich grinste zurück. Traute mich nicht zu fragen, wie hoch das Alter war.

»Ich hab mich auch immer hübsch zurechtgemacht, nicht so nuttig, weißte. Schon irgendwie sexy, klar, aber nicht vulgär. Das hat denen gefallen. Da hatten die das Gefühl, sie vögeln 'ne normale Frau. Obwohl, Vögeln is ja gar nicht so viel auf'm Straßenstrich. Das ist mehr Blasen. Das machen denen ihre Frauen nicht oder nicht gern, deshalb kommen die ja zu uns, die Kunden. Und weil sie sich bei uns ausheulen können. Über ihre Alte, über die Kinder, über den Job, über den Chef, über alles. Du hast ja keine Ahnung, was die Typen ständig am Rumjammern sind! Aber wenn du ihnen zuhörst und so 'n paar nette Geräusche von dir gibst, so »Ach nee!« und »Hm« und »Oh!«, dann zahlen die mehr oder geben 'n gutes Trinkgeld. Ich hab da gar nicht mehr hingehört, war eh immer dasselbe. Ich hab aber immer richtig reagiert. Ich kam mir schon vor wie so 'ne Psychologin.«

Sie lächelte spöttisch und zucke die Schultern. »Ich hatte 'n paar, die waren ganz nett. Die waren in Ordnung. Die haben mir zu Weihnachten was geschenkt und zu Ostern und manche sogar zu Nikolaus.« Sie musste wieder lachen. »Einer hat mir immer ‘n Parfum gebracht, so ‘n richtig teures, das hat der bestimmt seiner Alten auch geschenkt. Vielleicht hat er ja Rabatt bekommen, wenn er gleich zwei gekauft hat.«

Jetzt musste ich auch kichern, aber Hertha wurde wieder ernst. »Und dann gab’s so Perverse, die wollten Sachen von dir, da hättste kotzen können.«

Ich sah sie fragend an.

»Ja, so, dass die dein Höschen mitnehmen wollten, zum Beispiel, aber das war noch harmlos. Einer wollte, dass ich ihn an ‘ner Leine übern Parkplatz schleife und dabei beschimpfe. Ich hab das, weiß nicht, zwei-, dreimal gemacht, dann konnt ich nicht mehr. Das war eklig, richtig eklig. Oder ‘n anderer, der hat mir so ‘n klebrigen Sirup draufgekippt und den dann abgeleckt. Da hab ich dann nach einmal gesagt: ›Das war’s dann, Jung. Das mach ich nicht. Da musste dir ‘ne andere für suchen.‹«

Hertha trank ihren Kaffee aus, schwieg einen Moment, dann deutete sie auf mein Aufnahmegerät. »Das kannste jetzt wieder ausmachen. Das reicht für heute.«

»Danke, Hertha«, sagte ich und stellte den MD-Player aus.

»Tja«, meinte sie, »wenn’s dich glücklich macht.«

Ich stieß sie spielerisch in die Seite und wandte mich zur Tür, aber sie hielt mich zurück. »Haste was von der Nele gehört?«

»Nö. Und wenn, hätte ich es dir sofort gesagt«, antwortete ich.

»Hör mal, ich hab mir das überlegt«, sagte Hertha. »Wenn die Nele clean ist oder wieder das Methadon nimmt, dann kannse bei mir wohnen. Und wennse dann Scheiße baut, kann ich se immer noch rausschmeißen.«

Ich war erst mal sprachlos. Dann nahm ich sie in den Arm. »Du bist ein Schatz!«

»Weiß ich«, entgegnete Hertha trocken.

Als ich mich wieder auf den Weg in meine Wohnung machte, hörte ich Hertha hinter mir »Äh, Katja?« sagen. Zögerlich, wie ich es nicht von ihr gewohnt war. Ich drehte mich um und sah sie fragend an.

»Du kiffst doch, oder?«

Mir blieb der Mund offen stehen.

»Kannste mich das mal probieren lassen? Und mach den Mund wieder zu, es zieht.«

Ich folgte ihr zurück in die Küche. Solche Gespräche führt man besser nicht im Hausflur.

»Dass der Alk nicht gesund für mich ist«, eröffnete mir Hertha nun, »das braucht mir keiner zu sagen, das merk ich selber. Aber irgendwas brauch ich, so zum Entspannen. Und da hab ich mir gedacht, das Zeug ist ja eigentlich harmlos, oder?«

Als ich mir sicher war, dass ich recht gehört hatte, fing ich an zu lachen. Da stand eine über siebzigjährige Rentnerin vor mir und wollte auf ihre alten Tage anfangen zu kiffen. Ich musste so sehr lachen, dass mir alles wehtat. Hertha musterte mich schweigend und beleidigt.

»Entschuldige«, keuchte ich und rang nach Luft, »aber du musst zugeben, das ist jetzt ziemlich komisch!«

»Findste?«

Sie war noch immer gekränkt. Ich nahm sie erneut in den Arm und gab ihr einen schmatzenden Kuss auf die Wange.

»Ich liebe dich, Hertha!«, verkündete ich, immer noch lachend.

Sie entwand sich meiner Umarmung und fragte grantig: »Haste was drüben?«

Ich erklärte ihr, dass ich das Dope zu einer Freundin gebracht hatte. Von wegen drohender Hausdurchsuchung. Sie nickte, verständnisvoll und enttäuscht.

»Weißt du was?« Ich sah auf die Uhr, es war kurz vor fünf, eine gute Zeit, um Mary zu Hause zu erwischen. »Wir gehen jetzt zusammen zu meiner Freundin, und du rauchst deinen ersten Joint. Aber«, fügte ich anstandshalber hinzu, »das Zeug ist nur harmlos, wenn du dich nicht den ganzen Tag damit zudröhnst.«

»Ich hab mich auch nicht den ganzen Tag besoffen«, blaffte sie mich an.

»Und«, fiel mir gerade ein, »es hilft garantiert gegen deine Rheumaschmerzen. Früher mal wurde es sogar als Medizin verschrieben, gerade bei Schmerzen und Altersbeschwerden.« Ich biss mir auf die Lippen. »'tschuldigung.«

»Ich weiß selber, wie alt ich bin«, knurrte Hertha. »Also denn mal los!«

Mary war zu Hause. Sie musterte Hertha kurz, dann sagte sie herzlich: »Sie müssen Katjas Nachbarin sein. Sie hat mir schon viel von Ihnen erzählt!«

»Ich hoffe, nur Gutes!« Hertha nahm ihre ausgestreckte Hand und drückte sie kräftig. »Meinetwegen könn wir uns duzen.«

Mary führte uns ins Wohnzimmer und fragte, ob wir etwas trinken wollten.

»Nö, rauchen«, sagte Hertha.

»Oh, Entschuldigung«, rief Mary und stellte ihr einen Aschenbecher hin.

»Jetzt sag's ihr schon!«, forderte Hertha mich auf.

Ich unterrichtete Mary über unser Anliegen. Sie nahm es mit Contenance. Holte das Dope aus dem Versteck, drehte einen dicken Joint für Hertha und mich und stopfte sich eine Pfeife. Ich rauchte den Joint an und reichte ihn an Hertha weiter. Hertha zog vorsichtig daran und hielt den Rauch in der Lunge. Blies ihn endlich wieder aus und nahm noch einen Zug, diesmal einen längeren. Mary und ich schauten ihr fasziniert zu. Hertha gab mir den Joint und fragte Mary: »Haste keine Musik hier?«

»Doch, sorry! Was möchten Sie, äh, was möchtest du denn hören?«

»Ach, such einfach was aus.« Hertha langte schon wieder nach dem Joint. Mary legte Billie Holiday auf. Hertha lehnte sich zufrieden zurück. Mary schenkte uns O-Saft ein und füllte einen Teller mit Schokoladenkeksen.

»Danke«, sagte Hertha artig und griff zu. Ich hatte sie noch nie so weich und unbeschwert erlebt. Mary hatte nicht mein Dope verwendet, sondern etwas Schwächeres, und sie hatte nicht allzu viel in den Joint gepackt. Die Wirkung war sanft und leicht.

»Du hast ja Glück, dass du gleich schon etwas spürst«, sagte ich zu Hertha, »die meisten merken beim ersten Mal nichts von der Wirkung.«

»Is ja auch an der Zeit, dass ich mal Glück habe«, nuschelte sie, trank einen Schluck Saft, lehnte sich wieder zurück und schloss die Augen.

Ich warf Mary einen langen Blick zu. Sie lächelte versonnen.

»Amerikanische Drogendealerin verführt Kölner Rentnerin zu Rauschgiftkonsum«, kicherte ich.

»That's not correct, love!«, erwiderte Mary grinsend. »Kölner Journalistin verschleppt Rentnerin in Rauschgifthöhle.«

»Ihr spinnt ja. Beide«, raunzte Hertha. Und schob dann hinterher: »Kriegt man hier auch Nachschlag?«

»Ganz schön gierig, die Lady«, meinte Mary und machte sich an den nächsten Joint. »Katja hat mir erzählt«, sagte sie zu Hertha, »dass Sie, äh, dass du starkes Rheuma in den Knien hast?«

»Mhm. Und mir hat sie gesagt, dass das Zeug da gegen die Schmerzen hilft.«

Mary funkelte mich strafend an.

»Stimmt doch!«, protestierte ich.

»Ja«, erwiderte Mary, »aber sie kann doch nicht ständig rauchen, wenn sie Schmerzen hat!« Sie wandte sich wieder Hertha zu. »Ein Freund von mir ist Akupunkteur. Er macht das schon sehr lange und sehr gut. Wenn du einverstanden bist, frage ich ihn, ob er dich behandeln würde.«

»Das kann ich mir nich leisten«, nuschelte Hertha träge. »Oder bezahlt das die Kasse?«

»Nein. Aber ich würde ihn bitten, es für dich gratis zu machen. Das macht ihm nichts aus«, fügte sie hinzu, bevor Hertha etwas einwenden konnte. »Er verdient genug Geld, die Patienten stehen bei ihm Schlange.«

»Und das hilft?«, fragte Hertha skeptisch.

»Wenn irgendetwas überhaupt hilft«, erklärte Mary entschieden, »dann Akupunktur.« Sie reichte Hertha den Joint.

Nachdem sie drei tiefe Züge genommen hatte, erklärte Hertha allen Ernstes: »Dann würde ich das ja glatt mal probieren.«

Ich kam aus dem Staunen nicht mehr heraus.

VIERZEHN

Ich wachte keuchend auf. Mein Hals war so trocken, dass ich husten musste. Nele hatte sich gerade eine Überdosis reingeknallt und war in meinen Armen gestorben. Ich hatte vorher noch versucht, sie zu bewegen, hatte sie durch die Gegend geschleppt, um ihren Kreislauf zu aktivieren, und meine Arme und Schultern taten mir jetzt so weh, als hätte ich das alles in Wirklichkeit getan. Rosa sprang auf das Bett und stupste mir die feuchte Schnauze ins Ohr. Ich drehte mich zur anderen Seite und kraulte ihr den Rücken. Sie schnappte sich den Zeigefinger meiner anderen Hand und knabberte daran.

»Jetzt ist es drei Tage her, dass ich Nele getroffen habe«, informierte ich sie. »Und seither habe ich nichts mehr von ihr gehört.« Rosa hauchte mir zärtlich ihren Raubtieratem ins Gesicht. Ich hielt mir die Nase zu. »Was soll ich denn machen?«, fragte ich ratlos. »Soll ich in die Wohnung gehen?« Rosa übte Milchtritt auf meiner Brust. »Du tust mir weh!«, rügte ich sie und versuchte, ihre Krallen aus meinem Nachthemd zu lösen. Vergeblich, wie immer. Ich wartete, bis sie fertig war, dann stand ich auf und ging unter die Dusche.

Als ich das Teewasser aufsetzte, überlegte ich weiter: Sie hat vermutlich kein Guthaben mehr auf dem Handy, also kann sie mich nicht anrufen, selbst wenn sie wollte. Und SMS kann sie mir aus demselben Grund auch keine schicken.

»Warum schickst du ihr denn keine?«, fragte eine leise Stimme in mir.

Die Antwort war denkbar einfach: Weil ich zu stolz dafür war.

»Findest du es gerade wirklich hilfreich, dein Ego zu hätscheln?«, fragte die Stimme.

Ich musste nun doch über mich selbst grinsen. Nein, wirklich hilfreich fand ich das nicht. Ich langte nach dem Handy und schrieb Nele eine SMS: »Melde dich mal. Mach mir Sorgen. Hab dich lieb. Katja.«

Danach fühlte ich mich besser. Und hatte Lust auf Frühstück.

Ich sah nach, was ich noch hatte. Das Brot war verschimmelt, die Margarine fast alle, und Marmelade hatte ich schon letzte Woche nachkaufen wollen. Ich betrachtete den insgesamt eher kargen und in keinem Fall taufrischen Inhalt meines Kühlschranks und beschloss: Heute fängt ein neuer Lebensabschnitt an. Einer, in dem ich immer rechtzeitig einkaufen gehe und den Kühlschrank regelmäßig aussortiere. Einer, in dem ich mir jederzeit ein wundervolles Frühstück bereiten kann, weil immer alles dafür vorhanden ist. Ich zog mich an und machte mich auf die Socken. Als ich von meiner Einkaufsorgie zurückkam, fischte ich noch drei Umschläge aus dem Briefkasten. Der Inhalt hellte meinen Tag nicht eben auf. Zwei Rechnungen und eine Werbung.

Ich packte die Lebensmittel aus und versuchte, nicht an meinen Kontostand zu denken. Rosa tanzte um meine Füße herum und brachte mich fast zum Stolpern. Ich goss ihr Milch in die Schale und schnitt mit gerümpfter Nase die frische Leber auf. Ich hasse den Geruch von Leber, aber was soll man machen als Mitbewohnerin einer verwöhnten Katze. »Und jetzt, mein Fräulein, bin ich dran!«, ließ ich sie wissen und schenkte mir ein großes Glas Orangensaft ein. Ich drapierte die Croissants auf meinem schönsten Teller, deckte den Tisch und ließ den Blick zufrieden über mein Festmahl schweifen. Als ich den letzten Krümel verzehrt hatte, machte ich mir noch einen Espresso. Das Leben konnte ja doch schön sein!

Eine Meldung im Lokalteil der Zeitung riss mich aus meiner Frühstückstrance. »Dealerpärchen festgenommen. Ein zweiundvierzigjähriger Kölner und seine siebenunddreißigjährige Mitbewohnerin wurden gestern Abend in Köln-Mülheim festgenommen. In der Wohnung des Pärchens wurden zwanzig Gramm Heroin, fünfzehn Gramm Kokain und mehrere Konsumeinheiten Ecstasy gefunden. Die beiden Festgenommenen sind polizeibekannt und langjährig drogenabhängig. Es wurde Haftbefehl gegen sie erlassen.«

Scheiße! Das konnten nur Nele und Tom sein. Ich sprang auf und lief planlos in der Wohnung herum. Ich hatte keine Ahnung, was ich nun machen sollte. Paul alarmieren? Aber was, wenn es gar nicht Nele war?

Als ich zum zehnten Mal meinen Küchentisch umrundet hatte, klingelte das Telefon. Ich jumpte ins Wohnzimmer und riss den Hörer hoch.

Anscheinend gibt es doch so etwas wie Gedankenübertragung. »Kann es sein, dass eine Bekannte von dir heute in der Zeitung steht?«, fragte mein Bruderherz mit drohendem Unterton.

»Kann sein, muss aber nicht«, erwiderte ich, so cool ich konnte.

»Es wäre sicher nicht falsch, wenn du dich heute hierher bewegen könntest.«

»Aye, aye, Sir«, sagte ich und salutierte.

Ich fühlte mich wie gelähmt. Was sollte ich tun? Nach Mülheim fahren und nachsehen? Ich musste aber noch Anrufe machen. Ich musste meine Mails lesen. Ich musste mir zumindest ein klitzekleines Exposé für eine gottverdammte Sendung ausdenken! Wenn Nele tatsächlich verhaftet wurde, ruft sie früher oder später ohnehin Paul an, überlegte ich. Er ist schließlich ihr Anwalt. Der Gedanke beruhigte mich ein wenig, also öffnete ich erst einmal meine Mails. Natürlich in der Hoffnung, dass endlich wieder eine von Jeff dabei wäre. Es war eine von Jeff dabei. Er schrieb mir einen hinreißenden Liebesbrief. Einfach so. Anstatt mich zu freuen, wurde ich sofort misstrauisch Derlei ungedämpfte Romantik ist nicht seine Art. »Gleich kommt der Hammer«, dachte ich und kaute an meiner Nagelhaut. Sollte ich ihm antworten? Im selben Stil? Während ich noch darüber nachgrübelte, kam schon wieder eine Nachricht von ihm: »PS: Was machst du an deinem Geburtstag, Liebste? Wann bist du am besten telefonisch erreichbar? Meine Geschenke bringt dir ein Kölner Schüler von Rinpoche mit, der vor zwei Tagen abgeflogen ist. Er heißt Stefan und wird sich bei dir melden, ich habe ihm deine Adresse und Telefonnummer gegeben.«

Ich war gerührt. In der ersten Mail hatte er geschrieben, dass die Telefonleitungen mal wieder nicht funktionierten, also rief ich nicht an. Es wäre ohnehin nicht die passende Zeit gewesen. Ich schrieb ihm einen innigen Liebesbrief zurück. Gitta hatte mich neulich gefragt: »Meinst du, Jeff lässt sich mal wieder in

Köln blicken?« Das war ihre vorsichtige Formulierung für: »Ich kann mir nicht vorstellen, dass du in einer Beziehung glücklich bist, von der du nichts hast.« Und auch Mary hatte wieder Bemerkungen über Telefon- und E-Mail-Beziehungen vom Stapel gelassen.

Inzwischen ging ich nicht mehr hoch, wenn jemand meine Beziehung oder meinen Liebsten infrage stellte, sondern winkte nur noch resigniert ab. Ich wollte nicht darüber reden. Ich hatte keine Lust mehr, ihn zu verteidigen, unsere Liebe zu verteidigen, mich zu verteidigen. Ich hätte auch nicht so recht gewusst, wie. Mir fiel immer wieder ein, dass Jeffs Frau ihn verlassen hatte, weil er nie da war. Vielleicht sollte ich ihn vor die Entscheidung stellen: Deine Form von Dharmapraxis oder ich? Ich hatte ja selbst auch häufig das Bedürfnis, mich zurückzuziehen und nichts und niemanden zu sehen. Aber genau das wollte ich inmitten der Welt, meiner Welt, und nicht im Vorgebirge von Kathmandu. Zumindest nicht für länger. Es gibt im Zen die Geschichte von dem Dharma-Schüler, der den weißen Ochsen zähmen muss. Er geht in den Wald, in die völlige Einsamkeit, und zähmt den Ochsen. Sprich: seinen Geist. Doch als ihm das gelungen ist, muss er mit dem Ochsen zurück auf den Marktplatz. Zurück in die Welt, in das Alltagsleben, unter die Menschen. Aber Jeff hatte sich offenbar mit seinem Ochsen in einer Klosterzelle verkrochen und nicht wirklich vor, sich je wieder auf den Marktplatz zu begeben. Oder gar in mein Bett.

Langsam wuchs mir alles über den Kopf. Nele, die verschwundene Semiha, meine Auftragsflaute, meine Beziehung, Papas Zustand, Mamas Zustand, mein Zustand. Hilfe! Ich fühlte mich mutterseelenallein. Ich war so gut wie pleite. Meine Kreativität hatte sich verabschiedet. Ich konnte mich nicht einmal mit einem fetten Joint trösten. Wollte ich so leben? Nein! Ich war kurz davor, in eine echte Depression zu versinken. Also beschloss ich, etwas zu tun. Mir fiel bloß nicht ein, was. Fürs Erste schrieb ich wenigstens einen Notizzettel: »Minidiscs und CD-ROMs kaufen!« Man weiß ja nie, was kommt. Dann fasste ich mir ein Herz und rief noch einmal bei Paul an.

Aysche sagte kurzatmig: »Kann ich dich gleich zurückrufen?«, und hängte wieder ein. Ich blieb gespannt neben dem Hörer sitzen. Nach etwa fünf Minuten meldete sie sich. »Semiha hat angerufen«, legte sie ohne jede Einleitung los, »sie wohnt bei einer Cousine in Leverkusen.«

»Gott sei Dank!«

»Ja, aber ideal ist das nicht«, wandte Aysche ein. »Die nutzt sie nur aus. Die hat drei Kiddies, und die muss Semiha jetzt hüten.«

»Aber du weißt wenigstens, wo sie ist«, versuchte ich sie zu trösten.

»Ja, das schon.« Beruhigt klang sie nicht.

Ich bat Aysche, mich auf dem Laufenden zu halten und Semiha von mir zu grüßen. Und mich zu Paul durchzustellen. Während mich eine Digitalstimme mit bayerischem Akzent aufforderte: »Bitte warrrten«, überlegte ich, dass ich jetzt gar keinen Zugang mehr zu dem potenziellen Mörder von Mehmet hatte, noch nicht mal einen indirekten. Dann blaffte mein geliebtes Bruderherz: »Was ist?«

»Wie schön, deine Stimme zu hören!«, flötete ich. Bevor er etwas erwidern konnte, teilte ich ihm meine Schlussfolgerung mit, dass Nele, falls sie tatsächlich festgenommen worden wäre, ihn schon längst angerufen hätte. Er stimmte mir ausnahmsweise zu. Wir verabredeten uns für den Elternbesuch, und als ich einhängte, hatte ich das Gefühl, ich hätte gerade einen ganzen Haufen Probleme gelöst. Was natürlich nicht stimmte. Aber es munterte mich auf. Und das konnte ich verdammt gut gebrauchen. Ich nutzte den neuen Schwung und tippte das Interview mit Hertha ab. Dabei fielen mir eine Menge Fragen ein, die ich ihr noch stellen wollte. Und ihr Angebot, Nele bei sich aufzunehmen. Nele. Ich hatte noch immer keine Ahnung, wie und wo ich sie finden könnte. Also doch Mülheim. Ich nahm mir vor, am frühen Abend hinzufahren.

Es läutete. Ich sprintete zur Tür, drückte den Summer, stellte mich ans Geländer und verrenkte mir den Hals, um zu sehen, wer die Treppe hochkam. Aber es war nicht Nele. Es war ein mir völlig unbekannter Mann.

»Wollen Sie zu mir?«, fragte ich etwas irritiert. Er sah auf eine herbe Art gut aus und hatte ein ausgesprochen sympathisches Lächeln.

»Wenn Sie Katja Leichter sind, ja«, antwortete er.

Ich nickte.

»Ich bin Stefan.« Er grinste verschwörerisch und meinte: »Ich hab was für dich. Aus Kathmandu. Von Jeff. Darf man schon gratulieren oder bist du abergläubisch?«

»Nö«, erwiderte ich und musste selbst grinsen. »Aber es ist noch eine Weile hin. Noch bin ich keine vierzig!«

Jetzt lachte er. Ein sattes, fröhliches Lachen. Hey, dachte ich, krieg dich wieder ein, Mädchen!

Laut sagte ich: »Komm doch rein!«

Er folgte mir in die Küche.

»Möchtest du Tee? Ich hab gerade welchen aufgesetzt.«

Er wollte. Während ich den Tisch deckte, holte er drei Pakete aus seiner Umhängtasche und legte sie vorsichtig neben den Tassen ab.

Ich verfrachtete sie in mein Arbeitszimmer und fragte mich, was mit mir los war. Der Typ war mindestens zehn Jahre älter als ich, hatte aber noch immer volles Haar und eine ziemlich lange Mähne, sah aus, als wäre er mal Hippie gewesen, und trug eine supercoole und superalte Lederjacke. Er wirkte überhaupt nicht heilig, sondern so, als könnte man mit ihm viel und gut lachen. Katja Leichter, ermahnte ich mich, dieser Mann bringt dir Geschenke von deinem Liebsten. Geschenke, die dein Liebster für dich ausgesucht hat und dir eigens per Boten überbringen lässt. Weil er dich offenbar liebt.

Als ich zurückkam, lag eine Schachtel Zigaretten auf dem Küchentisch.

»Darf ich rauchen?«, fragte Stefan.

»Klar«, erwiderte ich, holte den Aschenbecher und steckte mir auch eine an. Wir tranken ein paar Schlucke Tee und rauchten.

»Wie isses denn so in Kathmandu?«, fragte ich schließlich.

»Gut«, lächelte er. »Schwer was los. Ich soll dich von allen grüßen. Und von Jeff natürlich.«

»Er hat dir nicht zufällig gesagt, wann er nach Köln zurückkommen will?«

Stefan schien nicht so recht zu wissen, was er antworten sollte.

»Gar nicht?«, schlug ich vor.

Er musterte mich nachdenklich. »Ich weiß es nicht. Ich weiß nur, dass die Amis, die jetzt die ganze Zeit da waren, mit Rinpoche zum Karmapa fahren. Und Jeff fährt mit, klar, er ist ja der Übersetzer.«

Arschloch, fluchte ich stumm. Du mieses, feiges Arschloch. Zu feige, um mir das selbst zu sagen. Ich drückte die Zigarette aus, langte nach einer neuen, hielt mich dann aber zurück. Stefan sah mich mit seinen dunklen Augen schweigend an.

»Was hast du denn da gemacht?«, fragte ich, um ihn abzulenken.

»Ich hab mir ein Drogenprojekt im Kathmandu-Tal angeschaut.« War da etwas Lauerndes in seinem Blick? Oder wurde ich paranoid? »Und im Kloster gewohnt«, fuhr er fort und hatte wieder dieses jungenhafte Grinsen im Gesicht, »in der Hoffnung, dass ich ein Interview bei Rinpoche kriege.«

»Und? Hast du?«

»Mhm.«

»Was für ein Drogenprojekt?«

»Da können Junkies Entzug machen. Und dann noch eine Weile bleiben, bis sie wieder halbwegs fit sind. Die Betreuer dort arbeiten auch mit Meditation und Yoga und so was.« Wieder dieser komische Blick.

»Und warum hast du dir das angeschaut?«

»Ich arbeite auch mit Junkies. Genauer gesagt, mit Leuten im Methadonprogramm.«

»Ah ja.«

Ich spürte, dass er noch irgendetwas in petto hatte. Ich schenkte mir Tee nach und sah ihn fragend an. »Gerne!« Er hielt mir die Tasse hin, ließ sie aber fast wieder fallen, denn Rosa sprang gerade auf seinen Schoß und hielt sich mit den Krallen an seinen Oberschenkeln fest. »Oh«, sagte er und kraulte sie hinter dem Ohr, »guten Tag!« Rosa schnurrte und schmachtete ihn mit ihrem Ich-bin-ein-armes-Waisenkind-und-bekomme-keine-Liebe-Blick an.

»Ooooh«, schnurrte Stefan zurück, »du bist ein armes Waisenkind, niemand liebt dich, und du hast seit Tagen nichts zu essen bekommen, was?«

Eindeutig ein Katzenkenner. Ich wies auf Rosas Bauch, der von einem Waschbrett noch sehr viel weiter entfernt ist als meiner, und sagte lachend: »Ja, man sieht, dass sie halb verhungert ist.«

Stefan richtete wieder diesen undefinierbaren Blick auf mich, der das Bedürfnis in mir weckte, sofort in seine Arme zu sinken und mich von ihm beschützen zu lassen. Dabei würde ich eher sterben, als mich von einem Kerl beschützen zu lassen!

»Jeff, äh ...«, sagte er nun zögernd, »Jeff meinte, ich soll dir sagen, dass ich PSBler bin, also dass ich psychosoziale Begleitung mache. Ich meine ... äh ... für Junkies, also für Substituierte ... Also, jedenfalls, äh, wenn du Hilfe brauchst, du kannst mich jederzeit anrufen.«

Mir blieb der Mund offen stehen. Ich hielt mich am Rand der Tischplatte fest, sonst hätte ich sie in zwei Teile geschlagen. Hatte dieses Arschloch von Jeff doch tatsächlich einem wildfremden Mann suggeriert, ich hätte ein Drogenproblem? Und der dachte jetzt, ich wäre drauf, oder was?

»Tut mir leid«, sagte Stefan leise. »Ich wollte dich nicht bedrängen.« Er hob Rosa behutsam von seinem Schoß und stand auf.

Ich blieb sitzen. Murmelte: »Du kannst ja nichts dafür.«

Er setzte sich wieder hin. Sah mich an. Nicht unbedingt so, als wollte er mich ins Methadonprogramm vermitteln. Eher so, als wollte er es sich nicht mit mir verderben.

»Ich hab mich, ehrlich gesagt, gewundert«, meinte er schließlich, »warum Jeff das zu mir gesagt hat. Er kennt mich eigentlich gar nicht. Ich hab auch keine Ahnung, woher er weiß, was ich beruflich mache. Ich bin einer von vielen Schülern, die ab und zu mal ein, zwei Wochen im Kloster rumschwirren. Und er ist ...« Es fiel ihm offenbar keine passende Bezeichnung für den heiligen Jeff ein.

»... der große Zampano«, knurrte ich. »Die Reinkarnation von Marpa persönlich.«

Stefan kicherte doch glatt. Zehn Punkte für ihn. Marpa war Übersetzer und einer der großen alten Gurus. Er lebte vor tausend Jahren und übertrug die buddhistischen Urtexte aus dem Sanskrit ins Tibetische.

Ich nahm einen Schluck von dem Tee, der inzwischen kalt war und bitter schmeckte. Sollte ich ihm von Nele erzählen? Falls sie je wieder clean werden wollte, könnte sie natürlich seine Hilfe gebrauchen. Ich entschied mich dagegen. Dafür kannte ich Stefan noch zu wenig. Stattdessen sagte ich: »Ich bin nicht drauf oder so.« Hörte, wie blöde das klang. Unglaubwürdig. Aber wenn er mit Junkies arbeitete, musste er doch merken, dass ich nicht zu seiner potenziellen Klientel gehörte.

Er nickte. »Ich hatte auch nicht den Eindruck.«

»Hör mal«, sagte ich und stand auf. »Lass mir trotzdem deine Nummer da. Kann sein, dass ich mich mal melde.« Das klang auch nicht viel klarer. Aber ich war gerade alles andere als klar im Kopf.

»Ja, gerne!« Er wühlte hektisch in den Taschen seiner Lederjacke herum und reichte mir schließlich seine Karte. »Melde dich auf jeden Fall! Wir könnten doch auch einfach nur mal einen Kaffee trinken gehen? Ich hab dir ja kaum etwas aus Kathmandu erzählt.«

»Ja, genau«, erwiderte ich, vielleicht eine Spur zu schnell. »Und du hast ja meine Nummer. Ach so, und ich geb dir noch meine Handynummer, zur Sicherheit.« Sicherheit wofür?, fragte ich mich innerlich, aber Stefan schien sich nicht zu wundern. Er wirkte schlicht und ergreifend erfreut.

Als er aus der Tür war, setzte ich mich zu Rosa auf das Sofa. Sie sah mich fragend an. »Wenn ich nicht so eine abgeklärte, gestandene und hypercoole Frau von fast vierzig wäre«, klärte ich sie auf, »dann würde ich sagen, ich habe mich verknallt.«

Rosa gähnte.

FÜNFZEHN

Paul legte eine Kassette ein. Ich war gespannt. Und musste kichern, als sich herausstellte, dass mein Bruderherz im Auto »Beggars Banquet« hört.

»Du bist ein unheilbarer Grufti«, stellte ich seufzend fest.

»Ich bin ja auch was älter als du«, gab er grinsend zurück.

Ich hatte mich seit Jahren, ach was, Jahrzehnten nicht mehr so wohl mit meinem Bruder gefühlt. Der ganze Besuch bei den Eltern war für Paul und mich eine Art vertrauensbildender Maßnahme gewesen. Er hatte mich überredet, schon am Freitag zu fahren, da ihm zwei Gerichtstermine ausgefallen waren. Am Freitag hatte ich eigentlich Nele suchen wollen, dann aber nachgegeben.

Und dann hatten wir das alte Spiel aus den Tagen unserer Jugend gespielt: Wir gegen die Eltern. Nur diesmal, als erwachsene Menschen, nicht wütend, trotzig und aufsässig, sondern teils lachend, teils ehrlich besorgt. Paul teilte meine Einschätzung, dass es Mama einerseits wirklich gut ging, sie sich aber andererseits übernahm. Und dass Papa etwas quälte, worüber er nicht sprechen wollte. Wir hatten versucht, ihm die Würmer aus der Nase zu ziehen und sie zu mehr Ruhe zu verdonnern, beides vergeblich. Irgendwie hatte das Paul und mich wieder zusammengebracht, nach all der Zeit der Distanz und des gegenseitigen Misstrauens. Und das tat gut. Das tat verdammt gut. Nicht nur mir, sondern auch ihm, das konnte ich an seiner Art, mich anzulachen, merken. An der Wärme in seinem Blick, die ich so lange vermisst hatte. Oder besser gesagt, an die ich mich gar nicht mehr erinnert hatte.

Wir waren am Nachmittag aufgebrochen, um noch in Ruhe an einer Raststätte zusammen einen Kaffee trinken zu können. In Brohltal-West fuhren wir, »Salt of the Earth« grölend, raus. Als ich an der Theke gerade das nicht sehr verlockende Salatangebot betrachtete, klingelte mein Handy.

»Hi, ich bin's«, sagte Nele.

»Oh!« Mehr fiel mir erst einmal nicht ein.

»Kannste mich zurückrufen? Auf der Nummer?«

Ich speicherte erst mal die Nummer auf dem Display in meinem Telefonverzeichnis ab. Dann hing ich endlos in der Leitung, bis sie endlich dranging. »Hallo, Süße«, sagte ich, »wo steckst du? Wie geht's dir?«

»Hör mal«, flüsterte Nele in den Hörer, »ich kann jetzt nur kurz. Ich rede mit der Tante, du weißt schon.«

»Super. Wann? Können wir uns vorher sehen?«

»Ja, unbedingt. Kannste gleich zum Ebertplatz kommen?«

Ich sagte ihr, dass ich noch mitten in der Eifel war, und wir verabredeten uns für den Abend. Dann war die Verbindung unterbrochen.

»Wer war das?«, fragte Paul mit einem Gesichtsausdruck, als wüsste er es ohnehin schon.

»Nele«, gab ich ohne Weiteres zu. »Sie will mit der Polizistin reden. Wir, also Nele und ich, treffen uns um neun im Café am Ebertplatz. Könnten wir dich von da aus anrufen, damit ihr einen Termin vereinbart? Weil du solltest bei dem Gespräch schon dabei sein. Ja?«

Paul sah das nicht anders. Er versprach mir, das Handy anzulassen.

Als wir unseren Kaffee tranken, fragte er mich, wie es mir mit Jeff ging. Beziehungsweise ohne Jeff. Bevor ich auch nur nachdenken konnte, kam aus meinem Mund ein ziemlich verbittert klingendes »Beschissen!« Ich erschrak richtiggehend, denn das hatte ich bisher noch nicht einmal gedacht. Geschweige denn ausgesprochen. Aber offenbar hatte ich es so empfunden. Jedenfalls war mir, als es nun raus war, klar: Es stimmte. Es ging mir gar nicht gut damit, dass ich einen Mann liebte, von dem ich außer seinen Mails nichts zu sehen bekam. Den ich nicht berühren konnte. Der mich nicht berührte. Dass ich seit Monaten keinen Sex hatte, niemand (außer meiner Katze) zärtlich zu mir war, niemand mich im Arm hielt und mir sagte: »Ich liebe dich, ich brauche dich, ich begehre dich!« Die ganze Frustration, die ich so erfolgreich vor mir selbst und anderen geleugnet hatte, brach sich jetzt Bahn und überschwemmte mich, zusammen mit einer tiefen Traurigkeit und – obwohl ich es kaum fassen konnte – einer Spur von Erleichterung.

Jemand sagte etwas. Ich sah hoch. Paul hatte seine Hand auf meine gelegt.

»Was hast du gesagt?«, fragte ich heiser.

»Mach Schluss mit ihm, wenn's dir so wehtut«, wiederholte Paul und fuhr mir kurz und ein wenig verlegen über die Wange.

Ich nickte stumm. Ja, ich musste Schluss machen. Ich wusste plötzlich mit einer ruhigen und erstaunlich leichten Gewissheit: Jeff wird diesen Zustand noch endlos ausdehnen. Er hat ein schlechtes Gewissen, irgendwie liebt er mich auch, aber unsere Beziehung ist nicht das, was er wirklich braucht. Nicht das, was ihn wirklich glücklich und zufrieden macht. Er kann mit dem Ochsen auf den Marktplatz gehen, aber nicht, um dort zu bleiben oder gar Handel zu treiben. Sein Weg ist nicht der eines Laien, der den Dharma in der normalen, alltäglichen Welt praktiziert, sondern der eines Yogis oder Mönchs. Dafür ist er gemacht, das ist sein Karma.

Und dieser Bestimmung muss er folgen, sonst macht er nicht nur mich unglücklich, sondern auch sich selbst. Ich fühlte einen sanften Schmerz, aber ich war nicht wirklich verzweifelt und nicht mehr allzu traurig. Das verwirrte mich, beruhigte mich aber auch. Ich beschloss, in Ruhe darüber nachzudenken, wenn ich wieder allein in meiner Wohnung war. Oder vielleicht besser erst, nachdem ich Nele gesehen hatte.

Ich trank den labberigen Raststättenkaffee aus und fragte Paul, ob er Lust hätte, mal zu mir zum Abendessen zu kommen. Er hatte. Als er mich zu Hause absetzte, nahm er mich in den Arm und drückte mir einen Kuss auf die Wange. Ich küsste ihn zurück und war so gerührt, dass ich ihm auftrug, seine Frau – lieb! – von mir zu grüßen.

Oben angekommen, versorgte ich zuallererst Rosa. Oder besser gesagt: wollte sie versorgen. Sie drehte mir ostentativ ihr etwas aus der Form geratenes Hinterteil zu und reagierte nicht auf meine Begrüßung. Ich machte ihr, in Ermangelung von frischem Fleisch, eine Dose auf, was mir lediglich ein ziegenhaftes Gemecker einbrachte. Auch das Schälchen mit Sahne beeindruckte meine liebste Mitbewohnerin nicht weiter, sie stolzierte mit hoch erhobenem Schwanz aus der Küche.

»Dann eben nicht«, grummelte ich und holte mir das Telefon. Ich musste dringend mit Gitta reden. Wenn man beschließt, eine Beziehung zu beenden, muss man das, bevor man den Entschluss in die Tat umsetzt, unbedingt mit der besten Freundin durchsprechen. Zumindest ich muss das. Gitta ging sofort dran und war bereit, sich Sonntagabend mit mir zu treffen.

Ich raste auf der Stelle los, um für das Abendessen mit Gitta einzukaufen. Dann fuhr ich mit den vollen Tüten zum Ebertplatz.

Nele ließ mich zwanzig Minuten warten. Aber mein Ärger verflog, als sie vor mir stand.

Sie sah grauenhaft aus. Klapperdürr, die Haare fettig und strähnig, Pickel im Gesicht und ein blaues Auge. Ich fragte mich, wo das herkam. Der Kellner warf ihr einen misstrauischen Blick zu und überlegte offenbar, ob er sie rausschmeißen sollte. Ließ es zum Glück sein. Ich bestellte für Nele einen Salat, obwohl sie rumnölte, sie könne nichts essen.

»Du brauchst Vitamine«, stellte ich kategorisch fest und musterte sie kritisch. Sie war ziemlich breit.

»Hör mal«, nuschelte sie, »ich kann nicht mehr. Ich kann echt nicht mehr.«

Ich verkniff mir zu sagen: »Das sehe ich.« Fragte stattdessen: »Und was hast du jetzt vor?«

»Ich will wieder ins Programm. Oder eigentlich will ich ganz aufhören. Weißte?«

Ich nickte.

»Ich bin jetzt auf fünf Gramm oder sechs am Tag. Echt, manchmal hab ich das Gefühl, ich kann das Zeug nicht mehr riechen.« Sie wickelte sich eine Haarsträhne um den Finger. Sah mich kurz an und dann wieder weg. »Ich will auch nicht mehr bei Tom bleiben.«

»Warum?«, fragte ich vorsichtig.

Sie schwieg eine Weile. Studierte die Tischplatte. Sagte schließlich: »Wenn der auf Pillen ist, dann tickt der aus. Weißte?« Fragender Blick.

Ich nickte erneut.

»Der drückt ja nur Cocktails, und da macht der sich mehr Koks rein als Schore. Und dann wirft er auch noch die Scheißpillen ein. Dann is der voll auf Psychose. Der denkt dann echt, ich hätt mich mit den Außerirdischen gegen ihn verschworen und all so ‘n Driss. Der hat mal die ganze Wohnung auf’n Kopf gestellt, weil er dachte, der BND hätte da Mikros versteckt. Und ich wär’s schuld. Wie findst ‘n das?«

Ich ahnte, was jetzt kommen würde, obwohl ich es nicht glauben konnte.

»Und dann verhaut er mich. Der weiß dann echt nicht mehr, was er tut. Der is voll abgedreht in dem Zustand. Weißte?«

Nele, meine schöne, kluge, freche Nele ließ sich von ihrem Typen misshandeln. Und nahm ihn auch noch in Schutz.

»Wie lange geht das denn schon?«, fragte ich.

»Ja, seit der die Pillen nimmt. Deswegen hab ich doch mit dem Schluss gemacht. Weißte, damals, wie ich ins Programm bin. Da hab ich dem gesagt, ich hör auf. Ich mach das nich mehr mit. Und wenn er nicht mitzieht, dann bin ich weg. Weil ich wollt ja nich mehr anschaffen. Hab ich dir doch erzählt. Und ohne den Tom hätt ich mir den Stoff ja nicht mehr leisten können. Wie denn? Also musst ich ja ins Programm. Ne? Aber irgendwie hab ich halt gehofft, dass der mitmacht.«

»Hat er aber nicht.«

»Hat er aber nicht. Der hatte ja immer sein Material, für was soll der aufhören?«

Der Kellner brachte unsere Getränke und den Salat. Nele schob den Teller zu mir rüber, ich schob ihn zurück. »Versuch mal, ein bisschen was zu essen. Du fällst ja vom Fleisch.«

Sie stocherte lustlos in den Tomaten herum. Ich klaute ihr ein Stück Paprika. Dabei fiel mir ein, dass ich seit dem Mittagessen bei den Eltern nichts mehr in den Magen bekommen hatte. Ich winkte dem Kellner und bestellte mir das Gleiche noch mal. »Du kannst doch meinen haben!«, protestierte Nele, aber ich schüttelte den Kopf. Sie machte noch einen halbherzigen Versuch und kaute schließlich, offenbar mir zuliebe, an einem Stängel Rucola herum. Dann gab sie auf.

»Und warum willst du jetzt nicht mehr bei ihm bleiben?«, nahm ich den Faden wieder auf.

Sie sortierte die Tomatenscheiben auf dem Teller um. Dann sah sie mich wütend an. »Ich hab mich noch nie von ‘nem Kerl verhauen lassen. Noch nie, ehrlich! Der Tom ist der Einzige. Anfangs hab ich den geliebt. Der is ja auch klasse, wenn er nicht so abdreht. Und früher war der auch nicht so. Und es is halt scheiße, wennde ganz alleine bist.«

Sie spießte eine Gurkenscheibe auf und legte sie wieder ab. »Und jetzt kann ich nich mehr, Katja. Ich *kann* nicht mehr. Was is das denn für ‘n Leben? Ich muss den ganzen Tag in dem Loch hocken, ich kann nich raus, weil ich die Bullen am Arsch hab, und wenn der Tom austickt, dann geht der auf mich los. Ich brauch den aber, wegen dem Material.«

Sie senkte den Kopf und biss sich auf die Unterlippe. »Und der will halt auch, dass ich ihm einen blase, wenn er da grade Bock drauf hat.« Sie sah hoch und lachte höhnisch. »Da kann ich direkt wieder auf die Geeste gehn.«

Ich zündete zwei Zigaretten an und reichte ihr eine rüber.

»Ich will jetzt mal leben, weißte?«, murmelte sie so leise, dass ich sie kaum verstehen konnte. »Ich will ‘n ganz normales Leben haben, ohne Drogen. ‘ne eigene Wohnung und ‘ne glückliche Beziehung. Und mal Urlaub machen, ans Meer fahren oder so. Ich hab nix gehabt von meinem Leben. Echt nix. Nur Scheiße. Und durch die Drogen ist alles immer noch schlimmer geworden. Ich möchte jetzt endlich mal wie so ‘n ganz normaler Mensch leben.« Sie schluckte. »Und glücklich sein.« Sie sah mich fragend an.

Ich nickte bestätigend. »Willst du denn direkt in die Entgiftung oder erst mal doch noch ‘ne Weile ins Programm?«

»Keine Ahnung.« Sie hievte sich einen halben Champignon auf die Gabel und betrachtete ihn, als müsste sie ihn porträtieren.

Nach einer endlosen Weile ließ sie ihn mitsamt der Gabel wieder auf den Teller sinken. Ich seufzte. Sie sah mich an und musste grinsen. Ich grinste zurück. Langte über den Tisch und strich ihr über die Wange.

»Hey, Süße«, sagte ich, »wenn du willst, komm mit zu mir, ich geb dir neue Klamotten, und wir rufen Paul an. Dann könnt ihr euch einen Termin ausmachen für dein Gespräch mit der Polizistin. Du kannst auch bei mir übernachten.«

»Ich hab doch kein Material dabei«, wandte sie ein.

»Okay, dann gehst du erst mal zurück nach Mülheim, und Montag früh rufst du deinen PSBler an.«

»Nö, zu dem geh ich nicht.«

»Hör mal«, erwiderte ich genervt, »auf alles, was ich vorschlage, sagst du: Nö, will ich nicht! Nö, mach ich nicht! Willst du jetzt aufhören oder nicht? Weil wenn du es willst, dann musst du auch was dafür tun. Und wenn du nicht willst, dann musste eben weitermachen.«

»Der ist echt scheiße«, argumentierte sie, »glaub mir. Der nimmt mich auch gar nicht mehr.«

Ich überlegte einen kurzen Moment, dann beschloss ich, es zu wagen. »Ich hab zufällig einen PSBler kennengelernt. Der ist, glaube ich, gut, auf jeden Fall ist er total nett. Soll ich den anrufen und ihn fragen, ob er dich nimmt?«

»Würdste das machen?«

»Ja klar.«

»Aber ich hab doch gar keinen Methadonarzt mehr.«

»Ich bin sicher, dass der Typ dich an einen vermitteln kann. Er heißt übrigens Stefan.«

»Haste was mit dem?«

Mir blieb der Mund offen stehen. Die Frau war so breit wie hoch, und trotzdem spürte sie etwas, das ich im untersten Keller meines Herzens verbuddelt hatte.

»Spinnst du?«, blaffte ich sie an. Ganz flammende Empörung.

»Seit wann haste denn was mit dem?« Sie grinste mich geradezu unverschämt an.

»Ich hab nichts mit dem«, gab ich, hoheitsvoll, wie ich hoffte, zurück. »Ich hab den kennengelernt, finde ihn ziemlich sympathisch, und das ist auch schon alles.«

»Is der auch so ‘n Buddhist?«

»Ja.«

»Und du meinst, der nimmt mich?«

»Weiß ich nicht. Aber ich denke schon. Jedenfalls kann ich ihn fragen. Und auch, ob er dich bei einem Arzt unterbringen kann.«

»Würdste das echt machen?«

»Hab ich doch gesagt. Ach ja«, fügte ich hinzu, »ich soll dir von Hertha bestellen, wenn du clean bist oder ins Programm gehst, kannst du bei ihr wohnen. Du kannst das Zimmer haben, zur Untermiete.«

Nele starrte mich ungläubig an. »Echt?«

»Echt.«

»Warum das denn?«

»Weil sie dich mag, du blöde Kuh. Und ich dich auch. Und es wär superklasse, wenn das endlich mal in deinen bescheuerten Kopf reinginge.«

»Ey, was findst ‘n an mir? Ich bin ‘n Junkie, und ich seh aus wie ‘n Voll-Assi.

»Du bist ‘n Voll-Assi. Zumindest jetzt grade. Aber ich steh auf Voll-Assis. Hmmmm, gib’s mir!«

Wir lachten uns halb tot, bis der Kellner mit verkniffenem Mund den Salat vor mir abstellte. Ich schlang ihn rein, als hätte ich seit Tagen nichts mehr gegessen.

»Willste meinen noch?«, fragte Nele. Ich gab klein bei und aß auch ihren auf. Dann wollte sie wissen, warum ich dieser Polizistin vertraute. Ich konnte es ihr nicht logisch erklären. Es war ja ein reines Bauchgefühl.

Aber es leuchtete Nele ein. Ich rief Paul an und reichte das Handy an Nele weiter. Sie vereinbarten einen Termin am Montag.

Ich schlug Nele vor, sie solle mit ihren Sachen und ausreichend Stoff für zwei Tage morgen früh zu mir kommen und bis Dienstag bei mir bleiben.

»Das geht nicht«, wandte sie ein, »der Tom ist gerade viel unterwegs, und ich hab versprochen, dass ich dem seine Kunden übernehme.«

Sie will nicht, dachte ich. Nicht wirklich. Noch nicht. Sie reagiert auf alles, was ich ihr anbiete, ablehnend.

Ich kann sie nicht zwingen. Sie muss die Entscheidung selbst treffen.

Wir verabredeten, dass Nele am Montagmorgen zu mir kam und ich in der Zwischenzeit versuchte, Stefan zu erreichen. Ich gab ihr Geld, damit sie sich eine Handykarte kaufen und mich jederzeit anrufen konnte.

An der Straßenbahnhaltestelle drückte ich sie an mich und erschrak erneut darüber, wie dünn sie war. »Halt die Ohren steif«, flüsterte ich ihr ins Ohr.

»Du auch«, flüsterte sie zurück, löste sich aus meiner Umarmung, sah mich streng an und sagte mit erhobenem Zeigefinger: »Und fang nix mit dem Stefan an, bevor ich den nicht begutachtet habe!«

Zu Hause machte ich mir eine Tasse Tee, balancierte sie zusammen mit dem Aschenbecher in mein Zimmer, legte mich auf das Sofa und zündete mir eine Zigarette an. Ich war todmüde und gleichzeitig wie aufgeputscht. An Schlaf brauchte ich gar nicht zu denken. Da könnte ich doch, überlegte ich, schon mal einen Entwurf verfassen für den Brief an Jeff. Ich stand wieder auf, warf den Laptop an und starrte auf den leeren Bildschirm. Hatte plötzlich keine Ahnung mehr, was ich ihm sagen wollte. Oder wie ich es ihm sagen sollte.

»Lieber Jeff«, fing ich endlich an, »ich habe begriffen, dass unsere Beziehung …« Ja, was? Zu Ende ist? Keinen Sinn mehr hat? Nie eine wirkliche Beziehung war? Ich kaute an meiner Nagelhaut herum, bis sie einriss. Meine Gedanken flippten zu Nele, dann wieder zurück zu Jeff, um erneut bei Nele zu landen.

Schließlich gestand ich mir ein, dass ich jetzt einfach nicht in der Lage war, dieses Problem anzugehen. Ich klopfte bei Hertha an, die gleichfalls noch wach war. Sie sah sich eine Verkaufssendung im Fernsehen an und ließ sich gern dabei stören. Ich erzählte ihr, dass ich Nele getroffen hatte und dass sie mit der Polizistin reden wollte.

»Na, vielleicht kriegt sie ja doch noch die Kurve«, brummte Hertha. Nach einer Weile fragte sie unvermittelt: »Haste mal wieder was von dem Zeug für mich?«

Ich verstand erst mal Bahnhof, dann begriff ich, was sie meinte. »Wenn Nele ihre Aussage gemacht hat«, sagte ich lachend, »kann ich mein Dope wieder zu Hause aufbewahren. Und dann kann ich dir davon abgeben, so viel du möchtest.«

»Tja«, meinte sie, »dann müssen wir der Nele Beine machen.«

SECHZEHN

Am Samstag wachte ich schon um neun Uhr auf, blieb aber noch eine Weile liegen. Ich hatte am Freitag früh den Fehler begangen, meine Kontoauszüge zu ziehen, und feststellen müssen: Ich war pleite. Ganz und gar pleite. In der Aufregung um den Besuch bei den Eltern und das Treffen mit Nele hatte ich diese triste Tatsache glatt vergessen, doch nun war sie gnadenlos in mein Gedächtnis zurückgekehrt. »Wenn du gar nichts mehr hast, kannst du das auch noch ausgeben«, hatte mein Vater immer gesagt und damit meine Mutter in den Wahnsinn getrieben. Ich beschloss, seinen Spruch in die Praxis umzusetzen, und holte mir im Blumenladen an der Ecke einen Strauß roter Tulpen, zwecks Gemütsaufhellung.

Ich setzte mich wie immer erst auf mein Kissen, dann trödelte ich mit dem Frühstück herum und warf schließlich den Rechner an. Nachdem ich ungefähr eine halbe Stunde lang auf den leeren Bildschirm gestarrt hatte, gab ich es wieder auf. Kontoauszüge können einen in tiefe Depressionen stürzen. Ich weiß das aus langjähriger Erfahrung. Warum sollte es jetzt anders sein? Ich musste irgendetwas Positives unternehmen. Bloß was?

Ich grübelte eine Weile darüber nach, ging dann ins Schlafzimmer und sortierte meinen Kleiderschrank nach Klamotten für Nele aus. Ich bin nicht gerade fettleibig, aber Nele war so klapperdürr, dass ihr von meinen Hosen garantiert keine passte. Dafür fand ich zwei schöne Sweatshirts, die ich aus irgendeinem Grund, der mir nicht mehr einfiel, noch nie getragen hatte. Anschließend sah ich im Badezimmer nach, was ich an Kosmetika entbehren konnte. Viel war es nicht. Ich setzte mich auf den Wannenrand und war plötzlich der festen Überzeugung, dass ein schönes heißes Schaumbad mir jetzt unheimlich guttun, meine Kreativität enorm beflügeln und mir Ideen für die allerwunderbarsten Features eingeben würde.

Das Bad erfüllte zwar meine Erwartungen nicht ganz, aber es ging mir hinterher eindeutig besser. Ich wühlte mich durch den Stapel ungelesener Zeitungen, den ich noch nicht entsorgt hatte, und riss alle Artikel heraus, die mir interessant erschienen. Dann surfte ich im Netz durch die Online-Nachrichtenticker. Vielleicht, überlegte ich, könnte ich meiner Redakteurin eine Geschichte über Dope vorschlagen. Nein, widersprach ich mir selbst, besser nicht. Ich hatte keine Lust, die Gefahren des Cannabiskonsums darzustellen, auch wenn ich die durchaus sehe. Zumindest beim Dauerkonsum. Obwohl, spann ich den Faden nun doch weiter, ich könnte etwas Kritisches über dieses gentechnisch veränderte hochprozentige Gras machen, das sie jetzt in Holland züchten und mit dem die Kids sich die Birne kaputt dröhnen. Ich suchte mir noch Links zu diesem Thema, schrieb mir ein paar Stichwörter dazu auf, dann beschloss ich, dass auch freie Journalistinnen, selbst solche, die gerade voll pleite sind, das Recht auf ein freies Wochenende haben.

Ich legte mich mit dem neuen Peter Robinson auf das Sofa und nickte irgendwann ein. Als Rosa mich wach küsste, war es Zeit, das Abendessen vorzubereiten: Biogarnelen mit Ingwerrisotto. Ich entkorkte den Montepulciano, spülte die Garnelen ab, presste eine Orange und eine Limette für die Soße aus, schnitt die Tomaten und den Mozzarella für das Caprese, zupfte die schönsten Blätter von meinem Basilikum, hackte Zwiebeln, Knoblauch und Ingwer klein und legte das Olivenciabatta ins Backrohr.

Gitta stellte schnaufend ihr schweres »Mitbringsel« auf den Tisch. Ich packte es aus und stand staunend vor einem blühenden Zitronenbäumchen, das auch noch Früchte trug und meine Küche mit allerlieblichstem Duft erfüllte. Ich fiel Gitta um den Hals, vor lauter Rührung konnte ich kaum ein »Danke« herausbringen.

»Ich hatte das Gefühl, du brauchst etwas Aufbauendes«, verkündete meine beste Freundin und strahlte mich an. Wohl wahr! Ich öffnete den Prosecco, den sie auch noch mitgebracht hatte und schenkte uns ein.

»Auf das Singledasein!«, prostete ich ihr zu.

»Das musst du mir jetzt aber genauer erklären«, erwiderte sie.

»Erst essen?«, schlug ich vor. Sie war einverstanden. Wir widmeten uns dem Caprese, gefolgt von den Garnelen und dem ziemlich gelungenen Risotto. Während des Essens brachte ich sie auf den neuesten Stand in Sachen Nele, während sie mir Anekdötchen von ihrer Enkelin erzählte. Als wir schließlich beim Espresso anlangten, erzählte ich ihr von meiner »Beziehungserleuchtung«.

Gitta schwieg eine Weile und musterte mich nachdenklich. Dann fragte sie: »Was hat dieser Stefan damit zu tun?«

»Was habt ihr bloß alle mit Stefan? Nele hat mich auch schon verdächtigt!«

Gitta setzte ihr Geduldige-Mutter-einer-pubertierenden-Tochter-Gesicht auf.

»Okay«, lenkte ich ein. »Ich habe darüber nachgedacht. Es kann schon sein, dass ich mich in diesen Stefan ein bisschen verknallt habe. Obwohl ich den Mann überhaupt nicht kenne. Ich habe ihn ein einziges Mal gesehen! Und ich habe keine Ahnung, ob ich ihn je wiedersehe. Aber das spielt auch gar keine Rolle. Das ist nicht der Punkt. Ich hätte mich genauso gut in ein Marsmännchen verknallen können.«

»Und was ist der Punkt?«, fragte Gitta etwas spöttisch.

Ich trank meinen Espresso aus und fuhr fort: »Der springende Punkt ist, dass ich mich überhaupt in einen Mann verguckt habe. Ich bin, wie du weißt, ein krankhaft monogames Wesen. Ich hatte schon 'ne Menge Liebhaber, aber immer nur einen auf einmal. Und seit ich mit Jeff zusammen bin, habe ich andere Männer noch nicht mal mehr wahrgenommen. Zumindest nicht im erotischen Sinne. Ich war voll und ganz auf Jeff fixiert. Du hättest mir Iggy Pop auf die Bettkante setzen können, und es hätte sich nichts bei mir gerührt. Weißt du, was ich meine?«

Gitta verdrehte die Augen. Ich habe ihr einmal »Raw Power« von den Stooges vorgespielt, mit dem Erfolg, dass sie seither wenigstens weiß, was sie, musikalisch gesehen, nicht will.

»Und jetzt kommt irgend so ein Wildfremder daher, und ich verknalle mich. Das hat mir klargemacht, dass ich für Außenreize wieder zugänglich bin. Und das wiederum bedeutet nichts anderes, als dass ich mich innerlich von Jeff entfernt habe.«

Gitta sah mich skeptisch an, sagte aber nichts.

Ich schenkte uns von dem Montepulciano nach und nahm einen Schluck. Rosa kam in die Küche, um die Lage zu peilen. Sie entschied sich schließlich für Gitta und sprang auf ihren Schoß.

»Ich habe mich«, fuhr ich fort, »in all den Monaten, die Jeff jetzt schon in Kathmandu ist, daran festgehalten, dass er mich liebt und deshalb zurückkommt, sobald er kann. Und ich war mir sicher, dass ich es ohne Weiteres verkrafte, dass der Mann, den ich liebe, ein paar tausend Kilometer von mir entfernt lebt. Ich habe gedacht, ich muss Rücksicht auf seine spirituelle Entwicklung nehmen, ich kann nicht verlangen, dass er für mich etwas aufgibt, das wichtiger ist als …«

Ja, als was?, überlegte ich. Hatte ich tatsächlich gedacht, sein spiritueller Weg sei wichtiger als unsere Beziehung? Wichtiger für ihn? Oder grundsätzlich? Ich versuchte, die Gefühle zu eruieren, die ich bis vor Kurzem empfunden hatte. Aber da war nichts. Ich sah Gitta, die noch immer schwieg, erstaunt an. »Ich versteh das nicht«, sagte ich schließlich und zündete mir eine Zigarette an. »Ich habe Jeff wirklich geliebt. Und jetzt fühlt sich das plötzlich für mich an, als wäre es Jahre her.« Ich schüttelte den Kopf. So schnell konnte man sich doch nicht entlieben?

»Wann hast du ihn denn zum letzten Mal gesehen?«, fragte Gitta.

Das wusste ich nun ganz genau, denn das hatte ich gestern vor dem Einschlafen nachgerechnet. »Vor sechs Monaten«, antwortete ich. »Überleg mal! Das ist ein halbes Jahr! Und davor war er ja auch immer mal wieder weg.«

»Also ich«, sagte Gitta und wedelte den Zigarettenqualm beiseite, »habe Jeff in all den Jahren exakt zweimal getroffen. Einmal, kurz nachdem du die Beziehung mit ihm angefangen hast, und dann noch einmal zu deinem Geburtstag letztes Jahr.«

»Es gibt doch Buddhisten«, dachte ich laut vor mich hin, »die in einer glücklichen Beziehung leben. Sogar unter den ganz großen Lehrern. Jack Kornfield und Stephen Levine zum Beispiel, und bestimmt auch Tibeter, die mir jetzt bloß nicht einfallen. Es ist also nicht so, dass unsere Beziehung deshalb scheitert, weil Jeff den Weg erstens schon viel länger und zweitens viel intensiver und schneller geht als ich.« Ich merkte, ich kam der Sache langsam näher. »Unsere Beziehung scheitert auch nicht daran«, sagte ich, jetzt wieder an Gitta gewandt, »dass Jeff Rinpoches Übersetzer ist oder einer seiner Übersetzer. Es ist genau umgekehrt: Jeff ist zu Rinpoches Übersetzer geworden, weil er Jeff ist. Weil er im Grunde seines Herzens ein Mönch ist. Ich glaube, der Traum seines Lebens besteht darin, in einer Höhle auf viertausend Metern Höhe im Himalaja zu hocken.«

Gitta lachte. Endlich!

»Aber«, fuhr ich fort und wusste, dass ich jetzt klarsah, »er ist auch ein ausgesprochen liebenswürdiger Mensch, der niemanden verletzen möchte. Schon gar nicht die Frau, die er eigentlich liebt. Also behält er seinen Traum für sich und redet mir und sich selbst ein, er möchte nach Europa zurückkommen und mit mir leben.«

Ich trank einen Schluck Wein und schloss die Augen. Ich sah Jeff vor mir und empfand plötzlich eine tiefe Erleichterung und gleichzeitig eine innige Zuneigung zu ihm. Als ich die Augen wieder öffnete, sah Gitta mich lächelnd an. Sie hob das Glas und prostete mir zu: »Auf das Singledasein! Oder auf was auch immer die Zukunft dir bringt!«

Wir verbrachten noch einen ziemlich amüsanten Abend zusammen. Ich erzählte ihr auch, dass ich keinen Pfennig mehr hatte und mir keine Themen für Sendungen einfielen. Sie bot an, mir Geld zu leihen, was ich erst einmal ablehnte. Als sie ging, versprachen wir uns gegenseitig, demnächst zusammen in die Sauna zu gehen.

»Ich werd noch richtig spießig«, scherzte ich.

»Da hast du aber all die Typen noch nicht gesehen, die heutzutage in der Sauna sitzen«, erwiderte Gitta lachend. »Da kannst du mehr Tattoos bewundern als auf der Kirmes. Und Muckis! Hallo!«

Am Sonntag weckte mich die Sonne. Ich schrak hoch, denn wenn die Sonne schon schien, hatte ich eindeutig verschlafen. Normalerweise ist es noch dunkel, wenn ich mich widerwillig von den Kissen erhebe. Abgesehen davon, dass ich normalerweise an Sonntagen nicht arbeite. Aber was blieb mir anderes übrig. Ich überlegte einen Moment lang, ob ich die Meditation sausen lassen sollte, entschied mich aber dagegen. Die halbe Stunde musste drin sein. Schließlich tat mir gerade nichts so gut wie meine Praxis. Als ich beim Frühstück saß und den Lokalteil des Kölner Stadt-Anzeigers studierte, klingelte mein Handy.

»Tina Gruber hier«, sagte Frau Kommissarin. »Hallo, Katja!« Noch eine, die den Tag des Herrn nicht ehrte.

»Hallo, Tina«, erwiderte ich. Leicht fiel es mir nicht, sie mit dem Vornamen anzusprechen, obwohl wir das beim Italiener vereinbart hatten.

»Ihr Bruder hat mir gefaxt«, fuhr sie fort, »dass er morgen Nachmittag mit Frau Franken zu mir kommt. Ich wollte Ihnen danken, dass Sie Frau Franken dazu gebracht haben.«

»Ich habe sie nicht dazu gebracht!«, protestierte ich. »Ich habe es ihr nur vorgeschlagen. Und sie hat sich jetzt dafür entschieden.«

»Schon klar«, winkte sie ab. »Es ist jedenfalls gut, dass sie kommt. Ihr Bruder schrieb, sie will wieder ins Methadonprogramm?«

Wieso petzt er das den Bullen?, dachte ich verärgert und grummelte so etwas Ähnliches wie »Ja«.

»Ich dürfte Ihnen das nicht sagen«, sagte Frau Kommissarin. »Ich tu's aber trotzdem. Der Onkel von Mehmet hat ein hieb- und stichfestes Alibi für den Tatzeitraum.«

Scheiße!, dachte ich. Das darf doch nicht wahr sein! »Heißt das, Sie verdächtigten Nele wieder?«, fragte ich alarmiert.

»Nein«, beruhigte sie mich. »Frau Franken steht zwar immer noch unter Verdacht, aber ich persönlich gehe davon aus, dass sie es nicht war. Wir müssen jetzt nur wieder ganz von vorne anfangen.«

»Scheiße!«, sagte ich diesmal laut.

»So in der Art, ja«, gab Tina zurück.

Ich trank meinen Kaffee aus, dann suchte ich nach dem Zettel, auf den ich Stefans Nummer geschrieben hatte. Nach dem vierten Läuten sprang der Anrufbeantworter an. »Guten Tag! Ich bin gerade in einem Gespräch oder aus einem anderen Grund nicht zu erreichen. Sie können aber gerne eine Nachricht hinterlassen, ich rufe dann sofort zurück.« Ja klar, fiel mir ein, normale Menschen sitzen am Wochenende nicht am Schreibtisch.

»Hallo, Stefan«, sagte ich, »hier ist Katja. Jeffs Freundin, erinnerst du dich? Ich wollte …«

»Hi, Katja«, rief er etwas atemlos.

»Bist du doch da?«, fragte ich dämlich.

»Ja, ich habe gerade einen Klienten zur Tür gebracht. Notfall.«

Mit der Stimme könnte er gut Blues singen, dachte ich. Am Telefon kam sie noch besser zur Geltung als live. »Äh«, stotterte ich, »ich wollte dich was fragen.«

Wenn er zu seinen Junkies auch in diesem Ton »Ja?« sagte, würde er besser wirken als Methadon. »Also«, redete ich weiter, »eine Freundin von mir möchte wieder ins Programm, und dafür braucht sie einen PSBler. Würdest du das machen?«

»Das kommt drauf an. Ich müsste erst mal mit deiner Freundin sprechen. Ich habe zurzeit eigentlich keine freien Plätze mehr, aber …« Jetzt kam offenbar er ins Stottern. »Na ja, wenn du mit der Frau befreundet bist, könnte ich ja mal gucken, was sich machen lässt. Sag ihr, sie soll mich anrufen, dann gebe ich ihr einen Termin.«

»Super, danke!«

Ich wollte mich schon verabschieden, da schob er nach: »Wir wollten uns doch mal auf einen Kaffee treffen. Hast du Lust?«

»Ja, warum nicht?«, gab ich so cool ich konnte zurück.

»Wie spontan bist du denn?«, fragte er lachend.

»Ziemlich«, erwiderte ich.

»Wie wär's dann mit heute Abend? Essen gehen statt Kaffee? So um sieben rum?«

Ich überlegte einen Moment lang, ob mir das jetzt zu schnell ging. Ging es mir aber nicht. Wir verabredeten uns im Kornbrenner, meiner Lieblingskneipe. Da war ich zumindest lokal gesehen auf sicherem Terrain.

Ich setzte mich an den Schreibtisch, dichtete ein wenig an dem Exposé zum Gengras herum, hatte aber nicht wirklich Freude daran. Ich speicherte die Datei ab und rief die Websites der Verlage auf, deren Kataloge ich nicht bekomme. Rezensionen bringen zwar kaum Geld ein, aber vielleicht konnte ich ja von irgendeinem Autor oder einer Autorin ein Porträt machen. Ich hätte natürlich das Interview mit Hertha fortsetzen können, aber dafür hatte ich jetzt keine Nerven. Nicht bevor ich wusste, wie es mit Nele weiterging. Ich las mich durch die Pressetexte zu den Neuerscheinungen, fand aber nichts, das mich auch nur ansatzweise fesselte. Diese Haltung – nur über Themen und Personen zu schreiben, die einen interessieren – ist für freie Autoren hochgradig kontraproduktiv. Dass ich immer so wenig Geld habe und manchmal gar keines, liegt vor allem daran, dass ich mir diese luxuriöse Haltung leiste. Aber wenn mir mein Beruf keine Freude mehr macht, kann ich ihn auch aufgeben. Wobei ich nicht wüsste, wovon ich dann leben sollte. Ich kann schließlich nur lesen und schreiben.

Ich kippte den Stuhl nach hinten und legte die Füße auf den Schreibtisch. Ich erinnerte mich, dass in meinem CD-Player noch immer die Ramones lagen, also angelte ich nach der Fernbedienung und warf die Scheibe an. Und während ich mit Joey im Duell grölte, kam mir die zündende Idee: Ich würde ein Feature über die Punk-Generation machen. Alle redeten gerade über die Achtundsechziger, es kam einem schon bei den Ohren raus. Aber was war mit uns? Was haben wir damals gedacht, getan, gehört und uns ausgedacht? Und was ist aus uns geworden?

Ich nahm die Beine vom Tisch und tippte in Schallgeschwindigkeit ein Exposé. Dann schrieb ich eine Mail an die Kollegen im Schallarchiv, mit der Bitte, mir O-Töne von den Ramones, Stooges, Clash, Heartbreakers, von Iggy Pop, Patti Smith, Sid Vicious, Johnny Rotten und Co herauszusuchen. Und, falls es tatsächlich welche geben sollte, von den Ruts. Anschließend machte ich eine Liste mit allen Leuten, die mir als mögliche Interviewpartner einfielen. Zuletzt schickte ich das Exposé an meine Redakteurin und lehnte mich zufrieden zurück. Arbeit kann doch richtig Spaß machen!

Da ich gerade so gut in Fahrt war, nahm ich gleich noch meinen Abschiedsbrief an Jeff in Angriff. Ich schrieb ihm alles, was mir in letzter Zeit durch den Kopf gegangen war, und versuchte, ihm verständlich zu machen, dass ich seinen Weg respektierte. Die Sätze flossen mir aus der Feder beziehungsweise der Tastatur, alle Formulierungsschwierigkeiten waren verschwunden, nur am Ende plagte ich mich dann doch noch. Ich konnte ja beim besten Willen nicht schreiben: »Ich möchte, dass wir Freunde bleiben.« Wenn ich diesen Satz schon höre, bekomme ich Pickel. Nachdem ich ungefähr zwanzig Alternativen ausprobiert und wieder verworfen hatte, fand ich schließlich eine Lösung. Sie klang ein bisschen unbeholfen, aber dafür drückte sie meine – neuen – Gefühle für Jeff halbwegs adäquat aus.

Um fünf wurde ich langsam nervös. Ich checkte meine Garderobe und entschied mich für Jeans, weißes T-Shirt und die schwarze Lederjacke. Die ist zwar ziemlich unbuddhistisch, steht mir aber ausgesprochen gut. Zum Ausgleich hängte ich mir mein tibetisches Amulett um und besserte mein Styling noch mit den passenden Ohrringen auf. Um halb sieben verließ ich das Haus. Ich brauche zum Kornbrenner so ungefähr sechseinhalb Minuten.

Stefan war schon da. Da er in die TAZ vertieft war, sah er mich nicht reinkommen. Ich nutzte die Gelegenheit und schaute ihn mir etwas genauer an. Groß, schlank, Dreitagebart, Lachfalten um die Augen, schmales Gesicht, große Nase. Offenbar spürte er, dass er beobachtet wurde, denn er sah plötzlich auf, und da, ach ja, da überzog ein dermaßen erfreutes und herzliches Lächeln sein Gesicht, dass ich völlig vergaß, dass ich für einen coolen Auftritt geprobt hatte.

Wir unterhielten uns erst einmal über das Wetter, die politische Lage in Nepal, Rinpoches Gesundheitszustand, gemeinsame Bekannte in Kathmandu und die Vor- und Nachteile von Qatar Airways. Patricia kam, um die Bestellung aufzunehmen, und musterte Stefan mit größtem Interesse. Ich wich ihrem Blick aus. Stefan fragte mich, ob ich Jeffs Geschenke schon ausgepackt hatte. Ich erschrak richtiggehend, denn die hatte ich völlig vergessen. Ich stammelte etwas von wegen, »Erst zum Geburtstag«, »Bin abergläubisch« und so. Er lächelte fragend.

Patricia brachte sein Kölsch und mein alkoholfreies Bier. Blieb ein klein wenig länger an unserem Tisch stehen als nötig. Als sie endlich ging, platzte es aus mir heraus: »Ich habe mit Jeff Schluss gemacht.« Dabei ging Stefan das nun wirklich überhaupt nichts an. Er guckte ehrlich erschrocken. Also fühlte ich mich verpflichtet, ihm meine Gründe für diese Entscheidung darzulegen.

Als ich fertig war, schwieg er erst mal eine ganze Weile. Sah aber ziemlich nachdenklich aus. Schließlich sagte er zögernd: »Ich kenne Jeff so gut wie gar nicht. Ich habe ihn kaum je privat erlebt, sondern immer nur in seiner Funktion als Übersetzer. Trotzdem glaube ich, du schätzt das richtig ein. Ich meine, was seine Berufung betrifft.« Er unterbrach sich und warf mir einen fragenden Blick zu.

Ich nickte ermunternd.

Patricia kam mit unseren Muscheln. Jetzt sah ich sie doch an. Sie lächelte anerkennend. »Da läuft nix«, hätte ich sie gern aufgeklärt, aber das ging ja nun gar nicht. Stefan kostete eine Muschel und strahlte. »Die sind gut!« Na klar. Wir aßen erst mal schweigend.

»Jeff«, nahm er schließlich den Faden wieder auf, »bewegt sich im Kloster wie der sprichwörtliche Fisch im Wasser. Er gehört da irgendwie hin. Er verhält sich ganz anders als wir anderen Westler. Und umgekehrt verhalten sich auch die Lamas, die Mönche und sogar die Kids in der Schule ihm gegenüber so, als wäre er einer von ihnen.«

Das stimmte tatsächlich. Es war mir jedes Mal aufgefallen, wenn wir zusammen in Kathmandu waren. Und trotzdem hatte ich nichts begriffen. Ich nickte also mehrmals, wusste aber nicht so recht, was ich sagen sollte. Also wechselte ich das Thema und erzählte ihm kurz Neles Geschichte. Er hörte aufmerksam zu und schüttelte gelegentlich den Kopf. »Und deswegen«, schloss ich meinen Bericht, »hab ich dich gefragt, ob du sie in die PSB nimmst.«

»Ins Ambulante Betreute Wohnen«, korrigierte mich Stefan.

»Nö«, erwiderte ich, »sie braucht einen PSBler.«

»Ja«, sagte er lächelnd, »die Junkies nennen uns immer ihre

PSBler. Aber was wir machen, ist Ambulantes Betreutes Wohnen. Und die PSB, die Psychosoziale Begleitung, ist sozusagen ein Teil davon.«

»Ja, kann schon sein«, wandte ich ein, »aber Nele wird bei meiner Nachbarin wohnen, und da muss sie nicht betreut werden.«

Stefan lachte. Ambulantes Betreutes Wohnen, erklärte er mir, hieß, dass er Menschen wie Nele dabei half, mit ihrem neuen Leben zurechtzukommen. »Die Leute, die ich betreue, die waren oft zehn, zwanzig Jahre drauf und kriegen jetzt halt so ein ganz normales Leben nicht geregelt. Und dann gucken wir gemeinsam, wie sich was machen lässt.«

»Die haben's gut!«

Stefan machte schon den Mund auf, vermutlich um mir einen Vortrag darüber zu halten, wie schwer die Leute es hatten, aber dann raffte er gerade noch, dass ich das eher kokett gemeint hatte. Das Lächeln, das sich nun auf seinem Gesicht ausbreitete, war eine hinreißende Mischung aus Freude und Verlegenheit. Ich hätte ihn küssen können. Stattdessen fragte ich: »Würdest du Nele denn nehmen?«

Er zögerte. »Kommt drauf an. Wart erst mal ab, ob sie morgen wirklich kommt.«

Darauf fiel mir nicht viel ein.

»Warum kümmerst du dich eigentlich um die Frau?«, fragte er nach einer Weile.

»Weil ich sie mag. Weil wir Freundinnen geworden sind. Weil sie eine kluge, sensible Person ist und eine Chance verdient hat. Weil es mir wehtut, zu sehen, wie sie sich kaputtmacht.«

Stefan nahm seine Tasse, sah, dass sie leer war, und stellte sie wieder ab. »Wenn sie morgen wirklich zu dir kommt und das Ding mit der Polizistin durchzieht, dann guck ich sie mir an, und dann sehen wir weiter.«

Jetzt hätten wir uns eigentlich verabschieden können, aber ich hatte keine Lust dazu. »Wie bist du eigentlich zu dem Job gekommen?«, fragte ich. »Ich meine, wieso arbeitest du mit Junkies?«

»Trinkst du auch noch was?«

Er bestellte sich ein Kölsch, ich mir eine Apfelschorle. Er hatte lange Jahre mit Treberkids gearbeitet, erzählte er. Dann hatte er eine Zusatzausbildung zum Suchttherapeuten und sich anschließend selbständig gemacht.

»Ich hatte früher nicht gerne mit Junkies zu tun«, meinte er nachdenklich, »ich konnte diese Hoffnungslosigkeit nicht ertragen, diese konsequente Selbstzerstörung, dieses Kaputte. Obwohl ein paar von den Kids damals schon drauf waren. Oder grade deswegen.«

»Aber jetzt kommst du zurecht mit Junkies?«

»Im Prinzip ja. Weil ich, zumindest vom Ansatz her, hochschwellig arbeite. Das heißt, ich gehe grundsätzlich davon aus, dass der betreffende Klient oder die Klientin es packen kann. Wenn ich mir sagen müsste, ich mache nur noch ›harm reduction‹, also ich sorge nur noch dafür, dass die Leute irgendwie überleben, glaube aber nicht daran, dass sie eine Chance haben, je wieder clean zu werden, dann würde ich das vermutlich nicht verkraften. Dann müsste ich aufhören. Und jedes Mal, wenn wieder einer rückfällig wird, macht mir das schwer zu schaffen. Obwohl ich natürlich genau weiß, warum das so ist. Aber ich denke, wenn mir das nichts mehr ausmachen würde, dann wäre ich für den Job nicht mehr geeignet. Ich bin kein Zyniker.«

Nein, den Eindruck hatte ich auch nicht.

»Und du?«, wollte er wissen. »Wieso bist du Journalistin geworden? Du sieht ganz anders aus, als ich mir eine Journalistin vorgestellt habe.« Er lachte, und ich musste auch lachen.

»Na ja, ich bin vermutlich keine typische Vertreterin meines Berufsstandes«, sagte ich mit einem ironischen Lächeln. »Ich hab immer Themen, auf die ich mich langfristig spezialisiere, vor allem im Bereich Soziales, und ich mache eher Hintergrundgeschichten. Aktuelles ist nicht meine Stärke. Dafür kriege ich die Leute, die ich interviewe, fast immer dazu, dass sie über die wirklich wichtigen Sachen reden, über das, was ihre echten Probleme und Erfahrungen sind. Und ihre Gefühle.« Das kam mir plötzlich alles ein wenig pathetisch und außerdem prahlerisch vor, also fügte ich mit einem verlegenen Lächeln hinzu: »Ich glaube, ich kann ganz gut zuhören.«

Die Aufmerksamkeit, mit der wiederum Stefan mir zuhörte, inspirierte mich zu etwas, das ich normalerweise tunlichst vermeide: über ungelegte Eier zu sprechen. Ich erzählte ihm von meinem Plan, ein Buch über Hertha zu schreiben, und von den Interviews, die ich bisher mit ihr aufgenommen hatte.

»Toll!« Stefan griff nach meiner Hand und drückte sie. »Das ist toll, dass du das machst! Solche wie Hertha wurden einfach vergessen. Ich hab mal an der Fachhochschule ein Seminar über die ›Asozialen‹ gemacht, die ins KZ gekommen sind beziehungsweise in die Umerziehungslager, wenn sie noch Jugendliche waren. Das hat mich nie mehr losgelassen. Und jetzt schreibst du darüber!«

Seine Begeisterung tat mir ausgesprochen gut. Wir redeten noch lange über das Thema, dann vereinbarten wir, dass wir, auch unabhängig von Nele, in Kontakt bleiben wollten, und verabschiedeten uns mit einer Umarmung. Ich schwebte nach Hause und erschreckte Rosa zu Tode, weil ich sie abrupt auf den Arm nahm und mit ihr durch die Küche tanzte.

SIEBZEHN

Als ich am Montag beim Frühstück saß, lachte schon wieder die Sonne vom Himmel. Es sah ganz so aus, als wäre der Frühling endlich im Anmarsch. »In jeder Hinsicht«, dachte ich hoffnungsvoll. Ich lief hinunter in den Garten und sah nach, ob die Schneeglöckchen blühten. Was sie taten. Ich pflückte zwei Sträuße, stellte einen auf den Küchentisch und einen auf meinen Tara-Altar.

Um zehn Uhr war Nele noch immer nicht da. Um zwölf Uhr mittags hatte ich bereits sechs Zigaretten geraucht und war so nervös, dass ich manisch in der Wohnung auf und ab lief. Alle paar Minuten rief ich auf Neles Handy an und bekam jedes Mal die Meldung »Anruf erfolglos«.

Rosa hatte sich in das Schlafzimmer verkrochen und knurrte mich an, als ich nach ihr suchte. Ich machte mir den ungefähr hundertsten Espresso und sagte mir: »Du musst akzeptieren, was ist. Sie muss die Entscheidung selbst treffen. Wenn sie jetzt nicht wirklich will, hat es auch keinen Sinn, wenn sie ins Programm geht. Vielleicht geht es ihr noch nicht schlecht genug. Vielleicht muss sie noch tiefer in der Scheiße versinken, damit sie es rafft.« Aber in meinem Herzen hoffte ich, dass sie verschlafen hatte, dass etwas dazwischengekommen war, dass sie jedenfalls gleich vor meiner Tür stehen würde. Als es tatsächlich klingelte, seufzte ich vor Erleichterung. Aber es war Hertha, die wissen wollte, was los war.

»Liebchen«, sagte sie, »du brauchst was zu essen. Ich mach uns ‘n paar Brote.«

Ich schüttelte den Kopf. »Danke, Hertha, aber ich krieg jetzt keinen Bissen runter!«

»Dann hock dich wenigstens hin!« Sie schob mich auf einen Stuhl und setzte sich auf den anderen. Versuchte, mich abzulenken, erzählte mir Geschichten aus ihrer alten Stammkneipe, der sie gestern Abend einen Besuch abgestattet hatte, fragte, ob ich für meinen Geburtstag schon Pläne gemacht hätte, aber ich konnte nur einsilbig antworten.

»Das bringt nichts, wenn du dich so fertigmachst«, stellte sie schließlich fest.

Sie hatte ja völlig recht, ich konnte nur nicht aus meiner Haut. »Weißt du was?«, schlug ich schließlich vor. »Du machst die Brötchen und gibst mir noch ein bisschen Zeit. Wenn ich Hunger bekomme, melde ich mich. Okay?«

Da ich ohnehin nicht ruhig sitzen konnte und mich irgendwie ablenken musste, packte ich eine Ladung Kochwäsche in die Maschine. Dann fiel mir plötzlich ein, dass sie beim letzten Mal sehr seltsame Geräusche von sich gegeben hatte. Und die Wäsche nicht richtig sauber geworden war. Gut, meine Waschmaschine war auch nicht mehr die jüngste, aber ich hatte kein Geld, um mir eine neue zu kaufen. Ich beschloss also, demnächst den Handwerker zu bestellen. Aber nicht jetzt. Ich durfte auf keinen Fall das Telefon blockieren. Was, wenn Nele sich bei mir melden wollte, und es war besetzt! In Ermangelung besserer Alternativen warf ich den Staubsauger an. Dann putzte ich noch das Backrohr, und als das ansatzweise sauber war, verspürte ich doch glatt so etwas wie Hunger. Ich wollte gerade zu Hertha rüber, da klingelte mein Handy.

»Katja?«, fragte Frau Kommissarin. »Hier ist Tina Gruber.« Ich holte tief Luft, dann brachte ich ein »Ja?« heraus.

»Katja«, fing sie noch mal an und legte eine Pause ein. Schließlich sprach sie weiter: »Nele, also Frau Franken, liegt im Krankenhaus. Es tut mir leid.«

Ich schwieg vor Schreck. Dann krächzte ich: »Was ist passiert?«

»Wir wurden in eine Wohnung in Mülheim gerufen. Zu einem bekannten Dealer.« Sie beendete den Satz mit einem Fragezeichen im Tonfall.

Nein, bitte nicht!, dachte ich.

»Sind Sie noch dran?«

Ich nickte. Dann fiel mir ein, dass sie das nicht sehen konnte, und ich murmelte etwas vor mich hin.

»Wir haben den Mann tot aufgefunden. Und Nele mit schweren Verletzungen. Mehr kann ich Ihnen jetzt nicht sagen. Aber ich denke, Sie würden Frau Franken sicher gerne sehen?«

Ich nickte wieder.

»Sie liegt im Marienhospital, wissen Sie, wo das ist?«

Ich nickte erneut. In meinem ganzen Schrecken war ich auch erleichtert. Hätten sie nur Toms Leiche gefunden und Neles Fingerabdrücke in der Wohnung, dann wäre sie dran gewesen. So war wenigstens ihre Unschuld erwiesen. Aber dann dämmerte es mir: »Schwere Verletzungen«! Wie schwer? Und wo war sie verletzt? Ich gab kurz Hertha Bescheid und rannte los. Das Rad konnte ich nicht nehmen, denn das Wetter hatte umgeschlagen, es regnete und war wieder eiskalt. Wenigstens bekam ich sofort eine Bahn. Während der Fahrt rief ich Paul an und sagte ihm, was passiert war. Er wollte natürlich Genaueres wissen, aber damit konnte ich ihm nicht dienen. Ich verwies ihn an Frau Kommissarin.

Ich hatte mir überlegt, dass ich mich als Pauls Mitarbeiterin ausgeben würde, falls sie mich nicht zu Nele ließen, er war schließlich ihr Anwalt. Aber ich musste nicht lügen. Eine ausgesprochen freundliche Frau an der Pforte schickte mich zur Intensivstation, und die ließen mich einfach rein. Erst der behandelnde Arzt wollte wissen, wer ich war, und ich antwortete wahrheitsgemäß: Neles Freundin. Ich sagte ihm, dass sie heroinabhängig ist und Methadon brauchte, aber darüber hatte ihn netterweise schon Tina Gruber informiert. Außerdem, fiel mir ein, war es ja auch gar nicht zu übersehen. Nachdem ich dem Arzt mehrmals versichert hatte, dass es keine Angehörigen gab, zumindest keine, die sich kümmern würden, und ich sozusagen die Familie war, teilte er mir mit, Nele sei mit einem harten Gegenstand zusammengeschlagen worden. Sie habe allerdings Glück im Unglück gehabt, denn sie trug eine dicke Fellmütze, und die habe sie ein wenig geschützt, deshalb habe sie nur eine schwere Gehirnerschütterung, Blutergüsse und ein paar Rippenprellungen. Sie müsse jedoch ein paar Tage zur Beobachtung im Krankenhaus bleiben. Er brachte mich zu Neles Zimmer und stellte mich auf dem Weg dorthin der Stationsschwester vor.

Nele hatte einen Verband um den Kopf, Schläuche im Arm,

ihr Gesicht war grau und schmal, das rechte Auge zugeschwollen. Ich setzte mich an den Bettrand und nahm vorsichtig ihre Hand. Sie öffnete das linke Auge und sah mich an. Sie lächelte nicht, ihr Blick war vollkommen leer.

»Meine Süße«, flüsterte ich und strich ihr über die heile Gesichtshälfte.

»Der Tom ist tot.«

Ich legte ihr den Finger auf die Lippen. »Ich weiß.«

Sie schloss das Auge. Ich hielt ihre Hand, streichelte sie, kam mir vollkommen nutzlos vor. Sie dämmerte weg, ich setzte mich auf den Stuhl und betrachtete sie. Manchmal schlug sie das heile Auge auf, dann nahm ich wieder ihre Hand und streichelte sie. Schließlich stand ich auf und suchte die Stationsschwester. Bat sie, Nele zu sagen, dass ich morgen wiederkäme.

Zu Hause läutete ich bei Hertha, aber sie war nicht da. Ich fütterte Rosa, füllte ihr Wasserschälchen und setzte mich erst einmal auf das Kissen. Als ich den Rechner anwarf, klingelte es.

»Wie geht es ihr?«, fragte Hertha, bevor ich die Tür noch ganz aufhatte. Ich ging mit ihr hinüber, und während ich die belegten Brötchen verschlang, die sie für mich hergerichtet hatte, erzählte ich ihr, was ich wusste.

»Sie wird's überleben«, grummelte Hertha, »die ist hart im Nehmen.«

Als sie gegangen war, hatte ich plötzlich ein heftiges Bedürfnis, mit Stefan zu sprechen. Ich wählte seine Praxisnummer und hatte mal wieder den Anrufbeantworter dran. Ich bat ihn, zurückzurufen, und setzte mich an den Schreibtisch. Fand eine Mail von Jeff. Fragte mich: Will ich die jetzt lesen? Offenbar wollte ich, denn ich öffnete sie. Sie war gar nicht besonders lang. Er schrieb, dass er mich – auf seine unzulängliche Weise – wirklich liebte. Dass er unendlich traurig sei, aber auch dankbar. Traurig darüber, dass unsere Beziehung zu Ende war und dass er sich eingestehen musste, dass er zu einer echten Liebesbeziehung offenbar unfähig war. Dankbar, weil ich ihn durch meine Entscheidung zwang, endlich konsequent dem Weg zu folgen, von dem er wusste, dass es seiner war. Auch wenn es noch so wehtat. Und Rinpoche habe ihn beauftragt, mir seinen Segen zu übermitteln.

Den konnte ich gerade gut gebrauchen. Ich mailte ihm sofort zurück, er solle Rinpoche bitten, eine Tara-Puja oder sonst etwas Geeignetes für Nele abzuhalten. Und berichtete ihm kurz, was geschehen war. Als ich die Mail abschickte, läutete das Telefon.

»Hallo, Katja, hier ist Stefan!«

Endlich! »Hast du ein paar Minuten Zeit?«

Er hatte. Ich berichtete ihm, was geschehen war.

»Ach du Scheiße!«

»Das kannst du laut sagen«, stimmte ich ihm zu und kam zum Wesentlichen: »Die haben sie jetzt im Krankenhaus eindosiert. Das heißt, sie ist jetzt schon auf Methadon. Könntest du denn einen Arzt finden, der sie ins Programm nimmt, wenn sie aus der Klinik entlassen wird?«

»Mach mal langsam!«, fiel er mir ins Wort. »Wie geht es ihr? Kann sie schon sprechen?«

»Nicht wirklich. Sie haben sie sediert, ich gehe morgen früh wieder hin.«

»Ist sie denn, äh, war sie denn mit dem Typen zusammen?«

»Mit Tom? Ja. Sie hat ihn verlassen, als sie ins Programm gegangen ist. Aber dann ist sie wieder zu ihm zurück.«

Stefan schwieg eine Weile. Dann sagte er zögernd: »Weißt du, so eine Situation schreit geradezu nach einem Rückfall. Beziehungsweise in Neles Fall nach Weitermachen. Sie wird vermutlich das Gefühl haben, dass sie das alles ohne Heroin nicht erträgt. Es gibt ja immer Ausreden, die Sucht nicht anzugehen, und das ist natürlich die ideale Ausrede.« Er zog hörbar an einer Zigarette. Dann sprach er weiter: »Was ich sagen will, ist einfach nur: Mach dir nicht zu viele Hoffnungen, dass sie jetzt noch ins Programm will. Ich höre mich aber trotzdem schon mal bei den Ärzten um, wer sie eventuell nehmen könnte.«

Und nun?, dachte ich. Ich hätte Stefan gern wiedergesehen, ich brauchte jemanden, der mir mitfühlend zuhörte. Nicht irgendjemanden, sondern genau diesen Typen mit seiner alten Lederjacke, seinen schönen Augen und der Bluesstimme. Aber ich wäre eher gestorben, als mich ihm an den Hals zu werfen. Oder womöglich hilfsbedürftig zu wirken! Mein Stolz kämpfte erbittert gegen meine Gefühle, und Stefan schwieg am anderen Ende der Leitung vor sich hin.

»Äh, Katja«, sagte er auf einmal, »hast du heute Abend schon was vor? Hättest du Lust, mit mir zum Italiener zu gehen?«

Das »Ja, gerne« schoss mir aus dem Mund, bevor mein Stolz intervenieren konnte. Wir verabredeten uns um acht Uhr bei Franco, meinem Lieblingsitaliener. Und schon ging es mir eindeutig besser.

»Ich bin echt bescheuert«, klärte ich Rosa auf, nachdem ich eingehängt hatte. »Jetzt habe ich gerade mit meiner langjährigen Beziehung Schluss gemacht und bin auf dem besten Weg, mich zu verlieben.«

Rosa rülpste.

Nele wirkte leicht weggetreten, was nicht erstaunlich war, denn vermutlich gaben sie ihr eine ziemlich hohe Dosis Methadon. Sie hatte die Augen auf beziehungsweise das eine Auge. Ihre rechte Gesichtshälfte sah jetzt noch schlimmer aus als gestern, immer noch geschwollen und zusätzlich grün und blau.

»Hallo, Süße!«, begrüßte ich sie, drückte ihr einen Kuss auf die linke Wange und legte den Stapel Krimis ab, den ich ihr mitgebracht hatte. »Wie geht es dir?«

»Geht so.« Sie deutete immerhin ein Lächeln an. »Danke für die Blumen! Und die Bücher!«

Ich nahm das größere der beiden Gläser auf ihrem Nachttisch, verstaute meinen Strauß darin und machte mich auf die Suche nach einem Wasserhahn. Als ich in das Zimmer zurückkam, hatte Nele die Augen zu.

»Auf wie viel Meter haben sie dich denn gesetzt?«, versuchte ich zu scherzen.

Sie schlug das Auge wieder auf und grinste: »Neun.«

Ich fragte mich, wie ansprechbar sie auf neun Milliliter Methadon war. Aber sie hatte vorher ja auch jede Menge Heroin intus gehabt, von daher machte es vermutlich keinen so großen Unterschied.

Nach einer Weile fragte ich: »Hast du den Typen erkannt?«

Sie schüttelte den Kopf und zuckte vor Schmerzen zusammen. Sie wollte etwas sagen, brachte aber nur ein Krächzen heraus. Ich öffnete die Sprudelflasche, die ich ihr mitgebracht hatte, und hielt sie ihr hin. Sie trank ein paar kleine Schlucke und sagte schließlich: »Nö. Ich hab den noch nie im Leben gesehen.«

»Die finden ihn«, beteuerte ich, »Tina Gruber, weißte, die Kommissarin, die tut garantiert alles, um den zu kriegen.«

»Die müssen den kriegen, der bringt sonst noch mehr Leute um!« Sie hustete und verzog das Gesicht. »Ich hab neun Meter intus, und trotzdem tut alles weh!«

Gott bewahre dir deinen Humor, dachte ich. »Weißte, Süße, du könntest tot sein.«

»Mhm. Ich wollte grade zu dir. Ich hatt schon die Jacke an und die Mütze auf. Deswegen konnte das Drecksschwein mich nicht auch noch totschlagen. Der Tom hatte bloß 'n Sweatshirt an.« Sie schloss die Augen und schwieg. Ich hielt ihre Hand. Mir fiel nichts ein, womit ich sie hätte trösten können. Nach einer Weile sah sie mich wieder an und wollte sich aufsetzen, sank aber sofort zurück. »Ich war im Bad, weil ich wollt mir noch Stoff mitnehmen, und dann hab ich gehört, dass jemand kommt, und dachte, da will einer einkaufen. Obwohl wir mit gar niemand verabredet waren. Ich war gerade das Material am Abfüllen, da hab ich den Krach gehört. Und den Tom schreien. Ich bin raus ...« Sie verstummte.

»Du musst mir das nicht alles jetzt erzählen«, sagte ich und griff wieder nach ihrer Hand. »Du musst das sowieso alles der Gruber sagen.«

»Gibste mir noch was zu trinken?«

Die Tür ging auf, und eine Schwester sah mich strafend an. »Frau Franken braucht dringend Ruhe. Sie gehen jetzt besser.«

»Frau Franken braucht auch Beistand«, erwiderte ich freundlich. »Sie möchte, dass ich bleibe. Wir reden auch gar nicht viel, ich bin einfach nur da. Okay?«

Sie musterte mich, sah dann Nele an, die vorsichtig nickte. »Wenn die Visite kommt, müssen Sie aber gehen«, sagte sie schließlich und schloss die Tür hinter sich.

»Ich brauch 'ne Kippe!«, krächzte Nele.

»Du darfst hier nicht rauchen«, wandte ich ein, »und aufstehen darfst du schon gar nicht mit der Gehirnerschütterung. Du kannst sonst dein ganzes Leben lang Kopfschmerzen behalten.«

»Mich kannste sowieso vergessen.« Das kurze Aufflackern von Neles Lebensgeistern erlosch. Ihre Augen waren wieder leer.

»Nele, Süße«, flüsterte ich und strich ihr sanft über die Stirn, »es wird wieder gut. Es tut jetzt furchtbar weh. Es wird noch eine ganze Weile wehtun. Aber irgendwann wird es weniger.«

»Aber der Tom bleibt tot.«

»Ja.« Was sollte ich darauf erwidern?

»Ich brauch 'ne Kippe!«

»Ich auch!«

»Dann schieb eine rüber und mach das Fenster auf!«

»Das kann ich nicht machen, die lassen mich sonst nie wieder zu dir rein!«

Wie auf Stichwort klopfte es an der Tür. Ich rief stellvertretend für die Patientin: »Ja!«, und Tina Gruber trat ein. Mit einem Blumenstrauß in der Hand. Ich warf ihr einen anerkennenden Blick zu. Frau Kommissarin stellte sich Nele vor, ich überließ ihr meinen Stuhl und ging eine Vase organisieren. Als ich zurückkam, verabschiedete ich mich und versprach Nele, am nächsten Tag wiederzukommen.

Auf dem Heimweg fuhr ich bei Mary vorbei, brachte sie auf den neuesten Stand und nahm mein Dope mit. Anschließend ging ich in den Supermarkt auf dem Eigelstein einkaufen. Als ich endlich nach Hause radelte, blitzten ein paar Sonnenstrahlen durch die Wolken. Meine Stimmung hellte sich etwas auf.

Doch dann läutete das Telefon. Stefan war dran. Sagte unsere Verabredung ab. Er musste einen Klienten einweisen lassen und wollte am Abend in Bereitschaft bleiben. Und mich lieber sehen, wenn er den Kopf frei hatte. Das konnte ich verstehen. Enttäuscht war ich dennoch. Er merkte es. Sehr sensibel, der Junge.

»Hör mal«, sagte er, »morgen Abend hab ich schon einen Termin, und die Woche ist im Grunde dicht, ich krieg nämlich auch noch Besuch. Aber warum kommst du nicht am Samstag zu mir? Ich koche uns was.«

»Kannst du denn kochen?«, fragte ich ein wenig patzig.

»Wie wär's denn, wenn du das selber testest?«, gab er zurück.

Eins zu null für ihn. Ich sagte zu.

»Guck mal«, Hertha führte mich in ihr Gästezimmer. »Wie findst 'n das?«

»Super!«

Sie hatte das Bett mit leuchtend gelbem Bettzeug überzogen, jede Menge Kissen darauf gelegt und eine dicke, gleichfalls gelbe Kerze auf den Nachttisch gestellt. In der Ecke neben dem Fenster standen ein bequemer Sessel, ein Tischchen und eine schöne altmodische Leselampe.

»Wo hast du das denn her auf die Schnelle?«, fragte ich staunend.

»Ach weißte, ich hab den Kalle angerufen. Der is 'n alter Kumpel von mir, der hat 'n Trödelladen, wo der auch Möbel und so 'n Zeug verkauft. Und der hat mir das alles vorbeigebracht.« Sie nickte zufrieden. »Der is in Ordnung, der Kalle.«

Das war er offensichtlich. Das Zimmer sah einladend aus. Wenn ich jetzt noch ein paar Bücher auf die Regale stellte und eine Stereoanlage besorgte, müsste Nele sich eigentlich wohl darin fühlen. Ich überlegte gerade, welche von meinen Freundinnen vielleicht eine Anlage übrig hatte, die sie uns zumindest leihen könnte, da sagte Hertha: »Der Kalle besorgt mir noch 'n Fernseher und ne Stereoanlage.«

»Hör mal, Hertha«, wandte ich ein, »das kann ich mir nicht leisten. Und du dir auch nicht. Und die Nele schon gar nicht.«

»Mach dir da mal keinen Kopf drum«, erwiderte sie. »Das kostet uns keinen Cent. Der Kalle hat so seine Beziehungen.«

Aha, dachte ich und fragte lieber nicht genauer nach.

Hertha erriet meine Gedanken. »Die Nele stört sich da sicher nicht dran.«

Nö, ganz bestimmt nicht.

»Da muss ich dir sowieso gleich noch was erzählen«, sagte Hertha und guckte plötzlich richtig ernst. »Was Wichtiges.«

Ich hätte dringend an den Schreibtisch gemusst. Aber ich wusste ganz genau, dass ich jetzt in Sachen Geldverdienen garantiert nichts Sinnvolles zustande brächte. Also setzte ich mich zu Hertha an den Tisch.

»Der Kalle, ne?«, fing Hertha an und langte nach dem Brotkorb. »Der hat mir was Irres gesteckt.« Er hatte, fuhr sie fort, in ihrer alten Stammkneipe den Mann getroffen, der seine beiden Töchter sexuell missbraucht hatte. »Weißte, von dem ich dir schon mal erzählt hab, der wo mal 'n Kunde von mir war, bis ich das mit den Mädchen rausgekriegt hab?«

Ich konnte mich nur zu gut daran erinnern.

»Die Mädels sind ja drauf, ne, und gehen anschaffen. Das heißt, die eine, die andere ist tot. Und der Typ war wohl schon ziemlich hinüber, also der war sturzbesoffen und hat da rumgebrüllt, dass er alle Dealer von Köln kaltmacht. Einen nach'm nächsten. Weil die ihm seine Mädchen weggenommen haben. Der hat Nerven, was?«

Ich war erst mal sprachlos. Ich goss mir ein Glas Wasser ein und dachte über das Gehörte nach. »Wie ernst ist das denn zu nehmen?«, fragte ich schließlich. »Ich meine, ist das reine Angeberei oder ist da womöglich was dran?«

»Ja, schlag mich tot. Wenn ich das einschätzen könnte!« Hertha kratzte sich am Knie und sah mich nachdenklich an. »Eigentlich würde ich sagen, der Typ is 'n Weichei. Der vergeht sich nur an Kindern. Aber andererseits … irgendwie würd ich's dem auch wieder zutrauen. Der hat so was Gestörtes. Also ich könnt mir schon vorstellen, dass sich der so 'n Film im Kopf zusammenschustert und dann ausrastet.«

»Du musst den Kalle bitten, dass der das Tina Gruber erzählt«, sagte ich, »der Kommissarin. Die soll sich den Typen vorknöpfen.«

Hertha schüttelte energisch den Kopf. »Nö, is nich. Der Kalle geht nich zu den Bullen. Das kann der sich gar nicht leisten.«

»Aber er soll ja nur eine Zeugenaussage machen«, wandte ich ein.

»Vergiss es. Der geht nicht zu den Bullen.«

Ich dachte eine Weile nach, dann kam mir eine Idee. Ich erzählte Hertha, was ich vorhatte. Sie war einverstanden, unter einer Bedingung: »Dafür brauchste aber andere Klamotten, das muss stimmen.«

Wir machten uns sofort auf die Socken und gingen auf die Neusser Straße in den Ein-Euro-Laden, um mich einzukleiden.

Um kurz nach acht saßen wir in der Kneipe am Tresen. Ich schlug meine netzbestrumpften Beine übereinander, ließ den Mini noch ein Stück höherrutschen und bestellte einen doppelten Klaren.

»Die kriegt 'ne Cola«, wies Hertha den Wirt an, »die hat schon genug intus.«

»Mit 'nem Schuss«, nuschelte ich grinsend.

Der Wirt zwinkerte mir zu. Ich zwinkerte zurück.

»Nix da!«, verkündete Hertha. Ich zog in Slowmotion eine Kippe aus der Packung und versuchte, sie mir anzuzünden. Hertha nahm mir die Streichhölzer aus der Hand und gab mir Feuer. Ich nahm einen Zug und fing an, mit dem Stuhl zu kippeln. Der Typ, der neben uns saß, fing mich auf, bevor ich auf dem Boden landete.

»Ganz schön was geladen, hä?«, fragte er und schaffte es, mit dem Arm meinen Busen zu streifen. Den hatte ich mit einem quietschrosa Push-up-BH für sage und schreibe vier Euro fünfundsiebzig verstärkt. Sah gar nicht übel aus.

»Kannst mir ja noch ein' ausgeben«, hickste ich. Hertha war mir einen warnenden Blick à la »Übertreib's nicht!« zu.

»Biste neu hier?«, fragte der Wirt. Die Kneipe befand sich in einer Seitenstraße der Brühler Landstraße, sprich: mehr oder weniger direkt am Strich.

»Mhm.«

»Machste jetzt Einführungskurse, Hertha?«, fragte ein anderer Stammgast lachend.

»Die braucht keine Einführung«, konterte Hertha.

»Was nimmste denn für Französisch?«, erkundigte sich der Typ neben mir und langte nach meiner Push-up-Verschalung.

»Mehr, als du hast«, gab ich zurück. »Und außerdem hab ich gerade dienstfrei.«

Die Jungs grölten.

Als die Tür aufging, schubste mich Hertha mit der Zehenspitze an. Der Mann sah genau so aus, wie ich mir einen Kinderschänder immer vorgestellt hatte. Vor lauter Staunen vergaß ich, dass ich eigentlich voll breit war. Hertha schubste mich erneut. Ich schlürfte geräuschvoll von meiner Cola, bis ich merkte, dass der Wirt mir tatsächlich einen Schuss reingemacht hatte. Ich zwinkerte ihm erneut zu.

Hertha bekam es mit und schnaubte.

»Die soll nix mehr trinken«, fauchte sie. »Die braucht 'n klaren Kopf. Der ihre Schwester hat sich grade 'ne Überdosis gemacht. Direkt nach der Entgiftung. Die is da raus und direktemang zu ihrem Scheißdealer.«

»Na klar«, quäkte der Kinderschänder und zwängte sich neben uns. »Was hast du denn gedacht?«

»Ich mach den alle«, lallte ich und nahm einen Schluck. »Ich mach den Scheißdealer alle.« Das Theaterspielen machte mir ziemlich Spaß, und der Schnaps in der Cola machte mich eindeutig lockerer. Hertha nahm mir das Glas aus der Hand. Ich ließ meine Kippe fallen. Der Kinderschänder hob sie auf, drückte sie aus und bot mir eine von seinen an.

»Die sin mir zu schwach«, nölte ich. Und wiederholte zur Sicherheit: »Den mach ich platt.«

»Die sollte man alle plattmachen«, verkündete der Kinderschänder. »Alle!«

»Genau!«, nuschelte ich. »Aber da hat ja keiner den Mumm für.«

Der Kinderschänder sah mir tief in die Augen. »Das würd ich so nicht sagen.«

»Wieso, is doch wahr!« Ich langte nach meinem Drink und griff ins Leere. Hertha bestellte mir noch eine Cola. »Pur!«

»Tja«, sagte der Wirt nachdenklich und schob mir das Glas rüber, »irgendwer hat ja zwei von den Kerlen schon ins Jenseits befördert.«

»Aus die Maus, Micky Maus«, kicherte der Kinderschänder. Er sah dabei ziemlich blöd aus.

»Hä?«, fragte ich und zog konzentriert an meiner Fluppe.

»Ja, lieste denn keine Zeitung, Mädchen?«, fragte der Typ neben mir.

»Die liest bloß das Horoskop im Express«, lästerte Hertha.

»Aber das war doch direkt auf der ersten Seite, Schlagzeile!«, ließ sich der Kinderschänder wieder vernehmen.

»Ja, was denn jetzt?«, knurrte ich, trank einen Schluck Cola und rülpste. »'tschuldigung.«

»Da hat einer zwei Dealer umgelegt. Mit 'nem Baseballschläger«, klärte mich Hertha auf. Wandte sich zu dem Kinderschänder um und höhnte: »Ich dachte, das wärst du gewesen, hä, Superman?«

»Wie kommst 'n da drauf?« Koketter Schmollmund. Zum Drüberkotzen. Das brachte mich auf eine Idee.

»Mach dem Mann mal 'n Asbach«, sagte ich zum Wirt, »geht auf mich.«

»Vielen Dank, die Dame!«

Ich musste mich echt zusammenreißen, um ihm die Cola nicht ins Gesicht zu kippen. »Gern geschehen, der Herr.« Ich riskierte noch einen Hickser. Mein rechtes Bein war inzwischen eingeschlafen, normalerweise schlage ich die Beine nie übereinander. Außerdem fror ich in dem Mini. Aber was tut man nicht alles, um einen Mörder zu stellen.

»Der wo das gemacht hat, der is jedenfalls 'n echter Kerl«, ließ ich die versammelte Runde wissen. Der Kinderschänder warf mir einen verschwörerischen Blick zu.

»Ebend«, raunzte Hertha und drehte sich zu ihm um, »deshalb kannst du's ja nich gewesen sein.«

Er lief rot an. »Ich lass mich von dir nicht beleidigen, du Rentnernutte!«

Hertha schlug sich auf die Schenkel. »Haste das gehört?«, schrie sie lachend. »Rentnernutte! Ich werd nich mehr! Der kriegt doch keinen mehr hoch, noch nich mal 'n Baseballschläger.«

Ich kicherte und verschluckte mich am Zigarettenrauch. Dieses Mal echt.

»In deiner ausgeleierten Fotze kriegt keiner einen hoch«, quäkte er und schlug auf den Tresen. Er sah inzwischen aus, als bekäme er gleich einen Schlaganfall.

»Du beleidigst hier meine weiblichen Gäste nich«, schnauzte der Wirt ihn an. »Und wenn doch, fliegste hier raus, so schnell kannste nich Scheiße sagen.«

»Aber sie hat mich doch beleidigt!«, jammerte der Kinderschänder. Beleidigtes Dreijährigengesicht. Ich stellte mir vor, wie er seine kleinen Töchter vergewaltigte, hörte aber sofort wieder auf damit. Ich hatte eine Aufgabe zu erfüllen.

»Jedenfalls«, nuschelte ich und schlug die Beine andersrum übereinander, »wenn ich den treffe, der die plattgemacht hat, der kriegt's von mir 'ne Woche für lau.«

»Ich!«, schrie der ganze Pulk Kerle, der inzwischen um uns rumstand, im Chor.

Na super! Ich stand kurz vor meinem vierzigsten Geburtstag und hatte noch echte Chancen. Ich grinste so dreckig, wie ich nur konnte. Die Jungs grinsten noch dreckiger zurück. Ich warf dem Kinderschänder einen verstohlen fragenden Blick zu. Er nickte kurz und schlug die Augen nieder. Ich wankte von meinem Hocker und verkündete: »Ich muss mal für kleine Mädchen.«

Der Kinderschänder folge mir die Treppe runter zu den Toiletten. Ich atmete einmal tief ein und wieder aus und schickte ein Stoßgebet an Tara. Da hatte ich schon seine Hand auf meinem Arsch. Ich schob sie weg.

»Warst das echt du?«, fragte ich und legte eine wohldosierte Mischung aus Zweifel und Bewunderung in meinen Blick.

Er nickte wichtigtuerisch. Hektische Flecken im Gesicht. Pfote auf meinem Push-up. Ich nahm sie runter. »Nich jetzt, too drunk to fuck.«

Er verstand natürlich nur Bahnhof. »Ich bin jetzt zu breit«, übersetzte ich. »Außerdem, woher soll ich wissen, dass das stimmt?«

»Ich kann's dir beweisen.«

»Wie denn?«

»Und woher weiß ich, dass du nich zu den Bullen rennst?«

»Iiich?« Meine Stimme kippte vor Empörung um.

Er grinste zufrieden.

»Komm«, drängte er, »blas mir einen, das kannste auch so!«

»Nich ohne Beweis.« Ich schob ihn weg und flüchtete in die Toilette. Als ich rauskam, stand er noch immer da. Langsam wurde mir mulmig. Er hatte sich am Fuß der Treppe aufgebaut, sodass ich nicht an ihm vorbeikam. Als ich ihn wegschubsen wollte, drückte er mich mit dem Arm gegen die Wand und schob mir die Hand unter den Rock. Vor lauter Schrecken und Wut schrie ich, was das Zeug hielt. Hertha kam die Treppe heruntergepoltert, packte den Kerl am Kragen, zog ihn an sich ran und rammte ihn dann mit dem Kopf gegen die Wand. Sie zerrte mich die Treppe hoch, schnauzte den Wirt an: »Ich geh in keine Kneipe mehr, wo Frauen vergewaltigt werden!«, und zog mich vor die Tür. Wir gingen zügig zum Bus, und ich vergaß trotz meines Schocks nicht, leicht zu wanken, für den Fall, dass uns jemand hinterhersah.

Wir fuhren schweigend bis zur Florastraße und gingen direkt nach Hause. In den Klamotten konnte ich mich in Nippes ohnehin nicht blicken lassen. Ich hätte mich am liebsten unter die heiße Dusche gestellt, aber Hertha wollte erst mal wissen, was im Keller vorgefallen war.

Ich drehte uns schweigend eine Tüte, rauchte sie an, gab sie an Hertha weiter und erstattete ihr Bericht.

»Scheiße.« Mehr fiel ihr dazu auch nicht ein.

»Das heißt entweder, er war es tatsächlich«, sinnierte ich, »oder er gibt bloß an. Ich tippe eher auf Letzteres.«

»Mhm«, meinte Hertha und nahm einen tiefen Zug. »Ich auch.«

»Ich rufe aber trotzdem die Kommissarin an«, überlegte ich laut. »Ich erzähle ihr einfach, was grade war, und sie soll dann selber gucken, was sie machen will.«

Hertha nickte. »Und sag ihr, sie soll den Drecksack hart rannehmen!«

ACHTZEHN

Als ich morgens aus dem Bad kam, zerfledderte Rosa gerade mit konzentriertem Vergnügen meine nagelneue Netzstrumpfhose. Ich hatte das gute Teil, als ich zu Bett ging, achtlos auf dem Boden liegen lassen, was einer Aufforderung zu strafbaren Handlungen gleichkam. Ich ließ Rosa weitermachen und ging meditieren. Kaum saß ich auf dem Kissen, liefen die Filme in meinem Kopf an. Einer nach dem anderen und gelegentlich auch zwei gleichzeitig. Irgendwann sah ich auf die Uhr. Vierzig Minuten waren rum, ich gab es auf.

Während ich Frühstück machte, entschuldigte ich mich vor mir selbst, indem ich munter andere beschuldigte. So ein Mönch in seiner Höhle, erzählte ich mir, der muss nicht dran denken, wie er die Miete bezahlt. Und die Krankenversicherung. Der muss sich nicht mal ums Essen kümmern. Der Kessel pfiff und riss mich aus meinem Selbstmitleid. Eines der Highlights meiner Dharmapraxis war der Moment, in dem ich entdeckte, dass ich das diskursive Denken abstellen konnte, indem ich das, was ich gerade tat, wirklich achtsam tat. Also konzentrierte ich mich darauf, den Tee in das Sieb zu löffeln, das Wasser drüberzugießen, den aufsteigenden Duft wahrzunehmen, den Tisch zu decken und mein Brot mit Honig zu bestreichen. Es funktionierte. Mein Geldproblem war damit allerdings noch nicht gelöst. Von dem Punk-Feature allein konnte ich nicht leben. Und ein anderes Thema fiel mir nicht ein. Dafür hatte ich plötzlich eine andere Idee. Ich rief Franziska auf dem Handy an. Sie ging dran. »Ab wann ist denn bei euch Betrieb?«, fragte ich und lud mich selbst ein.

Ich beschloss, gleich am frühen Nachmittag auf die Geestemünder zu fahren, damit ich anschließend noch Nele besuchen konnte. Dann zog ich die übliche Routine ab, Mails lesen und beantworten (ich hatte mehr Spams als sonst was), nach der Post sehen (ich hatte gar keine, noch nicht mal eine Rechnung), Blumen gießen, Katzenkistchen säubern, Fleisch für Rosa aufschneiden. Als das alles erledigt war, hatte ich immer noch zwei Stunden zu überbrücken. Ich wusste nichts mit mir anzufangen. Fühlte mich zunehmend frustrierter.

Plötzlich fiel mir ein, dass ich Tina Gruber noch nicht angerufen hatte. Ich war eindeutig neben der Spur. Ich wählte ihre Festnetznummer im Präsidium. Sie ging erst ewig nicht dran, dann klang sie seltsam abweisend. Ich hatte den Eindruck, dass sie mir nicht wirklich zuhörte, sie stellte auch keine Fragen.

»Stimmt was nicht?«, fragte ich schließlich.

Schweigen.

»Ist etwas passiert?«, bohrte ich nach.

»Äh, tut mir leid, Katja, das ist gerade kein günstiger Moment.«

»Okay«, sagte ich und hängte ein. Vielleicht sollte ich gar nicht erst auf die Geestemünder fahren. Vielleicht ging ich lieber gleich ins Krankenhaus.

Ich schaffte es nicht einmal, eine Entscheidung zu treffen. Am liebsten hätte ich mich voll zugedröhnt. Mit Dope und tierisch lauter Musik. Na, wenigstens Letzteres konnte ich auf jeden Fall. Ich legte »Smells like Teen Spirit« auf und sang mit Kurt im Duett. »Hello, hello, hello, helloho!« Rauf und runter. Mitten in »Aneurysma« klingelte mein Handy.

»Katja«, flötete Gitta. Wenn Gitta flötet, will sie etwas von mir, das ich nicht will. Das war schon so, als sie meine Englischschularbeiten abschreiben wollte. Ich hatte nichts gegen Abschreiben als solches, aber meine Englischarbeiten empfand ich irgendwie als literarische Werke. Meine literarischen Werke.

»Sie wünschen?«, fragte ich.

»Kannst du einen Gang Ironie runterfahren?«, fragte meine beste Freundin zurück. »Und diese Horrormusik ausstellen?«

»Das ist keine Horrormusik, das ist Nirvana.«

»Wenn das das Nirwana ist, dann möchte ich nie Erleuchtung erlangen.« Sie kann wirklich witzig sein.

Ich brachte Curt und Co zum Schweigen.

»Also«, hob Gitta auf ein Neues an. »Ich muss heute Abend auf eine Party.«

Mir schwante Böses.

»Und ich wäre dir ewig dankbar, wenn du mitkommen könntest. Ich möchte da nicht alleine hingehen.«

»Ich hasse Partys!«

»Ich weiß.«

»Und?«

»Und trotzdem musst du bitte bitte bitte mitkommen.«

»Was ist das denn für eine Fete?«

Meine bösen Ahnungen wurden noch übertroffen. Es war eine Filmparty. Gitta hatte ihr Haus auf Mallorca vor Monaten als Location für einen Dreh zur Verfügung gestellt. Aus Geldmangel. Und jetzt war der Film fertig und Gitta zur Preview nebst anschließender Orgie eingeladen. Ich sah Cocktailkleider, High Heels, Armanianzüge, Prada-Taschen und jede Menge Lines auf blank geputzten Spiegelchen vor meinem geistigen Auge.

»Tut mir leid, Gitta, ehrlich, aber das packe ich nicht. Und du hättest auch nichts davon, wenn ich mitkommen würde, ich würde mich da nur danebenbenehmen.«

»Das macht ja nichts, Hauptsache, du lässt mich nicht allein.«

Wie schlägt man seiner ältesten Freundin eine echte Bitte ab?

»Aber du musst da doch nicht hin!«

»Doch, wenn ich nicht komme, wäre das schrecklich unhöflich.«

»Scheiß auf die guten Manieren!«

»Katja, bitte, ich bin da nicht so locker wie du. Ich habe schon zugesagt. Und außerdem«, jetzt versuchte sie verführerisch zu klingen, »du warst doch sicher auch noch nie auf einer Filmparty?«

»Ich war auch noch nie in der Hölle der aufplatzenden Frostbeulen.« Das ist so ziemlich der mieseste Ort für eine Wiedergeburt, den man sich mit verdammt viel mörderisch schlechtem Karma einhandeln kann.

»Katja!«

Ich ließ mich weichklopfen. Nahm die Chance, gutes Karma anzuhäufen, wahr. Gitta schmatzte Küsse in den Hörer und seufzte vor Erleichterung.

Auf der Geestemünder war tote Hose. Es nieselte trist vor sich hin. Ein paar Frauen saßen unter dem Regenschutzdach auf der Straße und guckten genervt vor sich hin. Ein Auto kurvte langsam ums Rondell. Die Frauen ignorierten es. Vermutlich ein Spanner.

Im Container kochte Franziska Kaffee. Vor dem Tresen saßen drei Frauen und aßen Pizza. Ich setzte mich dazu. Eine von ihnen war Bea. Sie schenkte mir ein müdes Lächeln. Ich begrüßte Franziska und bat sie um ein Glas O-Saft. Als die Ladys mit der Pizza fertig waren, reichte ich meine Zigarettenschachtel rum.

»Gibt's was Neues?«, fragte Bea. Ich erzählte ihnen, wie es Nele ging, und beschrieb ihren Zustand ziemlich drastisch. Sie waren entsprechend beeindruckt. Spätestens heute Abend würde die gesamte Geestemünder plus Szene wissen, dass Nele Mehmet garantiert nicht umgebracht hatte, sondern dass sie selbst ein Opfer des Killers war.

»Ich hab den Eindruck«, sagte ich an alle Versammelten gerichtet, »dass die Bullen irgendwie nicht so richtig in Schwung kommen. Erst dachten die, Nele wär's gewesen, und jetzt, wo klar ist, dass sie's nicht war, stochern die im Nebel rum.«

Allgemeines Nicken. Was konnte man von den Bullen schon anderes erwarten?

»Ich will aber, dass der Typ erwischt wird. Ich will nicht, dass der noch jemanden umbringt. Und ich will nicht, dass der ungeschoren davonkommt.«

Wir waren uns so was von einig. Nur Franziska sah mich fragend an.

»Und deshalb«, fuhr ich fort, »versuche ich gerade rauszukriegen, wer's war. Ich bin ja Journalistin, also recherchieren kann ich, und das wär nicht das erste Mal, dass Journalisten eher was rausfinden als die Polizei.«

Franziska schüttelte leicht den Kopf.

»Und deshalb hab ich 'ne Bitte an euch.« Ich nahm einen Schluck von meinem Kaffee, der erstaunlich gut war. »Könnt ihr euch mal umhören, was in der Szene so getratscht wird? Ob sich zum Beispiel mal einer, den niemand kennt, nach 'ner privaten Connection erkundigt hat? Oder meinetwegen nur, wo er Material herkriegen könnte? Der muss ja irgendwie an die Adresse von Mehmet und von Tom gekommen sein.«

»Ja, genau!« Bea sah mich anerkennend an. Die beiden anderen schienen nachzudenken. »Also, mir hat keiner so was erzählt«, bemerkte schließlich die Jüngste von ihnen. Sie trug eine Daunenjacke über einem ausgeschnittenen T-Shirt, einen Mini, dünne Strümpfe und Turnschuhe. Ich stellte mir vor, wie sie sich da draußen den Arsch abfror.

Franziska räusperte sich, sah mich streng an und sagte schließlich zu den Frauen: »Ich finde, ihr solltet nichts tun, was irgendwie gefährlich werden könnte.«

»Nee, natürlich nicht!«, stimmte ich ihr rasch zu. »Ich bin mir nur ziemlich sicher, dass kein Junkie den Mehmet und den Tom umgebracht hat. Und die Frauen sollen sich ja nur auf der Szene umhören.« Ich wandte mich an die drei: »Nur bei Leuten, die ihr kennt!«

»Okidoki«, meldete sich Bea zu Wort. Die anderen nickten.

»Ich muss jetzt mal wieder raus«, sagte die Junge und stand auf. Bea und die dritte Frau taten es ihr gleich. Ich blieb mit Franziska allein zurück. Sie steckte sich eine Zigarette an, nahm sich ein Glas O-Saft und schenkte mir auch eines ein. »Ich finde das nicht gut, was du da machst.«

»Warum nicht?« Ich verstand es ehrlich nicht.

»Überlass das doch der Polizei. Das ist deren Job.«

»Aber die tun nichts, Franziska! Diese Kommissarin, die ist okay, zumindest hab ich den Eindruck. Aber ich hab das Gefühl, dass sie da als Einzige überhaupt ermittelt. Und dass sie nicht weiterkommt.«

»Das kannst du vielleicht nicht beurteilen?«

Ich zuckte die Schultern. »Kann schon sein. Aber du müsstest mal sehen, in welchem Zustand Nele ist. Und dabei hat sie noch Glück gehabt. Ich halte es einfach nicht aus, da untätig herumzusitzen.«

»Das musst du ja nicht. Aber lass die Frauen hier aus dem Spiel.«

Langsam wurde ich grantig. »Die sind in dem Spiel mittendrin. Schließlich sind es ja ihre Dealer, die jetzt tot sind.«

Sie ließ es dabei bewenden. Wir umarmten uns zum Abschied. Ich mag die Frau, auch wenn sie es wagt, mich zu kritisieren. (Das soll sich sonst mal jemand trauen!) Bea stand im Regen, der fleischgewordene Frust. Ich winkte ihr zu, zog die Kapuze über, wischte meinen Sattel trocken und schwang mich aufs Rad. Überlegte, ob ich es zu Hause abstellen und dann die Bahn nehmen sollte, beschloss aber, doch lieber direkt ins Marienhospital zu fahren.

Nele war inzwischen auf eine normale Station verlegt worden. Sie saß aufrecht im Bett und las einen meiner Krimis.

»Am Samstag schmeißen sie mich hier raus«, begrüßte sie mich. Ich setzte mich an ihren Bettrand, aber sie scheuchte mich wieder auf. »Kannste die Omi da zudecken? Die erkältet sich sonst.«

Im Bett vor dem Fenster lag eine alte Frau auf der Seite und röchelte leise beim Atmen. Sie hatte die Decke fast abgeworfen, ihr Nachthemd war hochgerutscht und gab ein Paar dünne, mit dicken Venen überzogene Beine frei. Ich deckte sie zu, sie rührte sich nicht.

»Meinste, du kannst ihr 'n paar Kippen dalassen?«, fragte Nele. »Die hat echt gar keine Kohle. Und die kommt auch nie einer besuchen.«

Ich wollte mich gerade wieder hinsetzten, aber Nele schwang sich aus dem Bett. »Wir gehen runter, eine rauchen«, beschied sie mich. Sie zog sich ihre Jacke über den Bademantel und schlüpfte barfuß in die Schuhe.

»Zieh dir besser Socken an«, warnte ich sie, »draußen ist es feucht und kalt.«

»Ja, Mami.«

Wir stellten uns vor dem Eingang an die Rampe und machten unsere Zigaretten an.

»Hör mal«, sagte Nele, »kannste den Stefan oder wie er heißt fragen, ob ich direkt ins Programm kann? Und ob er mir 'n Vergabearzt klarmacht? Ich hab echt keine Lust, mir das Metha jetzt auf'm Barbarossaplatz zu holen.«

»Wieso auf dem Barbarossaplatz?«, fragte ich etwas dümmlich.

»Da wird jetzt getickt. Und da kriegste auch Metha.«

»Willst du wirklich ins Programm?«

»Ja. Ich könnt jetzt auch weitermachen. Klar. Ich könnt mir auch 'n goldenen Schuss machen. Wenn ich da im Krankenhaus an Material gekommen wär, dann hätt ich das vielleicht auch getan. Also wie ich da wach geworden bin und gerafft hab, dass der Tom tot ist. Aber weißte«, sie nahm einen langen Zug von der Zigarette und blies langsam den Rauch aus, »ich will jetzt leben.« Plötzlich sah sie mich wütend an: »Das hab ich dir doch schon gesagt!«

Ich versprach, Stefan anzurufen, sobald ich zu Hause war. Wir gingen wieder hoch und setzten uns in die Besucherecke am Ende des Flurs.

»Hertha hat dein Zimmer schon eingerichtet«, erzählte ich, »du kriegst sogar einen Fernseher und eine Stereoanlage. Die hat 'n alter Kumpel von ihr organisiert.« Ich grinste anzüglich.

Nele grinste zurück. »Cool!«

Wir schwiegen ein Weilchen einvernehmlich vor uns hin. Eine Schwester kam mit einem Rollwagen herein und verteilte Kaffee. Ich bekam netterweise auch welchen ab. Als sie wieder gegangen war, sagte ich: »Hör mal, Nele, ich war gestern auf der Geestemünder und hab ein paar Frauen dort gefragt, ob irgendwer in letzter Zeit nach 'ner Connection gefragt hat.« Ich erklärte ihr, warum, und fuhr fort: »Kannst du dich an irgendetwas erinnern, das ungewöhnlich war in der Zeit, bevor Mehmet ermordet wurde? Irgendwelche fremden Leute auf der Szene? Hat Mehmet etwas erwähnt von einem neuen Kunden? Oder Tom? So in die Richtung. Kannst du da mal drüber nachdenken? Und ich soll dich von Bea und den anderen Mädels grüßen! Und von Franziska.«

»Franziska hat mich gerade angerufen«, berichtete sie. »Die meinte, du hast ihr erzählt, dass ich hier bin, und überhaupt, was passiert ist.« Sie trank einen Schluck von ihrem Kaffee und schüttelte sich. »Aber wegen dem, was du grade gefragt hast, da fällt mir nix zu ein. Ehrlich.«

»Versuch's noch mal! Und lass dir Zeit.«

Sie schloss die Augen und runzelte angestrengt die Stirn.

Schlug die Augen wieder auf – inzwischen beide – und kratzte sich am Kopf. »Ich muss mir dringend die Haare waschen«, sagte sie lachend und wurde wieder ernst. »Also der Tom, der hat in letzter Zeit öfter mal so 'ne Bemerkung fallen lassen von wegen, er würde jetzt bald an tierisch viel Kohle kommen. Aber der Tom, der war 'n Spinner, der hat sich so Sachen einfach ausgedacht.«

»Hat er gesagt, woher das Geld kommen soll?«

»Nö. Der hat so einen auf geheimnisvoll gemacht, weißte? Ich hab ihn mal gefragt, ob er in den Großhandel einsteigt. Da hat er bloß gelacht.«

»Hat er denn zu der Zeit mehr verkauft als sonst?«

»Nö. Das hätt ich mitbekommen.«

»Denk einfach weiter drüber nach, unabhängig von Tom, ob es in den letzten paar Wochen irgendetwas Ungewöhnliches auf der Szene gab, okay?«

»Okidoki.«

Ich begleitete Nele zurück in ihr Zimmer und legte meine Zigarettenpackung auf den Nachttisch der alten Frau. Sie war inzwischen aufgewacht und sah mich verwundert an. »Gute Besserung!«, wünschte ich ihr. Mehr fiel mir nicht ein. Ich hoffte inständig, dass ich in ihrem Alter weder so arm noch so einsam sein würde, wie sie es war.

Zu Hause brachte ich als Erstes Hertha auf den neuesten Stand.

»Die Glotze und die Stereoanlage werden morgen geliefert«, teilte sie mir mit. »Fabrikneu!«

Ich drückte ihr lachend einen Kuss auf die Wange, wohl wissend, dass sie das gar nicht abkonnte. In meiner Wohnung schlug mir der Gestank von zu vielen kalten Kippen und einem vollen Katzenkistchen entgegen. Ich riss die Fenster auf, leerte den Aschenbecher aus und säuberte Rosas Klo. Sie sah mir mit Argusaugen dabei zu und testete das Ergebnis erst mal misstrauisch durch minutenlanges Scharren. »Hör auf, so zu zicken!«, beschwerte ich mich, dann sah ich weg, denn sie war offenbar zu einem positiven Urteil gelangt. Und ich sehe ihr nie zu, wenn sie ihr Geschäft verrichtet.

Der Anrufbeantworter blinkte, aber bevor ich ihn abhörte, rief ich Stefan an. Er versprach, sich um einen Arzt zu kümmern, Nele am Freitag einen Termin zu geben und mich, sobald er mehr wüsste, zurückzurufen. Der AB teilte mir mit, ich hätte zwei neue Nachrichten. Es waren die besten seit Langem: das Okay meiner Redakteurin beim SWR für zwei Sendungen, die ich ihr vor Längerem vorgeschlagen und fast schon wieder vergessen hatte, und, vor allem, die Zusage meiner Lieblingsredakteurin beim WDR für das Feature über die Punkgeneration! Ich tanzte jubelnd um den Tisch. Doch das war noch nicht alles. Sie bot mir auch noch von sich aus zwei neue Themen an: ob ich Lust hätte, die für sie zu machen? Aber hallo! Ich wurde gerade aus dem totalen Finanztief direkt in ein Auftragshoch katapultiert. Der Buddha hat halt einfach recht: Alles verändert sich. Immer.

Ich rief beide Redakteurinnen zurück, dann machte ich es mir auf dem Sofa gemütlich, um endlich mal wieder in Ruhe mit den Eltern zu telefonieren. Respektive mit meiner Mutter, denn mein Vater hat bekanntlich eine schwere Hörerphobie. Mama ging denn auch dran und platzte sofort mit der Neuigkeit heraus: Papa hatte den Befund. Und er war positiv.

»Welchen Befund?«, fragte ich erschrocken und erfuhr, dass Papa eine Entzündung an der Prostata gehabt hatte, die sich nun als Krebs herausstellte. Ich hatte doch gewusst, dass etwas nicht stimmte!

»Der Arzt hat ihm gesagt, das ist sozusagen die harmloseste Art Krebs, die man haben kann«, teilte sie mir mit. »Aber blöd ist es doch.«

Allerdings. »Wann wird er denn operiert?«, fragte ich besorgt.

Das habe keine große Eile, meinte sie. So in zwei, drei Wochen frühestens.

»Wieso das denn?«

»Jetzt reg dich wieder ab«, wies sie mich zurecht. »Reicht ja, wenn er sich verrückt macht.«

»Gibst du ihn mir mal?«

»Der ist gerade einkaufen. Und außerdem will er nicht darüber reden. Du kennst ihn doch!«

Ich beschwor sie, mir rechtzeitig Bescheid zu geben, wenn er in die Klinik musste. »Und wie geht es dir?«

Mit ihr sei alles in Ordnung, verkündete sie. »Das mit dem Qigong tut mir gut.«

Ich traute meinen Ohren nicht. »Mit dem *was*?«

»Ach so, ich mache jetzt einen Qigong-Kurs. Auf der Volkshochschule. Hab ich dir das nicht erzählt?«

Ich langte nach der Zigarettenschachtel. Diesen Wandel einer alten Gewerkschafterin zu etwas, das sie bislang als Kokolores zu bezeichnen beliebte, verkraftete ich nicht ohne Nikotin.

»Bist du noch dran?«

Ich inhalierte tief und sagte brav: »Ja, Mama.«

»Das hätte ich nie gedacht. Dass mir so 'n Esoterikgedöns gut tut.«

Das glaubte ich ihr aufs Wort.

»Aber die Chinesen machen das seit ein paar tausend Jahren«, belehrte sie mich.

Ich verkniff mir, »Nee, echt?« zu fragen. Du sollst deine Mutter nicht verspotten!

»Und das mit der Akupunktur klappt ja auch«, fuhr sie fort. »Hab ich dir erzählt, dass mir in der Klinik so 'ne junge Ärztin Akupunktur gemacht hat?«

Hatte sie nicht. Ich wollte schon fragen: »Und wann fängst du an zu meditieren?«, beherrschte mich aber.

»Da biste platt, was?«

War da etwas Triumphierendes in ihrem Tonfall?

»Bin ich«, gestand ich umstandslos ein.

»Ich war schon immer für Neues offen«, klärte sie mich auf. »Deshalb man muss ja nicht gleich 'n abgedrehter Buddhi werden, so wie du.«

Danke.

Als ich einhängte, war es halb acht. Um Punkt acht wollte mich Gitta zu der Party abholen. Ich kramte mein Dope aus der Schublade und drehte mir eine dicke Tüte. Mit der mindestens dreifachen Menge meiner gewohnten Dosis. Anders, dachte ich, würde ich den Event nicht überstehen.

Irgendwann schrak ich hoch, weil jemand Sturm läutete. Ich

war offenbar eingenickt. Kein Wunder, bei dem Overkill an THC, dem ich mich gerade ausgesetzt hatte. Gitta stand in der Tür und sah mich fassungslos an.

»Du bist noch nicht mal angezogen!«

Sie selbst war aufs Feinste aufgebrezelt. Enger langer Rock, obenrum etwas seidiges Rosarotes mit tiefem Ausschnitt, Makeup, korallenroter Lippenstift, bunte Glitzerohrringe. Ich sah an mir runter: Jeans, mein altes Sweatshirt mit dem Aufdruck »Who the fuck is Prada?«, schwarze Socken mit einem Loch am rechten großen Zeh.

»Ich bin fertig«, nuschelte ich und schlüpfte in meine schwarze Lederjacke.

»Sagt nicht, dass du da so hingehen willst!« Gitta kippte vor Empörung fast die Stimme um.

»Warum denn nicht?«

»Du bist bekifft«, stellte sie fest.

Ich schenkte ihr mein schönstes Lächeln. »Mhmmmm.«

Sie verdrehte die Augen. »Du lieber Gott!«

Rosa kam nachsehen, was los war. Sie schnupperte an Gittas Beinen und begann zu schnurren. Hatte meine beste Freundin sich die Beine parfümiert? Oder hatte Rosa zu viel von meinem Cannabisausstoß abbekommen? Ich ging ins Bad, so gut ich halt gehen konnte, fuhr mir mit dem Kamm durch die Haare und malte mir den Mund an. Das musste reichen.

Gitta rang die Hände. »Katja, das kannst du nicht machen!«

»Wieso?«, konterte ich. »Die finden das vermutlich cool. Und dich schwer overdressed.«

Es hatte aufgehört zu regnen, aber das Pflaster war noch immer nass. Gitta jammerte bei jedem Schritt, dass sie sich die Schuhe ruinierte. Dann stand die Bahn vor dem Ebertplatz ewig im Tunnel. Wir kamen natürlich zu spät. Die Preview war im Rex, wir fanden nur noch Plätze in der zweiten Reihe, der Film lief gerade an. Eine halbe Stunde später hatte ich einen steifen Hals. Ein gescheiterter Jazzmusiker erklärte auf der Terrasse vor Gittas Häuschen einer aufstrebenden Hilfskellnerin die Quantentheorie. Oder so ähnlich. Neuer deutscher Film halt. Ich kriegte noch mit, wie die beiden in Gittas mallorquinischer Küche auf dem Flickenteppich landeten, dann schlief ich ein. Der Applaus weckte mich auf, bevor ich Gitta blamieren konnte.

Die Party fand im Loft des Regisseurs auf der Ehrenstraße statt, wir liefen im Pulk hin, und ich konnte schon mal das Publikum bewundern. Nicht mein Geschmack. Das Loft sah aus wie Requisite, viel Weiß, viel dunkles Leder, Metall und ein paar Warhol-Poster an den Wänden. Das Buffet war nicht schlecht, und ich hatte einen Riesenhunger. Als ich ansatzweise satt war, holte ich mir eine Flasche Sprudel, ein Glas und einen Aschenbecher, setzte mich in einen unerwartet bequemen Ledersessel und beobachtete die Leute. Direkt neben mir fläzte ein Mittvierziger mit hochgegelten Haaren neben einer Farbtubenblondine auf einem Sofa. Seine Klamotten stammten vermutlich aus dem Outlet Store, ihre waren selbst geschneidert. Das machte sie mir schon wieder sympathisch. Allerdings war sie so zugekokst, dass sie kaum die Lider bewegen konnte. Ich kenne mich mit Koks nicht so wahnsinnig gut aus, aber seit den paar Lines, die ich in meiner Drogenjugend durchgezogen habe, besitze ich sozusagen ein Näschen dafür. Und um dieses Schneewittchen neben mir zu durchschauen, musste man selbst keine Kokserin sein.

Ich fragte mich zum wiederholten Male: »Was tue ich hier?«

Gitta war irgendwo in dem Pulk verschwunden, der sich um die beiden Stars drängte. Sie redete mit einem Typen, der vermutlich der Regisseur des eben gezeigten Colonywood-Machwerks war, zumindest signalisierte er das mit seiner Körpersprache. Ein paar Leute sahen zu mir rüber, irgendwie verstohlen neugierig. Erst dachte ich, die wollten rauskriegen, auf welcher Droge ich war (nicht ihrer jedenfalls), dann schwante mir, dass ich mit meiner großkotzigen Bemerkung zu Gitta vorhin recht gehabt hatte. Die dachten, ich wäre wer. Wenn eine so underdressed auf so eine Party geht, dann muss sie sich das leisten können.

Das brachte mich zum Schmunzeln. Das mir allerdings sofort wieder verging, denn der Mann, der geradewegs auf mich zusteuerte, war niemand anderer als Stefan. Und er sah so nüchtern aus, dass es staubte.

»Was machst du denn hier?«, fragte ich ehrlich erstaunt und ein bisschen verlegen. Schließlich ist er Drogentherapeut oder so die Richtung.

»Mit was hast du dich denn zugedröhnt?«, fragte er folgerichtig zurück.

Wenn man mich kritisiert, werde ich grantig. Wenn man mich indirekt kritisiert, werde ich noch grantiger.

»Schwarzer Afghane? Oder war's der Libanese heut Abend?«, raunzte ich. Fügte dann beschwichtigend hinzu: »Ich hab mich in der Dosis vergriffen. Ich hab gedacht, anders überlebe ich das hier nicht.«

Er setzte sich auf die Lehne meines Ledersessels. Breit genug war sie. Ich bekämpfte heldenhaft das Bedürfnis, mich an ihn zu lehnen.

»Also, was machst du hier?«, wiederholte ich meine Eingangsfrage.

»Mein Bruder ist der Kameramann von dem Film. Er hat mich mitgeschleppt, weil er meinte, wenn er alleine auf diese Party geht, wird er zum Serienkiller.«

»Willst du mich diesem Mann nicht vorstellen?«

Stefan brachte doch glatt einen Grinser zustande.

»Ich hab dich aber im Kino nicht gesehen.«

»Weißt du, es ist nicht so, dass mein Bruder mich hasst. Er meinte, den darf ich auslassen. Und wie bist du hierher geraten? Schreibst du eine Filmkritik?«

»Bin ich maso?« Ich erzählte ihm, dass Gitta mich mit unserer alten Freundschaft erpresst hatte. »Sie hat denen ihr Haus auf Mallorca für den Dreh vermietet.«

»Ach, die ist das! Mein Bruder war ganz begeistert von ihr. Er meinte, die war der einzige normale Mensch weit und breit.«

»Das glaube ich ihm sofort.«

»Was glaubst du sofort?«

Gitta stand hinter mir und starrte vermutlich Stefan an. Ich stellte die beiden einander vor. Jetzt fing sie an, Stefan von seinem Bruder vorzuschwärmen, »der einzige normale Mensch damals weit und breit« und so. »Da ist er ja!«, rief sie plötzlich und fiel einem Typen um den Hals, der gerade auf uns zusteuerte. Er hob sie hoch und stellte sie dann lachend wieder ab. Der Mann unterschied sich höchst wohltuend vom Rest der Belegschaft. Abgetragenes Wolljackett, Vollglatze, jede Menge Falten im Gesicht und noch mehr Lachfalten um die Augen. Er musterte mich mit unverhohlener Neugier. Ich ihn auch.

»Na, kleiner Bruder, willst du mir nicht deine Freundin vorstellen?« Er streckte mir die Hand hin. Ich wollte das Missverständnis gerade aufklären, aber Stefan kam mir zuvor. »Katja, das ist Martin, Martin, das ist Katja«, sagte er grinsend. Wir schüttelten uns die Hände. »Katja ist meine älteste und beste Freundin«, mischte sich Gitta ein. Ich hätte Martin gern gefragt, warum er in diesem öden Streifen die Kamera gemacht hatte, tat es aber nicht. Er war Freiberufler wie ich, und da muss man manchmal nehmen, was kommt. Ich leistete mir den Luxus, nicht alles zu nehmen, aber ich muss auch nur mich und meine Katze ernähren. Und wer weiß, vielleicht hatte Martin ja Kinder und ein Häuschen und musste bis an sein Lebensende die Hypothek abbezahlen.

»Hast du den Film gesehen?«, fragte er vorsichtig.

Ich nickte stumm.

»Sag jetzt nichts zum Thema Kamera!«

»Äh ...«

Er lächelte etwas gequält. »Man kann nicht immer mit Jarmusch drehen. Manchmal muss man auch einfach nur Geld verdienen.«

Wohl wahr.

Er wandte sich an Stefan, sah ihn fragend an und nickte in Richtung Tür.

Stefan erhob sich von der Sessellehne. »Wir gehen mal nach unten«, sagte er zögernd.

»Nicht nötig«, meinte Martin, »hier gibt es eine Dachterrasse.«

»Was habt ihr denn vor?«, fragte ich irritiert. »Hier kann man doch drinnen rauchen.«

»Zigaretten schon«, grinste Martin.

Ich starrte sie beide erst mal fassungslos an. »Ich komme mit!«, verkündete ich dann.

»Du hast schon genug geladen«, murmelte Stefan verlegen.

»Du bist nicht mein Drogenberater«, konterte ich keck.

Ich bekam zwei Züge ab, den Rest teilten sich die Herren brüderlich. Ich ging vor zur Brüstung und bestaunte den Ausblick. Von einer Dachterrasse auf der Ehrenstraße aus wirkt Köln richtig großstädtisch. Vor allem, wenn es Nacht ist und man nur die Lichter sieht. Jemand trat ganz nah hinter mich. Ich lehnte mich zurück. Jemand schlang die Arme um mich. Ich schloss die Augen. Jemand drehte mich sanft herum und küsste mich. Ich küsste zurück. Wenig später verließ jemand mit mir die Party.

Rosa hauchte mir ihren Pestatem ins Gesicht und knurrte. Ich wälzte mich herum und stieß an einen Arm. Rosa fauchte wie ein gereizter Berglöwe.

»Meinst du, sie wird mich zum Frühstück verspeisen?«, fragte Stefan träge. Rosa biss ihn in die Schulter. »Kannst du sie vielleicht mit etwas Essbarerem ablenken?«, schlug Stefan vor.

Ich schubste meine eifersüchtige Mitbewohnerin vom Bett und schlang die Arme um meinen neuen Liebhaber. Und was für ein Liebhaber! Was sich da letzte Nacht in meinem jungfräulichen Bett abgespielt hatte, war der beste Sex, den ich seit Haari gehabt hatte. Und das ist »verdamp lang her«. Haari war nicht nur meine Jugendliebe, sondern auch der Drummer von OD, meiner favourite Punkband. OD ist die Abkürzung für Overdose, und die Jungs waren anno dazumal so eine Art Kölner-Vorstadt-Pistols. Haari hieß eigentlich Harald, aber er war der einzige Punk weit und breit, der eine lange Mähne trug. Daher der Spitzname. Sexmäßig war bei Haari normalerweise gar nicht so viel los, außer er kam gerade frisch aus der Entgiftung. Dann war er begnadet. Er hat nur leider den Bandnamen zu ernst genommen. Der Gedanke an Haari machte mich traurig.

Stefan bemerkte, dass etwas nicht stimmte, und strich mir sanft die Haare aus dem Gesicht. »Was ist los?«

»Hat nichts mit dir zu tun«, beruhigte ich ihn, »ich erzähl's dir vielleicht später mal. Wie wär's mit Frühstück?«

Stefan knabberte an meiner Schulter. »Ich habe mich schon in dich verliebt, als ich dir die Päckchen von Jeff gebracht habe. Und ich hab mich richtig dafür geschämt.«

»Wofür?« Ich schob meine Hand zwischen seine Oberschenkel.

»Na ja, du warst schließlich die Freundin eines Dharmagefährten.«

»Aber du hast dir nichts anmerken lassen.« Ich bewegte meine Hand etwas nach oben.

»Musst du nicht raus?«

»Doch. Ich will aber noch nicht. Und du?«

»Gleichfalls.«

Danach konnten wir nur noch rasch einen Espresso zusammen trinken, dann musste Stefan los. Ich gönnte mir ein ruhiges Frühstück. Anschließend machte ich mich an die Recherche für mein Punkgeneration-Feature. Dachte, ich fange schon mal mit dem an, was ich habe. Holte die Koffer herunter, die oben auf meinem Kleiderschrank vor sich hin staubten, und suchte nach den alten Fotoalben. Wurde fündig. Haari und ich, holde siebzehn und so was von frisch verliebt. Er hinter dem Schlagzeug, ich auf seinem Schoß, den Mittelfinger Richtung Kamera gereckt. Die ODs in Action. Nico, der Lead-Gitarrist, beim Zertrümmern des Instruments. Besser gesagt: beim vorgeblichen Zertrümmern, denn er hätte sich gar keine neue Gitarre leisten können. Nico, Haari und ich beim Öffnen von Bierdosen. Breit wie sonst was. Und dann musste ich mitten in meinem kleinen Trauer-Workshop plötzlich schallend lachen. Unter all den Punkfotos lag eines von Gitta. Gitta im blauen Samtblazer mit Haarreif. Mir fiel sogar ein, wofür sie sich derart albern verkleidet hatte. Sie musste Brautjungfer auf der Hochzeit ihrer Schwester spielen. Und Schwesterherz hatte in der Kirche geheiratet, in Weiß, versteht sich, mit Tralala und hast du nicht gesehn. Ich packte die Fotos wieder in den Koffer und stellte ihn zurück auf den Schrank. Ich schrieb schließlich ein Feature und keine Autobiografie.

Ich setzte mich an den PC. Wir waren damals die größten Ruts-Fans südlich von London (wenn nicht überhaupt). Die

Band hatte ein paar Ruts-Songs gecovert, obwohl die ODs eigentlich nur eigene Sachen spielten. Noch nicht mal den Ramones hatten sie diese Ehre erwiesen, dabei rangierten die in unseren persönlichen Charts direkt auf Platz zwei hinter den Ruts. Ich hatte nur meine alten Alben, und den Plattenspieler hatte ich leider vor Ewigkeiten entsorgt. Also rief ich YouTube auf, in der Hoffnung, fündig zu werden. Ich wurde. Ein Klick, und Malcolm Owen sang mir direkt ins Gesicht: »Babylon's Burning!« Yeah! Ich versank in Nostalgie. Der Text von »Dope for Guns« fiel mir auf einmal wieder ein, und schon war ich am Heulen. Holte mir zur Ablenkung Crass ran, dann riss mich das Telefon aus der Retro-Orgie. Stefan teilte mir mit, Nele könne am Freitag um halb zwölf zu einer Vergabeärztin am Chlodwigplatz gehen. Ich sagte ihm, dass ich ihn liebte.

»Nur deswegen?«, gab er zurück.

»Na ja«, schnurrte ich, »und wegen noch was anderem.«

»Dann ist es ja gut.«

»Und wann kann sie zu dir?«

»Äh.« Räusper. Dann: »Ich habe sie bei einem Kollegen von mir untergebracht. Der ist gut und hat seine Praxis im selben Haus wie die Ärztin. Und er ist ein lieber Kerl.«

Ich schluckte. Die erste Enttäuschung mit dem Mann meiner Träume.

»Katja, ich kann sie nicht nehmen. Jetzt nicht mehr. Ich meine, seit wir ... Ich meine, falls das mit uns nicht nur gestern Nacht ... Ich meine ...«

»War es nicht.«

»Was?«

»Es war nicht nur gestern Nacht. Mit uns.«

Ein Seufzer der Erleichterung. Das tat schon mal gut.

»Schau, wenn sie bei mir im Betreuten Wohnen wäre, das gäbe zu viele Interessenskonflikte.«

»Als da wären?«

»Na ja. Zum Beispiel: Nele baut einen Rückfall. Und du meinst, du müsstest sie decken. Oder: Nele beschwert sich bei dir über mich. In der Hoffnung, dass du mich zu ihren Gunsten beeinflusst. Außerdem wohnt sie bei deiner Nachbarin. Und das heißt, ihr seid im Grunde eine Art erweiterte Wohngemeinschaft. Und in die komme dann ich als dein … äh … Lover.«

Das leuchtete mir ein. Ich ließ mir Telefonnummer und Adresse seines Kollegen geben.

»Sehn wir uns mal wieder, Herr Betreutes Wohnen?«

Er lachte. »Wie wär's mit heute Abend?«

»Wenn du Hertha und mir hilfst, Neles Zimmer fertig zu machen?«

»Soll ich was mitbringen?«

Ich überlegte. »Hast du zufällig einen schönen Teppich übrig?«

Schweigen.

»Ich nicht«, sagte er schließlich, »aber ich weiß, dass Martin einen alten Perserteppich im Keller liegen hat.«

»Her damit!«

»Jawoll!«

Ich speicherte YouTube unter Favoriten ab, setzte Teewasser auf und rief Tina Gruber an. Ich war die ganze Zeit schon irritiert, weil sie sich nicht mehr gemeldet hatte und zuletzt so abweisend gewesen war. Sie ging nicht dran. Ich versuchte es auf dem Handy und hinterließ schließlich eine Nachricht auf ihrer Mailbox. Dann schrieb ich einer Freundin, die sich darauf spezialisiert hatte, Filmraritäten aufzutreiben, eine Mail und bat sie, eine Kopie von »House of the Rising Punk« für mich zu organisieren. Ging zurück ins Netz und suchte nach Büchern und Artikeln über Punk und Punks. Als mir das Teewasser wieder einfiel, war es fast schon kalt. Ich warf den Kocher erneut an und öffnete eine Dose für meine beleidigte Mitbewohnerin, die sich seit ihren vergeblichen Versuchen, Stefan aus meinem Bett zu vertreiben, nicht mehr hatte blicken lassen. Die Dose würde ihren Unmut natürlich noch verstärken, aber ich war nicht bereit, jetzt zum Metzger zu gehen. Ich füllte gerade ihr Wasserschälchen, da klingelte mein Handy.

»Katja, hier ist Tina. Es tut mir leid, dass ich mich nicht mehr gemeldet habe, aber wir haben hier ziemlichen Stress. Hat sich bei Ihnen etwas Neues ergeben?«

»Tja«, sagte ich etwas verunsichert, »ich hatte bei unserem letzten Gespräch das Gefühl, Sie haben mir gar nicht richtig zugehört. Soll ich Ihnen die Geschichte noch mal erzählen?«

»Die mit diesem Mann, den Sie verdächtigen, er hätte seine Töchter missbraucht?«

»Also, der Verdacht stammt nicht von mir, sondern von einer Freundin, der die Töchter genau das erzählt haben. Und als ich den Mann getroffen habe, hat er damit geprahlt, er hätte die beiden Dealer plattgemacht.«

Schweigen in der Leitung.

»Tina?«, fragte ich. »Sind Sie noch dran?«

»Ja.« Pause. »Katja, es tut mir leid, ich war vielleicht wirklich nicht ganz konzentriert. Können Sie mir das alles doch noch einmal erzählen?«

»Jetzt, am Telefon?«

Sie verfiel schon wieder in Schweigen. Ich schwieg mit. Dann sagte sie endlich: »Hätten Sie denn so gegen fünfzehn Uhr Zeit für einen Kaffee?«

Um drei wollte ich eigentlich Nele besuchen. Aber das konnte ich auch noch anschließend. »Wo treffen wir uns?«

»Kann ich bei Ihnen vorbeikommen?«

Irgendwas war faul im Staate Dänemark.

»Kaffee oder Tee?«

»Ganz egal, ich mag beides.«

Ich wollte gerade einhängen, da schob sie hinterher: »Wie geht es Nele?«

»Besser«, sagte ich. Den Rest würde ich ihr – vielleicht – erzählen, wenn sie bei mir antanzte.

Ich weiß nicht, welcher Teufel mich ritt, als ich, statt mich wieder brav an den Schreibtisch zu setzen, auf die Idee kam, Jeffs Geschenke auszupacken. Dabei hatte ich doch bis zum Geburtstag damit warten wollen. Und nun lagen vor mir: eine echte Thangka der Weißen Tara, meiner Meditationsgottheit. Ein Paar antike tibetische Korallenohrringe. Eine CD mit Mantras. Scheiße, er liebt mich doch!, dachte ich, und das Herz brach mir entzwei. Er hatte mir genau das geschenkt, was ich mir am meisten wünschte. An der Thangka hing ein Zettel: »Rinpoche hat sie gesegnet.«

»Mein Liebster!«, ächzte ich. Dabei war er gar nicht mehr mein Liebster. Ich setzte mich an den PC und schrieb ihm eine Mail. Bedankte mich, bat ihn um Verzeihung für meine Grausamkeit, stotterte mir einen ab. Eine Stunde später kam seine Antwort: Ich würde ihn für besser halten, als er sei. Die Geschenke seien vor allem Ausdruck seines schlechten Gewissens. Weil er mich so lange allein gelassen habe. Weil er sein Ding durchgezogen habe, ohne auf mich Rücksicht zu nehmen. Die Thangka habe ihm der Thangka-Maler geschenkt, als Dankeschön für die vielen westlichen Kunden, die er, Jeff, schon an ihn vermittelt habe. Am Ende schrieb er: »Du hast richtig gehandelt, auch wenn es mir wehtut. (Und dir vielleicht auch ein bisschen?) Ich habe Rinpoche darum gebeten, das Dreijahres-Retreat in Pharping machen zu dürfen. Er ist einverstanden. Vermutlich kann ich im September damit anfangen.«

Na denn, dachte ich erleichtert. Dann wirst du jetzt ein Lama. Ich wünsche dir alles Gute! Ich fühlte mich immer noch ein wenig traurig, aber jetzt konnte ich mich doch aufrichtig über die Thangka freuen. Ich ging in mein Schlafzimmer und hängte sie über meinen Altar. Sie sah wundervoll aus. Sogar Rosa schien das zu bemerken, sie schlängelte sich um meine Beine und schnurrte. Ich sagte das Tara-Mantra, entzündete ein Teelicht und ein Räucherstäbchen und setzte mich ein paar Minuten auf das Kissen.

Die Türklingel riss mich aus der Versenkung. »Komm mal gucken!«, forderte Hertha mich auf und machte auf dem Absatz kehrt. In Neles künftigem Zimmer standen ein nagelneuer Fernseher, eine Stereoanlage und zwei auch nicht grade billig wirkende Boxen. Auf dem Tisch lag ein Laptop nebst Drucker. Hertha sah mich beifallheischend an.

»Unrecht Gut gedeihet nicht«, kommentierte ich die Hightech-Pracht.

»Das glaubst auch nur du!«, konterte Hertha.

»Hör mal …«

Sie ließ mich nicht ausreden. »Das is keinem geklaut worden.«

»Wie? Das ist vom Himmel gefallen?«

»Ich meine, das ist aus keiner Wohnung. Das is noch nich mal aus'm Laden.«

Damit gab ich mich zufrieden. Genauer wollte ich es nicht wissen. Und Hertha wechselte auch schon das Thema:

»Wer war denn der Schnucki, der heute früh aus deiner Wohnung kam?«

»Äh ...«

»Der heißt echt Äh?«, spottete sie. »Hast du schon was gegessen?«

Ich schüttelte den Kopf. Wohl wissend, dass ich die Mahlzeit mit einem detaillierten Bericht über Mister Äh bezahlen musste.

»Und?«, fragte Hertha, während sie Wurst, Käse, Essiggurken und Brot auf den Tisch stellte. »War er gut?«

Ich musste lachen. »Verdammt gut!«

»Und?«

»Was, und?«

»Ja war das jetzt so 'n Wonnaitstängs oder wird da was draus?«

»Das heißt One-Night-Stand, Hertha.«

»Lenk nich ab!« Sie knallte mir eine Brotscheibe auf den Teller und schenkte mir Kaffee ein. Ich glaube, ich wurde tatsächlich rot.

»Mädchen«, Hertha schüttelte besorgt den Kopf, »du hast dich in den Kerl verliebt!«

Ich schmierte mir Butter aufs Brot und legte eine Käsescheibe drauf. Biss ab und kaute ausnehmend sorgfältig. Hertha sah mir amüsiert dabei zu. Wartete geduldig wie eine Katze vor dem Mauseloch. Schließlich sagte ich mir: Was soll's. Ich habe mich in Stefan verliebt. Ich hoffe, dass »da was draus wird«. Ich legte ein volles Geständnis ab. Hertha aß währenddessen ihren Teller leer. »Na«, meinte sie schließlich trocken, »ich hoffe, der haut jetzt nich auch noch ständig nach Buddhistan ab.«

Ich lächelte etwas gequält. Hertha zuckte die Schultern.

Wir dachten uns zusammen eine Hausordnung für Nele aus. »Keine Drogen in der Wohnung, keine Besucher/innen, die Drogen dabei haben könnten. Bei Rückfall/Beikonsum: Gelbe Karte. Bei wiederholtem Beikonsum: Rausschmiss.«

»Kein Herrenbesuch«, lästerte ich. Hertha grinste vergnügt: »Sollten wir nicht lieber schreiben: ›Keine harten Drogen in der Wohnung‹«?

Scheiße. Daran hatte ich nicht gedacht. Wenn Nele im Methadonprogramm war, durfte sie gar keinen Beikonsum haben. Auch keinen Alkohol. Und kein Dope. Ich erklärte Hertha das Problem.

»Och, komm«, meinte sie, »wegen 'nem Bierchen schmeißt die da keiner raus. Und wegen 'ner Tüte auch nich.«

»Woher willst du das denn wissen?«

Hertha zuckte die Achseln. »Kannst ja deinen Schnucki fragen, wie eng die das sehen.«

Wir gingen in meine Wohnung, um die Hausordnung abzutippen, ich druckte sie aus und nagelte sie an Neles Zimmertür.

»Wie ist das eigentlich mit Miete?«, fiel mir plötzlich ein.

»Wieso, hat das Mädchen Geld?«

»Nee. Aber sie kann doch Wohngeld kriegen? Oder geht das nicht, wenn man Untermieterin ist?«

Das wusste Hertha natürlich auch nicht. Ich beschloss, das mit Neles künftigem Betreuer zu klären. Schließlich hieß sein Job ja »Betreutes Wohnen«.

Tina Gruber sah blass und kaputt aus. Ich setzte Teewasser auf, stellte die Tassen auf den Tisch, legte Kekse auf einen Teller und beobachtete sie dabei, wie sie mich beobachtete.

»Was ist denn los?«, fragte ich, als ich mich ihr gegenübersetzte.

»Erzählen Sie mir noch einmal die Geschichte von dem mutmaßlichen Kinderschänder?«, fragte sie zurück. Ich tat ihr den Gefallen.

»Ich werde das auf jeden Fall überprüfen«, meinte sie. Und fügte nach einem Schluck Tee hinzu: »Sie können sich durch solche Aktionen in Gefahr bringen.«

»Ich passe schon auf mich auf«, konterte ich. »Sagen Sie mir jetzt, was bei Ihnen los ist? Warum Sie in letzter Zeit so abweisend sind?«

Sie wandte den Blick ab. »Das tut mir leid, wenn Sie den Eindruck haben. Ich wollte nicht abweisend sind, ich bin nur gerade ziemlich im Stress.«

»Wenn der Stress etwas mit dem Fall zu tun hat, fände ich es ganz gut, wenn Sie mir sagen, worum es geht.«

»Katja«, erwiderte sie genervt, »ich führe die Ermittlungen. Halten Sie sich da raus.«

»Okay. Wie Sie meinen. Dann behalte ich meine Recherchen jetzt für mich.«

»Sie sollen gar nicht ›recherchieren‹.«

»Das können Sie mir nicht verbieten.«

Sie musterte mich misstrauisch. »Was haben Sie denn sonst noch herausgefunden?«

»Nichts, das Sie nicht auch herausfinden könnten.«

»Jetzt spucken Sie's schon aus!«

Sie war so angespannt, dass sie mir fast leidtat. »Tina«, sagte ich freundlich, »ich erzähle Ihnen gerne, was ich weiß oder was ich versuche herauszufinden. Aber nur, wenn Sie aufhören, mich wie eine lästige Bazille zu behandeln. Und mir irgendetwas zu verheimlichen.«

Sie stellte ihre Tasse abrupt ab.

»Ich verheimliche Ihnen nichts, Katja«, erklärte sie steif. »Wir haben etwas Ärger im Kommissariat, aber das hat nichts mit Ihnen zu tun oder mit Frau Franken.«

Ich schwieg. Trank meinen Tee, machte mir eine Kippe an.

»Kann ich auch eine haben?«

Ich hielt ihr wortlos die Schachtel hin und gab ihr Feuer.

Als ich schon dachte, gleich wachsen uns Spinnweben über die Lippen, sagte sie leise: »Es gibt eine interne Ermittlung. Gegen einen Kollegen. Es besteht der Verdacht, dass er mit Drogen gehandelt hat.«

»Oh.« Damit hatte ich nicht gerechnet.

»Ich habe Ihnen das aber gerade nicht gesagt, ja?«

»Nein, natürlich nicht.« Ich zerkrümelte einen Keks und dachte nach. »Und was hat das mit Tom und Mehmet zu tun? Ich meine, den toten Dealern?«

»Das weiß ich nicht. Es gibt bisher keinen Grund, anzunehmen, der Kollege könnte damit etwas zu tun haben. Aber ...« Sie fuhr mit der Zigarette am Rand des Aschenbechers entlang. Ich wartete.

»Ich habe ein ungutes Gefühl. Aber das kann ich keinem erklären. Schon gar nicht meinem Vorgesetzten. Oder gar der Dienstaufsicht.«

»Wenn ich ein ungutes Gefühl habe, dann erweist es sich meistens als richtig.«

Tina sah jetzt etwas lebendiger aus als vorhin. »Vielleicht kannte er die beiden. Vielleicht weiß er sogar, wer sie umgebracht hat. Oder hat einen Verdacht. Und kann das aber nicht zugeben, weil er sich sonst selbst belastet.« Sie sah mich fragend an und fügte dann hastig hinzu: »Sofern die Vorwürfe gegen ihn überhaupt zutreffen!«

Plötzlich wusste ich, von wem sie sprach.

»Es ist der Kollege, mit dem Sie damals bei mir waren«, sagte ich. »Der dann diese brutale Hausdurchsuchung bei mir gemacht hat.«

Den Bruchteil einer Sekunde sah sie erschrocken aus, dann schwenkte sie auf Pokerface um. »Nein, Katja, da irren Sie sich gewaltig.«

Jetzt ärgerte ich mich doch. »Ich dachte, Bullen können perfekt lügen? Da müssen Sie noch ein bisschen üben.«

»Katja«, seufzte sie, »selbst wenn es so wäre, ich dürfte Ihnen das nicht sagen. Ich habe ohnehin schon zu viel gesagt.«

»Okay, ich hab's begriffen.«

»Haben Sie nicht!«, rief sie wütend.

Ich ließ es dabei bewenden. Sie fühlte sich ganz offensichtlich nicht wohl in ihrer Haut. »Können wir uns darauf einigen: Ich verrate keinem Menschen, was ich von Ihnen gerade erfahren habe. Und Sie verraten keinem Menschen, und zwar wirklich keinem, was ich Ihnen jetzt erzähle?«

Sie nickte zögernd.

»Ein klares ›Ja‹!, Tina.«

»Wenn Sie mir etwas mitteilen, das für die Ermittlungen wichtig ist, muss ich das mit den zuständigen Kollegen besprechen. Ich arbeite ja nicht alleine an dem Fall.«

»Gut, das kann ich verstehen. Aber dann kann ich Ihnen auch nichts erzählen.«

»Katja!«

Ich lächelte sie freundlich an.

Sie lehnte sich resigniert zurück. »Okay.«

»Okay was?«

»Ich behandle alles, was Sie mir jetzt sagen, vertraulich.«

Sie hielt meinem Blick stand. Ich war mir trotzdem nicht sicher, ob sie ihr Versprechen halten würde. Andererseits hatte ich gar nicht so viel zu berichten. Zumindest nichts, womit ich jemanden gefährden könnte. Ich erzählte ihr schließlich, dass Nele ins Programm gehen und bei Hertha einziehen würde. Dass ich auf der Geestemünder und auf der Szene nach ungewöhnlichen Vorfällen in den letzten Wochen recherchierte. Dass Tom damit geprahlt hatte, er würde demnächst an ganz viel Geld kommen.

An dem Punkt sprang sie an. »Woher sollte das Geld kommen?«

»Keine Ahnung. Das weiß die Frau, die mir das erzählt hat, auch nicht. Er hat auf geheimnisvoll gemacht.«

»Hat Nele Ihnen das gesagt?«

»Nein, eine Frau, die bei ihm eingekauft hat.« Mein Vertrauen zu Bullen hat Grenzen.

Sie war sich nicht sicher, ob sie mir das abnehmen sollte. Ich guckte ernsthaft vor mich hin und überließ sie ihren Zweifeln. »Ich melde mich, wenn ich mehr weiß«, versprach ich.

Sie würde das gleichfalls tun, meinte sie zum Abschied.

Auf dem Weg ins Marienhospital grübelte ich über das Gespräch nach. Wenn Tinas Pitbull der Typ war, gegen den jetzt ermittelt wurde, dann konnte ich mir auch erklären, warum er so scharf darauf gewesen war, Nele den Mord an Mehmet anzuhängen. Wenn der Fall so schnell geklärt wäre, dann würde niemand weiterbohren und womöglich auf seine eigenen Maggeleien stoßen. Was für ein grottenmieses Arschloch!, dachte ich wütend.

Ich erstattete Nele Bericht und sagte, ich würde sie am Freitag um elf abholen. »Wir fahren dann mit dem Taxi in die Südstadt zu der Ärztin und dem Betreuer. Und wenn du da fertig bist, bringe ich dich zurück ins Krankenhaus.«

»Wir können doch auch mit der Bahn fahren«, wandte Nele ein, »du hast doch keine Kohle!«

»Nö, dazu bist du noch zu krank.« Ich erzählte ihr von den neuen Aufträgen, um sie zu beruhigen.

»Und jetzt schmeißte die Flocken, die de noch gar nicht hast, zum Fenster raus«, rügte sie mich. Schlimmer als meine Mutter.

Wir gingen zum Stationsarzt und ließen uns Neles »Ausflug« am Freitag genehmigen.

»Ist dir noch was eingefallen?«, fragte ich Nele, als wir wieder in ihrem Zimmer waren.

»Ja, komisch.« Sie zog sich den Morgenmantel an und den Anorak darüber. »Lass uns runtergehen, eine rauchen.«

Vor dem Eingang standen schon zwei alte Männer, ihre Infusionen im Arm, den Ständer mit der dazugehörige Flasche in der einen Hand, in der anderen ihre Kippen. Der ältere der beiden hustete sich gerade die Eingeweide aus dem Leib. »Mahlzeit!«, wünschte Nele und fischte sich eine Zigarette aus meiner Packung. Wir rauchten schweigend, bis die beiden sich wieder ins Warme verzogen.

»Der Schneemann is mir eingefallen«, sagte Nele schließlich.

Ich sah sie fragend an.

»Ich weiß gar nicht, ob's den wirklich gab«, meinte sie und zuckte die Schultern. »Das war so 'n Szenegerücht. Dass es 'n Bullen gibt, der dealt. Also mit Koka dealt. Nicht mit Schore. Und nur für die Großen. Also der soll nicht die normalen kleinen Dealer beliefert haben, sondern die dahinter. Weißte? Die, bei denen der Tom und so Leute das Material einkaufen. Und dem seine Freundin soll selber drauf gewesen sein. Und die war dann irgendwann weg.«

»Was heißt weg?«

»Keine Ahnung. Die Leute haben halt erzählt, die wär verschwunden.«

»Jetzt mal langsam«, mahnte ich sie. »Was heißt, ›Da war mal ein Bulle, der gedealt hat‹? Gibt es den jetzt nicht mehr?«

»Katja, ich hab keine Ahnung. Ich erzähl dir doch nur 'n Gerücht. Ich hab den nie gesehen. Und das is auch ewig her. Ich weiß noch nicht mal mehr, von wem ich das hab. Aber irgendwie haben alle da drüber geredet. Über den Schneemann. Dass es 'n Bullen gibt, der Koka vertickt, im großen Stil. Und dann hieß es, dem seine Freundin is weg. Und dann hab ich nix mehr über den gehört.«

Sie drückte ihre Zigarette mit den Schuhen aus und schlang frierend die Arme um den Körper. »Ich hab mal den Tom gefragt, was aus dem geworden is. Da hat der gelacht und gemeint, der hat vermutlich Muffensausen gekriegt. Der war schon zu bekannt. Und«, sie sah sich um und senkte die Stimme, obwohl wir mutterseelenallein in der Kälte standen, »der Tom hat auch gesagt, der hat seiner Freundin 'ne Überdosis verpasst. Der Schneemann.«

Ich löcherte sie weiter, aber mehr wusste sie nicht. Ich fragte, wer mir darüber noch etwas erzählen könnte, und sie meinte, ich sollte es mal bei Bea probieren. Ich verabschiedete mich am Aufzug von ihr und fuhr eine Etage tiefer in die Cafeteria. Trank ein Glas Orangensaft und schrieb alles, was ich von Nele erfahren hatte, in mein Notizbuch.

»Vorsicht!« Stefan kam als Erster durch die Tür, gefolgt von einem langen zusammengerollten Teppich und Martin am anderen Ende. Hertha ging ihnen voran in Neles zukünftiges Zimmer. Die beiden legten den Teppich ab, schleppten die Möbel in die Küche und rollten das Prachtstück aus. Hertha stieß einen anerkennenden Pfiff aus, ihre Aufmerksamkeit galt allerdings eher Stefan als dem Perser. Die beiden Jungs schüttelten ihr die Hand und stellten sich vor.

»Bierchen?«, fragte Hertha, aber Martin erklärte, er müsse gleich zurück nach Hause.

»Und Sie?«, wandte sie sich an Stefan.

»Duzt euch doch«, schlug ich vor.

»Ich stelle erst mal die Möbel zurück«, antwortete Stefan. Ich half ihm dabei und versuchte, ihn durch fröhliches Geschnatter von der Hightech-Orgie abzulenken. Vergeblich.

»Wer hat das denn finanziert?«, fragte er misstrauisch.

»Ein Freund von Hertha«, erwiderte ich vage.

»Jetzt haste dir aber 'n Bierchen verdient«, ließ Hertha sich vernehmen, als wir zurück in der Küche waren. Sie hielt Stefan eine Flasche Kölsch hin und forderte ihn auf, sich zu setzen. Was er auch brav tat. Dann musste er Rede und Antwort stehen. Erst wollte Hertha wissen, ob Nele als Untermieterin Wohngeld erhielt, dann kam sie auf das Thema Beikonsum zu sprechen. Stefan erklärte ihr, wie das mit der Miete lief. Dann sah er mich hilfesuchend an. Ich senkte den Blick.

»Was den Beikonsum betrifft«, sagte er schließlich, »das muss Nele mit ihrem Betreuer klären. Grundsätzlich gilt: keine harten Drogen, klar, aber auch kein Alkohol und kein Cannabis.«

»Und mal abgesehen von grundsätzlich?«

Stefan versteifte sich. »Abgesehen von grundsätzlich gibt es nicht.«

Hertha verdrehte die Augen. Dann richtete sie ihren Blick strafend auf mich. »Was findst 'n an dem Kerl?«

Ich konnte nicht anders, ich musste lachen. Ich stieß Stefan in die Seite und sagte, immer noch kichernd: »Komm, entspann dich!«

Worauf er sich noch mehr verkrampfte. Na super.

»Da reden wir ein andermal drüber«, erklärte ich Hertha.

»Da gibt es nichts zu reden«, knurrte Stefan.

Langsam ging er mir auf die Nerven. Ich zappelte auf meinem Stuhl und hoffte, er würde endlich sein Bier austrinken. Aber dann entspannte er sich plötzlich und sagte in dem herzlichen Ton, den ich so an ihm mochte, zu Hertha: »Menschen wie Nele haben ein ernsthaftes Suchtproblem. Sie müssen lernen, das Leben und sich selbst auszuhalten, ohne sich zu betäuben. Egal, womit. Und selbst wenn jemand wie Nele nur zur Entspannung einen Joint raucht, kann das in ihr die Gier nach dem ›richtigen‹ Stoff auslösen.«

Hertha nickte. »Aber das Mädchen kann doch nicht zack, bumm von hundertachtzig auf null runtergehen.«

»Das tut sie nicht«, erwiderte Stefan. »Sie wird ja substituiert. Solange sie auf Methadon ist, ist sie nicht wirklich nüchtern.«

Er trank noch einen Schluck von seinem Bier. Dann sprach er

weiter: »Natürlich trinken die Subsis, also die Substituierten, Alkohol. Und ich bin schon froh, wenn es nur Bier ist und kein Schnaps. Aber wenn sie mit einer Fahne bei der Vergabe antanzen, dann bekommen sie kein Methadon. Und wenn sie das wiederholt machen, fliegen sie aus dem Programm.«

Hertha schielte beunruhigt zum Kühlschrank, in dem ihr Grappa stand.

»Und natürlich«, fuhr Stefan fort, »kiffen sie fast alle. Das wissen wir, die Betreuer, und das wissen auch die Vergabeärzte. Cannabis wird zwar offiziell als Beikonsum gewertet, aber de facto wird es bei den Urinkontrollen nur noch in Ausnahmefällen gemessen. Sonst wäre kaum noch jemand im Programm.«

Hertha warf mir einen langen Blick zu. »So, Kinder«, frotzelte sie, »jetzt dürft ihr euch alleine amüsieren.«

Was wir auch vorhatten. Aber das Thema Beikonsum war für mich noch nicht gegessen. Beim Gemüseschnippeln kam ich wieder darauf zurück.

»Ich finde das ehrlich gesagt heuchlerisch«, sagte ich, allerdings mit viel Samt in der Stimme. »Du rauchst selber, aber deinen Subsis verbietest du es. Das ist doch wie ›Sie predigten Wasser und tranken Wein‹. Oder?«

Stefan ließ die Knoblauchzehe, die er gerade schälte, sinken. »Schau«, sagte er, »ich habe kein Suchtproblem. Ein Joint kann bei mir keinen Rückfall auslösen. Ich will mit einem Joint auch nichts betäuben. Und ich rauche auch nicht regelmäßig, sondern nur ganz selten mal, nur zu bestimmten Anlässen. Ansonsten ist mir ein kühles Kölsch lieber. Oder auch mal ein gutes Glas Rotwein. Und es gibt ganz viele Abende, da trinke ich nichts. Weil ich es nicht brauche. Das ist der entscheidende Unterschied: Ich brauche es nicht. Und außerdem ist ein Joint oder Alkohol für mich kein Ersatz für etwas anderes, das ich eigentlich viel lieber hätte.«

I got it. »Ich soll also nicht rauchen, wenn Nele bei mir ist?«

»Es wäre zumindest gut, wenn du sie nicht dazu animierst.«

Ich nahm mir ein Herz und erzählte Stefan, dass Hertha neuerdings kiffte. Er lachte schallend. Ich lachte mit. Erklärte ihm, dass sie fand, das tue ihr besser als der viele Alkohol.

»Womit sie sicher recht hat«, sagte Stefan grinsend. »Es sei denn, sie dröhnt sich jetzt von morgens bis abends zu.«

»Tut sie nicht.« Ich kippte die Sellerieschnitzel auf einen Extrateller. »Und wie wär's gleich mit 'nem kleinen Joint als Aperitif?«

Er sah mich besorgt an. »Wie oft kiffst du denn?«

Gute Frage. In letzter Zeit entschieden zu häufig. Dabei weiß ich genau, dass es mir viel besser bekommt, wenn ich klar im Kopf und achtsam bin. Was ohnehin fast immer der Fall ist, allein schon, weil ich nur wenig Alkohol vertrage. Manchmal ziehe ich einen durch, bevor ich zu einer Essenseinladung gehe. Damit ich mir unter den ganzen Weinfreaks nicht so nüchtern vorkomme. Und manchmal besuche ich Mary, um mit ihr zusammen zu rauchen und Musik zu hören. Aber allein zu Hause hatte ich die längste Zeit gar nicht gekifft. Ich war mit meiner Dharmapraxis beschäftigt und viel zu fasziniert von all den Veränderungen, die sie bei mir bewirkte. Eine davon war, dass ich es zunehmend genoss, wirklich wahrzunehmen, was mit mir und um mich rum geschah. Aber dann war Jeff mal wieder nach Nepal geflogen und nicht mehr zurückgekommen. Hatte ständig eine neue Erklärung parat gehabt, warum er doch noch – »bloß ein paar Wochen« – in Kathmandu bleiben müsse. Und Mary hatte gerade eine dicke Lieferung allerfeinsten Afghanen bekommen. Ja, ja, »Herr, lass meine Entschuldigungen nie alle werden«, würden die Anonymen Alkoholiker sagen. Ich musste grinsen, und Stefan wollte wissen, warum. Ich sagte es ihm.

»Und jetzt?«, fragte er, als ich fertig war.

»Jetzt werde ich mich wieder mehr zurückhalten«, überlegte ich laut. »Auch um Nele nicht mit reinzuziehen.«

Er sah mich zweifelnd an.

»Na, ich kann's mir doch zumindest vornehmen, oder?«

Mein liebster Drogentherapeut beugte sich über den Tisch, um mich zu küssen. Ich stand auf und setzte mich auf seinen Schoß, um ihm die Sache zu erleichtern. Schließlich ließen wir das Gemüse Gemüse sein.

Als wir uns wieder aus dem Bett rollten, bemerkte Stefan meine Thangka.

»Die ist ja schön!«

Ich sagte ihm, dass er selbst sie zu mir befördert hatte.

»Das war also Jeffs Geburtstagsgeschenk!«

Ich sah, dass ihm das zu denken gab. Dass es ihn sogar ziemlich beunruhigte. Seit ich mich verpflichtet habe, mich stets der wahrheitsgemäßen und hilfreichen Rede zu befleißigen oder sagen wir besser: es zumindest zu versuchen, weiß ich, dass wahrheitsgemäß nicht immer hilfreich ist. Allerdings brauche ich in einer Beziehung Ehrlichkeit. Auch wenn sie wehtut. Ich mag einem Menschen, den ich liebe, weder etwas (das auch ihn angeht) verheimlichen noch die Dinge beschönigen. Und ich möchte, dass dieser Mensch sich mir gegenüber genauso verhält. Ich atmete also einmal tief ein und langsam wieder aus. Dann erzählte ich Stefan, wie es mir ergangen war, als ich Jeffs Paket geöffnet hatte. Einschließlich plötzlichem Liebesschub und Heulerei.

Stefan nickte. »So hätte ich vermutlich auch reagiert.« Glücklich sah er dabei nicht aus.

Ich berichtete ihm weiter, was Jeff mir auf meine Mail geantwortet hatte. Nahm seine Hände und legte sie mir an die Wangen. Küsste seine Handflächen. Sagte: »Ich glaube, ich bin nicht nur in dich verliebt. Ich glaube, ich fange an, dich zu lieben.« Er nahm mich in die Arme und ließ mich erst wieder los, als ich darauf bestand, dass ich jetzt endlich etwas essen müsse.

Als wir uns gerade auf Arte einen hinreißend schönen Film über mongolische Nomaden ansahen, klingelte mein Handy. Irgendein Instinkt riet mir, dranzugehen, obwohl ich nicht die geringste Lust dazu hatte. Es war Bea. Sie hatte Nele im Krankenhaus besucht. Könnte mir was erzählen zu dem Typen, »Du weißt schon«, viel sei es allerdings nicht.

»Wo bist du gerade?«, fragte ich sie.

»Auf der Geeste, arbeiten. Aber hier ist tote Hose. Ich hau jetzt wieder ab.«

Ich schlug ihr vor, bei mir vorbeizukommen. Nippes lag ohnehin auf ihrem Weg. Das brachte mir einen verärgerten Blick von Stefan ein, aber Bea sagte zu. Ich beschloss, Stefan einzuweihen. Er hatte zwar noch nie etwas vom Schneemann gehört.

»Aber«, meinte er, »der wäre nicht der erste RD-Bulle, der den Stoff, den sie beschlagnahmen, weiterverkauft.«

»Der Typ, den ich im Auge habe, arbeitet aber nicht beim Rauschgiftdezernat, sondern bei der Mordkommission«, wandte ich ein.

»Na ja, vielleicht war er ja vorher beim RD«, gab Stefan zu bedenken. Da konnte was dran sein. Ich dachte an die RD-Bullen, die mich in meiner Jugend getriezt hatten, und die Idee gefiel mir sogar ausnehmend gut. Ich traute mich allerdings nicht, Tina Gruber sofort anzurufen und danach zu fragen.

Bea war grantig wie immer. Sie sah sich in meiner Küche um und meinte trocken: »Die dicke Kohle machst du aber auch nicht.«

Ich nahm es als Kompliment. Meine Küche würde sicher nie in einem Lifestylemagazin abgebildet werden, aber sie war gemütlich und hatte alles, was ich brauchte.

»Wer is 'n der Typ?«, fragte sie mit Blick auf Stefan, als ich ihr eine Flasche Bier reichte, die ich wundersamerweise in meinem Kühlschrank entdeckt hatte.

»Mein Freund«, sagte ich.

»Ah, der PSBler?« Sie wandte sich nun an Stefan, den sie bislang keines Blickes gewürdigt hatte. »Hörma, ich will jetzt auch ins Programm. Ich hab keinen Bock mehr auf die Scheißanschafferei. Würdste mich nehmen?«

»Hörma«, äffte Stefan sie nach, »ich hab grade frei. Ruf mich in der Praxis an, okay?« Er gab ihr die Nummer.

»Tja, der Schneemann«, kam Bea schließlich zur Sache. »Also ich weiß bloß, dass der Tom für den vermittelt hat. Dafür hat ihn der Bulle gedeckt. Der hat wohl behauptet, der Tom wär sein Informant. Damit die ihn in Ruhe lassen. Und der Tom hatte in der Zeit auch nie Ärger.«

»War der beim RD?«, fragte ich. »Der Schneemann?«

»Ja klar«, erwiderte Bea. »Aber ich denk mal, der ist da weg. Weil auf einmal hat der sich nicht mehr gemeldet. Der war auch auf'm Handy nicht mehr zu erreichen. Die Nummer gab's gar nicht mehr.«

»Und was war dann?«

»Ja, wie? Was soll gewesen sein?«

»Was war denn mit der Freundin von dem Schneemann? Nele meinte, die sei auch drauf gewesen.«

»Ach die.« Bea packte ihren Tabak aus und drehte sich eine Zigarette. »Haste noch 'n Bierchen?«

Hatte ich nicht. Ich bot ihr ein Glas Rotwein an. Sie gab sich damit zufrieden. »Ja, dem seine Freundin«, sagte sie endlich, nachdem sie einen Schluck genommen und freundlicherweise anerkennend genickt hatte. »Der Tom meinte, der hätte der 'ne Überdosis verpasst. Auf jeden Fall war die plötzlich weg.«

»Von wo weg?«, wollte ich wissen.

Bea dachte ein Weilchen nach. »Die war jetzt nicht richtig auf der Szene oder so. Aber es gab Leute, die haben die gekannt. Und 'ne Bekannte von mir, die wo mit der befreundet war, hat mir erzählt, die hätte wohl früher mal auf der Brühler angeschafft. Und dann ist die irgendwann da nicht mehr hin. Und vorher hat die aber meiner Bekannten, die wo auch auf der Brühler arbeitet, erzählt, dass sie jetzt mit 'nem Kunden fest zusammen wär. Und dass der ihr das Material für lau gibt. Das glaub ich aber nicht. Ich denk mal, die musste für den die Beine breit machen. Nur jetzt halt privat, sozusagen.«

Das hielt ich für eine realistische Einschätzung.

»Jedenfalls, meine Bekannte, die hat die noch ab und an mal getroffen. Aber das durfte der ihr Typ nicht wissen. Und da hat die der Nadine, also meiner Bekannten, erzählt, dass der bei den Bullen ist.«

Bea nahm noch einen Schluck Rotwein und schnorrte mich um eine Zigarette an. Dann ließ sie sich mit damenhafter Grandezza von Stefan Feuer geben.

»Und dann stand im Express, 'ne junge Frau wär mit 'ner Überdosis Koka und Schore tot aufgefunden worden. Und das war die. Da hat die Nadine zu mir gesagt, das kann gar nicht sein mit der Überdosis, weil die Frau wär mit dem Stoff total cool umgegangen. Ich hab das dann dem Tom erzählt, und da hat der eben gemeint, das war unter Garantie der Bulle. Der hat die weggedrückt.«

»Und warum?«

»Keine Ahnung. Vielleicht ist die dem auf'n Nerv gegangen. Oder die hat gelabert.« Bea zuckte die Schultern. Mehr wusste sie nicht. Der Schneemann war nie wieder aufgetaucht. Und schließlich in Vergessenheit geraten.

Ich fragte Bea, ob sie mir einen Kontakt zu ihrer Bekannten auf der Brühler Landstraße machen könne. Erst lehnte sie kategorisch ab, das sei »der garantiert zu heiß«. Ich hielt ihr vor Augen, dass Tom und Mehmet brutal erschlagen worden waren, dass Nele nur knapp mit dem Leben davongekommen war und dass vielleicht morgen schon der nächste tote Dealer in der Zeitung stand. Schließlich gab sie nach.

Als sie gegangen war, sah Stefan mich strafend an und erklärte: »Du gehst nicht auf die Brühler!«

Ich staunte nicht schlecht. »Mein lieber Mann«, gab ich zurück, »du bist mein Geliebter. Nicht mein Herr und Gebieter. Ich gehe, wohin ich will.«

»Ach hör auf«, knurrte er, »du weißt genau, was ich meine.«

»Nö, tut mir leid. Was genau meinst du denn?«

»Du weißt nicht, wer da wen kennt. Welche Frau da welche Freier bedient. Auch Bullen fahren auf den Straßenstrich. Wenn sich da herumspricht, dass du diesem Schneemann hinterherspionierst, dann kannst du dich in Teufels Küche bringen. Delegier das an deine Kommissarin. Die freut sich sicher über die Information.«

»Hörma!«, legte ich los, aber er fiel mir ins Wort.

»Meine Güte, könnt ihr alle kein Deutsch? Du bist kein Straßenjunkie, sondern eine gebildete Frau.«

»Ja«, konterte ich, »aber eine, die aus der Wiege des Kölner Proletariats stammt! Ich bin e ächt Ihrefelder Mädche! Was du nicht von dir behaupten kannst!«

»Stimmt«, erwiderte er, »soweit ich weiß, bin ich männlichen Geschlechts.«

»Und wiiiie!«, kreischte ich. Wir mussten beide lachen. Ich hatte mal einen Sprachforscher interviewt, der mir erzählte, dass Menschen, die mit einem Dialekt aufwachsen, zwar Hochdeutsch lernen können, dass sie aber, wenn es um Dinge geht, die sie emotional berühren, unbewusst in den Dialekt zurückverfallen.

Das trifft voll auf mich zu. Meine Eltern redeten Kölsch und tun es immer noch. In meiner Jugendclique sprachen wir den Punk- und Drogenslang der achtziger Jahre. Und der ist mir immer noch vertrauter als das Hochdeutsch, das ich mir später mühsam angeeignet habe. Im WDR bin ich bekannt dafür, dass mir Ausdrücke wie »Scheiße« locker von den Lippen gehen. Was ein paar von den Technikern richtig sympathisch finden. Ein paar von den Redakteuren aber gar nicht. Als ich anfing, als Journalistin zu arbeiten, hatte ich mich noch zusammengerissen. Da hatte ich mich auch noch seriös angezogen, wenn ich in den Sender ging. Inzwischen ist es mir egal, was die von meinen Klamotten und meiner Sprache halten. Die Leute, mit denen ich zu tun habe, wissen meine Arbeit und meine Person zu schätzen. Das reicht mir. Und ihnen auch.

Stefan war wieder ernst geworden. »Ich bitte dich, Katja«, sagte er und sah mir tief in die Augen, »lass die Finger davon. Geh da nicht hin. Überlass das dieser Kommissarin.«

»Ich kann der doch nicht sagen, von wem ich die Info habe. Ich kann der Bea oder der anderen Frau nicht die Bullen auf den Hals hetzen!«, wandte ich ein.

Das nahm ihm erst mal die Luft raus. Ich konnte richtig sehen, wie er nachdachte. Es fiel ihm bloß nichts ein. Andererseits hatte er ja recht. Wenn sich auf der Brühler rumsprach, dass ich den Schneemann im Visier hatte, konnte ihm das durchaus zu Ohren kommen. Immer vorausgesetzt den Fall, es handelte sich dabei wirklich um den Pitbull von Tina Gruber. Und ich hatte keine Lust, mir diesen Rambo noch mehr zum Feind zu machen. Ich konnte mich noch gut daran erinnern, wie meine Wohnung aussah, nachdem er sie durchsucht hatte. Und so, wie er meine Möbel auseinandergenommen hatte, würde er auch mich auseinandernehmen.

Das sagte ich auch Stefan, worauf er sich erleichtert zurücklehnte. »Aber«, fing ich wieder von vorn an, »ich hab so ein Gefühl, der hat etwas mit den Morden zu tun. Der weiß, wer es war, oder ahnt es zumindest. Du hättest mal sehen müssen, wie verbissen der versucht hat, Nele den Mord an Mehmet in die Schuhe zu schieben.«

»Aber dieser Mehmet passt doch überhaupt nicht ins Bild«, sagte Stefan nachdenklich. »Es geht hier immer nur um Tom. Von Mehmet ist nie die Rede. Hast du Nele mal gefragt, ob Mehmet den Schneemann auch kannte?«

Guter Einwand. Das hatte ich nämlich nicht. Ich rief Bea an. Sie ging dran. »Hörma«, sagte ich und musste über mich selbst grinsen, »war der Mehmet mit dem Typ, du weißt schon, auch mal zugange?«

Sie schwieg eine Weile. Dann sagte sie: »Soweit ich weiß, nicht. Der Mehmet hat den jedenfalls nie erwähnt. Aber der hat auch kein Koka vertickt.«

Ich gab die Info an Stefan weiter. »Komisch«, meinte er und schüttelte den Kopf. Ich fand das auch seltsam. Wir beschlossen, erst mal drüber zu schlafen. Morgen war auch noch ein Tag.

NEUNZEHN

Stefan weckte mich mit einem Kuss und »Tschüss, Traumprinzessin«.

»Kein Frühstück?«, quengelte ich, aber er musste los. Ich schlurfte träge ins Bad und kleidete mich an. Beschloss, erst einmal in aller Ruhe zu frühstücken. Und dann meine Bankauszüge zu ziehen. Vielleicht war ein Honorar eingetrudelt, von dem ich gar nicht wusste, dass ich es kriegen sollte. Die Hoffnung stirbt bekanntermaßen zuletzt.

Die Brotdose war leer. Meine Geldbörse ebenso. Ich ging zur Bank. Nachdem ich meine Auszüge studiert hatte, wusste ich, wenn ich meine Karte jetzt in den Automaten schob, kam sie nicht mehr heraus. Mir blieb nichts anderes übrig, als Hertha zu fragen, ob sie mir zwanzig Euro leihen könnte. Sie wollte wissen, ob ich mehr bräuchte, was ich verneinte. Obwohl das eine glatte Lüge war. Daraufhin drückte sie mir wortlos das Geld und zwei aufgebackene Brötchen in die Hand.

Während ich eines davon hinunterwürgte, veranstaltete Rosa eine Hungerdemonstration in der Küche. Ich stand schließlich entnervt auf, um ihr eine Dose zu öffnen. Da war bloß keine Dose. Ich ließ mich auf den Boden rutschen und heulte eine Runde. Als ich mich wieder beruhigt hatte, fügte ich mich ins Unvermeidliche. Ich würde mir Geld von Paul leihen. Mary knapste selbst am Existenzminimum herum, und Gitta musste das bisschen Geld, das sie übrig hatte, in das Haus auf Mallorca stecken. Oder ihrer Tochter in den Rachen schieben.

Mit dem Rad konnte ich nicht fahren, es schüttete aus allen Kübeln. Also nahm ich die Bahn.

Am Ebertplatz sah ich dummerweise aus dem Fenster. Auf dem Bahnsteig stand Stefan. Die eine Hand hatte er auf der Schulter einer hochattraktiven Frau mit echtroten Locken liegen. Mit der anderen strich er über ihren dicken Bauch. Die Frau war höchstens dreißig und mindestens im achten Monat. Mir entfuhr ein Laut, der mehrere Leute in meine Richtung blicken ließ. Ich presste die Lippen aufeinander und riss mich zusammen. Drecksack, dachte ich, mieser verlogener Drecksack! Hat eine hochschwangere Freundin und fängt mit mir was an, das ich für eine echte Liebesbeziehung halte. Ich war über meine eigene Naivität fast noch empörter als über meinen Ex-Traumprinzen. Als ich das nächste Mal aus dem Fenster sah, war ich am Barbarossaplatz. Und auf dem Bahnsteig stand ein ganzer Pulk Kontrollettis. Ich kam gerade noch aus der Tür raus und stieß mit einem Jungen zusammen, der offenbar dieselbe Idee beziehungsweise dasselbe Problem gehabt hatte. Er grinste mich an. Ich grinste zurück. Meine Laune hob sich kurz, sank aber sofort wieder ab in das tiefe schwarze Loch.

Ich machte mich auf den Weg zurück zum Rudolfplatz. Zu Fuß, notgedrungen. An der Ecke Richard-Wagner-Straße klingelte mein Handy. Ich checkte das Display. Es war Stefan. Ich ließ ihn läuten. Drei Minuten später kam eine SMS rein: »Hast du vorhin am Ebertplatz in der Bahn gesessen?« Der hat Nerven, dachte ich und schrie laut: »Scheiße!« Das Pärchen vor mir drehte sich um. Wenn ich so weitermachte, wurde ich noch eingeliefert. Ich klickte auf »Antworten«, ließ es dann aber sein. Stampfte über den Ring auf die Aachener Straße. An der Ecke Brüsseler kam die nächste SMS: »Katja, Liebste, es ist nicht, was du denkst! Bitte geh dran, ich rufe gleich wieder an.« Du kannst mich kreuzweise, dachte ich und rannte weiter. Als das Handy zu klingeln anfing, stellte ich es aus.

Paul ließ mich eine geschlagene halbe Stunde warten. Dann nahm er mich kurz in den Arm und gab mir kommentarlos hundert Tacken. Aysche sah mich fragend an, ich schüttelte den Kopf, rauschte aus der Kanzlei und machte mich auf den Heimweg.

Am Hansaring waren meine Schuhe durchgeweicht. Im Supermarkt auf der Neusser kaufte ich drei Dosen für Rosa, Bananen und Kartoffeln. Eier hatte ich noch. Okay, dachte ich, back to the Roots. Früher habe ich mich auch von Bratkartoffeln mit Spiegelei ernährt.

Ich fütterte die kreischende Rosa, warf dem blinkenden Anrufbeantworter ein hämisches Grinsen zu und legte mich auf das

Sofa. Stierte vor mich hin, unfähig, über irgendetwas nachzudenken. Ich konnte noch nicht mal weinen. Schwarze Wut kochte in meinem Bauch vor sich hin, und das Herz tat mir weh. Ich sprang auf, fegte den Stapel Bücher, der auf meinem Nachttisch lag, zu Boden und sah mich nach etwas um, das ich zerstören konnte. Fand nichts. Ich habe ja noch nicht einmal überflüssiges Geschirr. Ich trat mit dem Fuß gegen den CD-Ständer. Er kippte um, und die Scheiben verteilten sich im Raum. Direkt vor meinen Füßen blieb »The Crack« von den Ruts liegen. Das hatte ich seit zwanzig Jahren nicht mehr gehört. Ich nahm es als Wink des Schicksals, legte es auf und streckte mich auf dem Teppich aus. »Dope for Guns«, sang Malcolm Owen. Ich sang mit.

Dann kamen endlich die Tränen. Ich legte die Zigarette in den Aschenbecher und heulte mir die Seele aus dem Leib. Rosa war in die Küche geflüchtet. Kein Trost nirgends.

Schließlich stand ich auf, stellte die CD aus, setzte ich mich im Schlafzimmer auf mein Kissen und sah zu Tara hoch.

»Warum bin ich so blöd?«, fragte ich sie. »Warum verliebe ich mich in so ein Arschloch und merke noch nicht mal, dass er ein Arschloch ist?«

Tara lächelte auf mich herab.

»Ich meine«, führte ich meinen einseitigen Dialog fort, »die Situation war doch eindeutig, oder?« Ja, gab ich mir selbst zur Antwort. Dieses verzückte Lächeln auf seiner blöden Fresse. Seine Hand auf ihrem Bauch. Ihr blöder, satter, selbstzufriedener Schwangerengesichtsausdruck!

Tara sah mich schweigend an.

Die arme Sau weiß auch nichts von ihrem Glück, überlegte ich weiter. Der Scheißtyp ist sogar ein doppeltes Arschloch! Dass er mir das antut, ist schon schlimm genug, aber die Frau kriegt schließlich ein Kind von ihm!

Ich habe mir immer etwas auf meine Menschenkenntnis eingebildet. Und die hat auch fast immer funktioniert. Aber wenn frau ausgehungert ist nach Liebe und Zärtlichkeit und, ja, Sex, dann …

So kam ich auch nicht weiter. Ich musste arbeiten. Geld verdienen. Ich setzte mich an den Schreibtisch, rief meine Mails ab, stellte mein Handy wieder an. Hatte drei SMS von Stefan, die ich links liegen ließ. Und eine, die ich nicht identifizieren konnte. Unbekannte Rufnummer. Ich öffnete sie: »Kannst du um acht auf der Geeste sein? Ist dringend. Bea.«

Na super. Wenn ich auf irgendetwas garantiert keine Lust hatte, dann darauf, heute Abend im strömendem Regen auf die Geestemünder zu strampeln.

Ich wollte mich gerade meinen Mails zuwenden, als es an der Tür klingelte. Hertha. Sie musterte mich von oben bis unten.

»Was is los?«

»Er hat 'ne andere! Und die ist auch noch schwanger!«

Ich sank in ihre Arme, die sie etwas widerwillig um mich legte. Sie kann solche Intimitäten nicht gut ab.

»Is ja gut«, murmelte sie, »is ja gut.« Ich zog den Rotz hoch.

»Ich wollt bloß mal wissen, wie es dir is«, meinte sie schließlich und wandte sich zum Gehen. Dann schenkte sie mir noch ein verschwörerisches Lächeln: »Ich hab was mit'm Kalle zu bekakeln.«

Um halb acht schlüpfte ich in die Lederjacke, schlang mir meinen Kaschmirschal um den Hals, zog mir die Bommelmütze aus Pokhara über den Kopf und schwang mich aufs Rad. Es war zappenduster, und ich fühlte mich nicht gerade wohl, als ich von der Neusser Landstraße auf die Geestemünder einbog. Der Regen lief mir in die Augen, meine Beine waren bis zu den Knien nass, nachdem ich zweimal durch metertiefe Pfützen gefahren war, weil ich kaum etwas sehen konnte.

Ich stellte das Rad vor dem Container ab, schaute kurz rein und war erleichtert, dass Franziska Dienst hatte. Sie sah mich fragend an. Ich rief von der Tür her: »Ich bin mit Bea verabredet«, und wollte schon wieder gehen, als ich sie sagen hörte: »Die ist heute nicht da.«

»Hä?« Ich blieb stocksteif stehen.

»Machma die Tür zu«, nölte eine der Frauen. Ich tat, wie mir geheißen, und ging an den Tresen.

»Was heißt, die ist nicht da?«, fragte ich etwas dümmlich. »Die hat mich für acht Uhr herbestellt!«

»Vielleicht kommt sie ja noch«, meinte Franziska. »Magste 'n Kaffee?«

Ich nickte und setzte mich auf einen der Barhocker. Nach einer halben Stunde fragte ich Franziska, ob sie Beas Handynummer hatte. Sie hatte. Bloß ging Bea nicht dran. Ich schickte ihr eine SMS und wartete noch mal eine halbe Stunde. Dann war ich es leid. Franziska hatte keine Zeit zu quatschen, ich hatte nichts zu lesen dabei, und die Frauen waren schlecht drauf. Kein Wunder bei dem Wetter.

Ich wischte den Sattel mit einem Tempotuch ab und fuhr los. Die Straße kam mir nun noch dunkler vor. Ich hatte ein komisches Gefühl im Bauch und wäre gern schneller gefahren, traute mich aber nicht. Das hätte mir gerade noch gefehlt, jetzt über einen abgebrochenen Ast zu schlittern und zu stürzen.

Vor mir tauchten zwei Scheinwerfer auf und blendeten mich. Der Idiot fuhr mitten auf der Straße. Ich wich nach rechts aus. Er beschleunigte, kam auf meine Seite, und plötzlich begriff ich, dass er auf mich zuraste. Ich riss den Lenker herum, schrappte gegen den Bordstein und flog durch die Luft. Ich fühlte mich seltsam leicht und dachte, das war es jetzt.

Als ich wieder zu mir kam, lag ich in den Büschen. Mein Arm fühlte sich irgendwie taub an. Ich zog ihn unter meinem Körper hervor, beugte ihn und streckte ihn wieder aus. Er ließ sich bewegen. Ich war also nicht tot. Ich rappelte mich auf. Offenbar hatte ich mich nicht verletzt, zumindest spürte ich nichts. Ein Paar Scheinwerfer kam, diesmal aus der anderen Richtung, auf mich zu. Nein, bitte nicht, dachte ich und erstarrte. Dann ließ ich mich wieder fallen. Vielleicht hatte er mich nicht gesehen. Aber der Wagen hielt an. Direkt an der Stelle, an der mein Rad liegen musste.

Ein Mann stieg aus und bückte sich. »Hallo!«, rief er. »Ist hier jemand?«

Nein!, dachte ich, biss die Lippen aufeinander und kniff die Augen zusammen. Ich hörte es rascheln und wusste, gleich steht er vor mir.

»Was 'n mit dir los, Mädchen?«

Ich schlug die Augen auf. Er trug eine Lederjacke, eine Baseballmütze und eine dicke Goldkette.

»Biste mitm Rad gestürzt?«

Er beugte sich zu mir herunter und streckte die Hand nach mir aus. Irgendwie wirkte er nicht so, als hätte er mich gerade überfahren wollen. Eher wie der nette Zuhälter von nebenan.

»Mich wollt einer umfahren«, nuschelte ich.

»Bleib liegen!« Er kramte sein Handy aus der Jackentasche. »Ich bin's. Komm mal raus auf die Straße.«

Ich setzte mich auf.

Er schüttelte den Kopf in meine Richtung und schnarrte ins Handy: »Dann lass ihn warten. Beweg dein Arsch hier rüber, aber dalli!«

Er half mir mit größter Zuvorkommenheit hoch. »Kannste stehen?«

Ich nickte.

Eine Frau kam aus der Einfahrt zum Strich auf uns zugestöckelt.

»Na, wird's bald!« blaffte mein Kavalier. Sie sah mich neugierig an. Im Gegensatz zu ihm war ihr sofort klar, dass ich keine Kollegin war. »Du nimmst das Rad«, wies er sie an, legte seinen Arm um mich und führte mich zum Wagen.

»Geht's?«

Ich nickte wieder.

»In 'n Container darf ich nich rein«, meinte er, als wir am Tor zum Gelände angelangt waren. Ich machte jetzt doch den Mund auf und bedankte mich artig. Was ihn offenbar ermutigte.

»Was war 'n das für 'n Wagen?«

Ich hatte keine Ahnung. Dunkel irgendwie.

Er sah mich mitleidig an. »Wenn dir noch was zu dem einfällt, ruf mich an.« Er schrieb mir seine Handynummer auf die Rückseite einer Kinokarte. »Weil wenn das so 'n Spinner ist, der's auf euch Mädchen abgesehen hat, dann müssen wir den kriegen.«

»Mhm«, sagte ich. Und noch mal: »Danke!«

»Ich bin der Mike«, ließ er mich wissen und legte den Rückwärtsgang ein.

Franziska sah mich entsetzt an, schoss hinter dem Tresen hervor und schob mir einen Stuhl hin.

»Du blutest!« rief sie. »Was ist denn passiert?«

»Mich wollte einer überfahren«, murmelte ich.

»Was?«

Zwei der Frauen kamen zu uns rüber. »Echt?«

Franziska griff nach dem Handy. »Ich rufe die Polizei.« Sie wählte, hielt dann inne und fragte: »Soll ich einen Krankenwagen rufen?«

Ich schüttelte den Kopf.

»Du stehst unter Schock«, stellte sie fest.

Der Streifenwagen war schneller als die Ambulanz. Die Uniformierten nahmen meine Anzeige auf und meinten schließlich, wenn ich so gar nichts über den Wagen sagen könne, sei das natürlich schwierig. Ich konnte ihnen nur zustimmen. Dann wollten sie allerdings wissen, was ich auf der Geestemünder Straße machte. Ich fand, es hatte keinen Sinn, Bea mit reinzuziehen, und behauptete, ich würde an einem Feature über den Drogenstrich arbeiten und wollte einen Eindruck vom Nachtbetrieb bekommen. Sie schluckten es. Franziska hielt sich netterweise zurück. Mittlerweile war auch der Krankenwagen eingetroffen, und sie bestand darauf, dass ich mich in die Klinik bringen ließ. Ich hatte keine Kraft zu protestieren und ließ alles über mich ergehen. Auch, dass mich die Sanitäter duzten. Inzwischen taten mir der Kopf, die rechte Schulter und das Knie weh, meine rechte Wange brannte, und im Gegensatz zu vorher wollte ich eigentlich nur noch sterben.

Im St.-Vinzenz-Hospital musste ich erst mal geschlagene zwei Stunden auf dem Flur vor der Ambulanz warten, bis ich an der Reihe war. Ich wurde untersucht, geröntgt, desinfiziert und verpflastert. Als ich endlich rauskam, war es Mitternacht. Sie hatten mir ein Taxi gerufen. Ich hatte ihnen nicht gesagt, dass ich mir das nicht leisten konnte. Aber ich wollte auch nicht unbedingt zu Fuß nach Hause laufen.

Ich läutete bei Hertha. Zweimal, dreimal, aber es half alles nichts. Sie war nicht da. Ich öffnete meine Wohnungstür und machte das Licht an. Lauschte. Schlich verkrampft vor Angst in die Küche, ins Arbeitszimmer, ins Schlafzimmer und schaltete die gesamte Beleuchtung ein. Danach sperrte ich zweimal ab und schob den Riegel vor.

»Werd jetzt bloß nicht paranoid«, versuchte ich mich aufzumuntern. »Wenn der Typ es geschafft hätte, in deine Wohnung einzudringen, hätte er dich nicht überfahren müssen.«

Rosa schlängelte sich um meine Beine. Ich kraulte sie hinter dem Ohr, musste mich aber sofort wieder aufrichten, denn mein Kopf und meine Schulter schrien Zeter und Mordio. Ich goss ihr Wasser in das Schälchen, schüttete ein paar Brekkies auf ihren Teller und setzte mir Teewasser auf. Dann rief ich Gitta an. »Hallo! Wie schade, dass ich gerade nicht da bin ...« Ich hinterließ ihr die Nachricht, sie solle mich morgen früh zurückrufen. Dasselbe Spiel bei Mary.

Ich schenkte mir Tee ein und setzte mich ins Bett. Trotz der Schmerztablette, die sie mir in der Ambulanz verabreicht hatten, tat mir alles weh. Die nackte Verzweiflung brach über mich herein. Alles ging schief in meinem Leben. Ich hatte kein Geld. Kein Dope. Keinen, der mich liebte. Nur ein wild gewordener Mörder hatte es auf mich abgesehen. Ich fühlte mich so verlassen wie seit Ewigkeiten nicht mehr. Wenn ich *ein Mal* jemanden brauche, sagte ich mir schluchzend, ist keiner da. Ich verstand nun auch Neles abgrundtiefes Einsamkeitsgefühl. Freundinnen sind etwas Wunderbares, aber manchmal eben einfach nicht da. Wenn es dir dermaßen hundeelend geht, dann brauchst du jemanden, der auf dich wartet oder sofort auf dem edlen Rappen angaloppiert kommt, dich in die Arme nimmt, dir ins Haar flüstert: »Ich bin bei dir, alles wird gut.« Und das auch so meint. Und nicht eine schwangere Freundin zu Hause sitzen hat.

»Man ist eben letztlich allein«, sinnierte ich düster. »Aber«, versuchte ich mich aufzumuntern, »gleichzeitig ist man mit allen fühlenden Wesen verbunden. Du musst nur dein Herz öffnen.«

Mein Herz wollte bloß grade lieber zubleiben. Ich streckte mich aus, zog mir die Decke bis an den Hals und schloss die Augen. Sah plötzlich einen Löffel vor mir. Ein Tütchen. Riss die Augen wieder auf und setzte mich aufrecht hin.

»Es sind nur Gedanken«, sagte ich mir. »Gedanken kommen und gehen. Du musst dich nicht mit ihnen identifizieren.« Die

Bilder, die in mir hochstiegen, ließen sich davon nicht sonderlich beeindrucken.

Ich stand auf. Schluckte eine der Schmerztabletten, die sie mir mitgegeben hatten, zog mich aus, holte mir die Mala vom Altar, legte mich zurück ins Bett und begann, das Tara-Mantra vor mich hinzumurmeln.

Am nächsten Morgen wurde ich vom Klingeln des Telefons wach. Ich blieb liegen. Mir tat immer noch alles weh, und ich hatte keinen Nerv, Gitta oder Mary jetzt etwas zu erklären. Aber ich musste Tina Gruber anrufen. Ich zweifelte keinen Moment daran, dass in dem Wagen unser Mörder gesessen hatte. Ich quälte mich aus dem Bett und machte mir einen Espresso. Dann wählte ich Tinas Handynummer. Landete bei der Mailbox. Hinterließ eine Nachricht. Im Kommissariat meldete sich der AB. Vor lauter Frust wäre ich am liebsten zurück ins Bett gegangen. Stattdessen rief ich Bea an. Sie grunzte ein grantiges und verschlafenes »Hallo« in den Hörer.

»Warum hast du mich gestern Abend auf die Geeste bestellt und bist dann nicht gekommen?«, blaffte ich ohne vorherige Entschuldigung.

»Hä?«

Ich wiederholte meine Frage.

»Spinnst du oder was?«

»Bea«, beschwor ich sie, diesmal freundlicher, »es ist echt wichtig. Ich hatte eine SMS von dir, ich soll um acht auf der Geeste sein.«

»Also von mir hattste die nich.« Peng. Verbindung beendet.

Ich glaubte ihr. Ich hatte es ohnehin schon geahnt. Die Angst und Verzweiflung krochen wieder in mir hoch. Ich wusch mir das Gesicht, desinfizierte die Kratzer, schmierte mir Arnikasalbe drauf und beschloss, kein neues Pflaster aufzukleben. Ich sah ohnehin schon aus wie Dracula auf Blutentzug. Dann ging ich rüber zu Hertha. Als sie mir die Tür öffnete, klappte ihr der Kiefer herunter. Das habe ich in unserer langjährigen Freundschaft noch nie erlebt. Ich folgte ihr in die Küche und sah schweigend zu, wie sie Frühstück machte. Wir aßen die weißen Pappbrötchen, die sie bevorzugte, dick mit Gummikäse belegt, und es schmeckte mir. Es schmeckte mir, weil da jemand war, der sich um mich kümmerte. Nicht wie ein Liebhaber, auch nicht gerade mütterlich, aber dafür sehr energisch.

Ich erzählte ihr en Detail, was passiert war. Sie schüttelte gelegentlich den Kopf und sah mich besorgt an. Als ich fertig war, sagte sie als Erstes: »Du musst diese Kommissarin anrufen!«

»Hab ich schon, sie geht nicht dran.«

»Dann versuch's weiter. Die muss das wissen.«

»Ich hab Schiss«, gestand ich widerwillig.

»Nee, echt? Wie kommt das denn?«

Sie brachte mich glatt zum Lachen.

»Und was is jetzt mit dem Kerl?«

Ich berichtete ihr auch von dieser Katastrophe. Erwartete, dass Hertha nun eine ihrer Standardtiraden über »die Kerle als solche« losließ. Tat sie aber nicht. Sie sah mich stattdessen forschend an: »Die muss ja nicht seine Freundin sein.«

»Hör mal, der hat ihr mit der Hand …«

»… über den Bauch gestrichen. Das haste schon mal gesagt. Aber das muss ja erst mal so nix heißen.«

»Verteidigst du den jetzt?«

»Ich fand den ganz okay. Für 'n Kerl.«

Ich war platt. Meine einzige Verbündete im Elend ließ mich im Stich.

Hertha steckte sich eine neue Kippe an und blies in aller Seelenruhe den Rauch aus. »Hörma«, meinte sie schließlich, »du hast dir die Schulter geprellt, den Kopf angeschlagen und was weiß ich noch alles, und da is so 'n Arschloch, was dich umbringen will. Findste nich, das reicht? Musste dir da echt noch selber leidtun? Haste nich was Besseres zu tun?«

Manchmal hasse ich Hertha.

»Der liebt dich, der – wie heißt er noch mal?«

»Stefan.« Ich zündete mir auch eine an.

»Der Stefan. Das sieht 'n Blinder.«

Herthas Telefon klingelte. »Ja, die is hier.« Sie reichte mir den Hörer.

»Katja«, sagte Stefan, »häng jetzt bitte nicht ein. Ich kann mir vorstellen, was passiert ist und was du denkst. Aber ich bin auch erschrocken, weil du mir so wenig traust. Und ich würde das gerne mit dir klären. Bist du in einer halben Stunde noch zu Hause?«

Ich nickte.

»Das kann der nich hören«, ließ sich Hertha vernehmen.

»Ja«, hauchte ich.

»Ich komme vorbei. Ich liebe dich!«

Ich wollte gerade sagen: »Ich dich auch«, verkniff es mir aber noch rechtzeitig.

Stattdessen fragte ich Hertha: »Woher hat der deine Nummer?«

»Aus'm Telefonbuch, würd ich ma schätzen. Lesen kann er ja wohl.«

Was würde ich bloß ohne ihre bestechende Logik tun.

Ich stellte mich vor den Spiegel und überlegte, ob ich mir wenigstens die Lippen anmalen sollte. Dann beschloss ich, es sein zu lassen. Bei einer Zwanzigjährigen wirken blutrote Lippen im blutleeren Gesicht vielleicht interessant. Mit knapp vierzig garantiert nicht mehr.

Ich setzte Tee auf, zog mein Assi-Sweatshirt aus und einen Pulli an. Sammelte die CDs ein, die noch immer auf dem Teppich im Arbeitszimmer herumlagen, und stellte »The Crack« in die hinterste Reihe.

Sie waren zu zweit. Stefan und die schwangere Rothaarige. Ich wollte gerade wieder die Tür schließen, als Stefan seinen Arm auf meinen legte.

»Katja, das ist meine Schwester Birgit.«

Und das sollte ich glauben?

»Hallo, Katja«, sagte Birgit leise.

»Hallo.« Ich marschierte in die Küche. Sie kamen mir hinterher und standen verlegen vor dem Tisch rum.

»Tee?«, fragte ich. Zum Kotzen wohlerzogen.

Sie setzten sich. Fingen an zu reden. Fielen sich gegenseitig ins Wort. Stefans Mutter war nach der Scheidung mit ihrem neuen Lover nach Berlin gezogen. Hatte mit vierzig noch ein Kind bekommen. Birgit. Und die war jetzt in Köln zu Besuch, wohnte bei Martin und hatte sich gestern mit Stefan getroffen.

Ich blieb stocksteif am Herd stehen. Umdrehen konnte ich mich nicht, sonst hätten sie gesehen, dass mir die Tränen über die Backen rannen. Stefan stand auf und nahm mich in die Arme.

»Au!«, schrie ich. Er ließ mich los. Ich drehte mich zu ihm herum, Tränen hin, Rotznase her.

»Mein Gott, was ist denn mit dir passiert?«

Ich setzte mich zu ihnen und gab meine Geschichte zum Besten. Birgit schenkte uns den Tee ein und guckte fragend.

Stefan griff vorsichtig nach meiner Hand.

»Willst du nicht sicherheitshalber zum Arzt gehen?«

Ich schüttelte den Kopf. Was der gar nicht mochte.

Birgit beugte sich zu mir vor und fragte, was das alles zu bedeuten habe.

»Ich erzähl's dir gleich«, wimmelte Stefan sie ab.

Plötzlich fiel mir siedend heiß ein, dass ich um halb zwölf mit Nele verabredet war. Stefan erklärte sich bereit, mich zu fahren. Wir brachten Birgit zur Haltestelle, dann kutschierte er mich zum Krankenhaus. Nun musste ich zum dritten Mal die Geschichte erzählen.

Nele wurde ziemlich blass um die Nase. »Hörma, der wollte dich umbringen!«

Darauf war ich auch schon gekommen.

»Ich dachte, du hast einen Termin?«, mischte sich Stefan ein.

Am Chlodwigplatz ließ er Nele raus. Blieb im absoluten Halteverbot stehen und gab mir einen langen Kuss. Strich mir sanft über die Wange. Flüsterte: »Ich liebe dich so sehr. Und ich habe schreckliche Angst um dich. Du musst unbedingt diese Polizistin erreichen!«

Ich lehnte meinen Kopf vorsichtig an seine Schulter. Es ging leider nicht, also hob ich ihn wieder hoch.

»Tut es so weh?«, fragte Stefan besorgt.

Ich nickte stumm.

»Magst du mitkommen und dir meine Praxis anschauen? Nele braucht mindestens 'ne gute Stunde.«

Ich mochte. Und sie gefiel mir ausnehmend gut. Alter Perserteppich in Grün- und Rottönen (er muss eine Quelle haben), bequeme Sessel, dicke Sitzkissen, Buddhastatue auf dem Fensterbrett, mehrere Pflanzen. Das Ganze strahlte etwas Einladendes und Beruhigendes aus. Ich trank noch einen Kaffee mit ihm, dann machte ich mich wieder auf den Weg.

Nele sah ganz vergnügt aus, als ich sie abholte. Die Ärztin hatte sie auf acht Milliliter eindosiert, doch dabei, meinte Nele, wollte sie nicht bleiben.

»Ich hab der gesagt, sie soll mich so schnell wie möglich ausdosieren. Aber da hat die gemeint, zu schnell bringt nichts, dann bin ich dauernd so 'n bisschen auf Turkey und bau womöglich 'n Rückfall. Jetzt haben wir 'n Stufenplan gemacht und gucken, wie das funktioniert.«

Sie war sehr zufrieden mit sich.

»Und wie ist die, die Ärztin?«

»Ja, die ist okay. Und der Menninger auch. Der PSBler, weißte? Der ist ganz anders als der, wo ich vorher war. Der Menninger muss das jetzt mit dem abklären, dass ich zu ihm rüberwechsle. Aber der meinte, das klappt wohl. Zu dem andern geh ich nicht mehr. Das hab ich dem Menninger direkt gesagt.«

Nele fragte, ob wir mit der Bahn ins Krankenhaus zurückfahren konnten. »Oder tut dir das zu weh?«

»Hör mal, du bist schlimmer verletzt als ich«, gab ich zurück.

»Tja«, grinste sie, »wie war das mit dem Blinden, der den Lahmen führt oder so?«

Am liebsten wäre sie gleich mit zu Hertha gekommen, aber ich riet ihr davon ab. Wenn die Ärzte sie noch einen Tag dabehalten wollten, dann hatten sie sicher Gründe dafür. An der Haltestelle Barbarossaplatz stieß mich Nele in die Seite und deutete mit dem Kopf in Richtung Tür. Zwei Jungs wankten herein, so breit, dass sie kaum einen Fuß vor den anderen bekamen.

»Hi, Achim!«, rief Nele. Sie sahen beide zu uns rüber, und nach einer kleinen Ewigkeit ging dem einen von ihnen ein Licht auf. Er bewegte sich in Slowmotion zu unseren Plätzen.

»Hi, Nele«, nuschelte er, »alles klar bei dir?«

Wir grinsten uns an. »Und selbst?«, fragte Nele.

»Alles im grünen Bereich«, ließ er sie wissen. Das war nicht zu übersehen. »Scheiße, mitm Tom, ‘ne?«

»Mhm«, erwiderte Nele. »Du schuldest uns noch fünfzig Tacken.«

»Aber der is doch tot, der Tom!«

»Ich aber nich«, konterte Nele.

Der Typ beugte sich zu uns herunter. »Haste was dabei?«

»Ich bin jetzt im Programm«, ließ Nele ihn wissen.

Mister Junk zog sich wieder zu seinem Kumpel, ein paar Plätze weiter vorn, zurück.

»Siehste«, flüsterte Nele, »und so scheißbreit möchte ich nie mehr sein. Echt. Nie wieder. Der sieht doch aus wie ‘n Zombie, findste nich?«

ZWANZIG

Zu Hause produzierte ich erst einmal eine To-do-Liste. Das tue ich gern, und noch lieber hake ich sie dann ab. Ganz obenhin schrieb ich: »Recherche für Sendungen«. Als ich um sechs Uhr abends wieder auf die Uhr sah, hatte ich einiges geschafft. Ich gönnte mir noch ein Stündchen Surfen in Sachen Punk-Feature, dann ging ich die anderen Punkte auf meiner Liste an: Mama anrufen, Gitta anrufen, Mary anrufen.

Mama wollte wissen, was ich an meinem Geburtstag vorhatte. Ich sagte ihr, ich wüsste es noch nicht. Gitta bestand darauf, dass ich Polizeischutz beantragen und sofort zu ihr ziehen sollte. Mary schlug vor, mir ein paar gute Kampftechniken beizubringen, am besten gleich. Ich sagte ihr, vor Sonntag hätte ich keine Zeit, aber dann sehr gern.

»Das trifft sich gut«, meinte sie. »Ich wollte ohnehin am Wochenende deiner netten Nachbarin die Kräuter gegen ihr Rheuma vorbeibringen.«

»Lieferst du jetzt frei Haus?«, fragte ich lachend.

»Nur den Alten und Gebrechlichen«, gab sie zurück.

»Super, dann kannste mir auch welche bringen. Gegen … äh … Prellungen.«

Ich fütterte Rosa, machte mir ein Käsebrot und setzte mich wieder an den Computer. Rief Leute an, die möglicherweise Leute kannten, die ich interviewen könnte. Mittendrin fiel mir endlich wieder ein, wie Nicos Freundin geheißen hatte: Susanne. Falls sie noch lebte, wollte ich sie für mein Punk-Feature interviewen. Große Chancen rechnete ich mir nicht aus. Ich hatte sie seit mindestens zwanzig Jahren nicht mehr gesehen, wir waren uns nicht einmal zufällig über den Weg gelaufen. Dabei ist Köln so groß auch wieder nicht. Aber manchmal ist das Glück mir hold. Sie lebte nicht nur, sie hatte sogar eine Website. Und eine Adresse in Düsseldorf. Ich schrieb ihr eine Mail und bat sie, sich bei mir zu melden. Dann machte ich mich auf die Suche nach Holger. Holger war der Sänger und Bassist von OD gewesen.

Und der Einzige, der sich aufs Kiffen beschränkt hatte. Von ein bisschen Speed mal abgesehen. Ich fütterte seinen Namen in die Google-Maschine ein und – plopp! – bekam so viele Ergebnisse, dass mir ganz schwindlig wurde. Mister Vocals wohnte inzwischen in Hamburg, betrieb ein eigenes Label und produzierte Indie-Rock. Was aus Leuten so alles wird. Ich war beeindruckt.

Der letzte Punkt auf meiner Liste war Paulemann. Ich rief ihn zu Hause an, denn noch nicht mal mein pflichtversessenes Bruderherz arbeitet an einem Freitagabend. Ich berichtete ihm in allen Einzelheiten, was auf der Geestemünder passiert war. Worauf er mir dringend nahelegte, zu ihm und Meike zu ziehen. Sollte ich je obdachlos werden, würde ich nicht lange auf der Straße stehen. Dann erzählte ich ihm die Schneemann-Geschichte und schilderte ihm mein Dilemma. Wie konnte ich Tina Gruber darüber informieren, ohne Bea und ihre Bekannte in die Bredouille zu bringen? Paul versprach mir, darüber nachzudenken. Murmelte etwas von eidesstattlicher Erklärung, redete ein Weilchen mit sich selbst und wiederholte schließlich, er würde sich das durch den Kopf gehen lassen. Und sich wieder bei mir melden. Ich schmatzte ihm zum Abschied einen Kuss durch den Hörer. Er schmatzte lachend zurück. Kein Vorwurf, keine Ermahnung, keine Verbote. Entweder er war krank, oder unser Verhältnis hatte sich tatsächlich zum Positiven verändert.

Um zehn war ich immer noch hellwach und tatendurstig. Ich nahm noch eine Schmerztablette und schwor mir: Das ist die letzte! Rosa, die es sich neben meiner Tastatur bequem gemacht hatte, spielte mit der Maus. Ich habe neuerdings eine Funkmaus, und die jagt Rosa gern über den Schreibtisch. Ich schmierte mir noch ein Brot, mehr war nicht da. Dann fand ich allerdings in der Schreibtischschublade eine angebrochene Packung Gingerbread. Setzte mich damit wieder an den PC. Kraulte Rosa im Nacken und rief meine Mails ab. Fand eine Antwort von Holger und eine von Susanne, Nicos Witwe. Rief beide sofort an. Erzählte ihnen ausführlich von meinem Punkgeneration-Projekt. Holger war begeistert und wollte sich sofort mit mir verabreden. Susanne zierte sich. Ich bot ihr an, sie zu anonymisieren. Das war ihr aber auch nicht recht. Sie schwankte zwischen Eitelkeit und Angst. Wäre gern mal ins Radio gekommen, wollte aber nicht, dass ihr Arbeitgeber von ihrer wilden Vergangenheit erfuhr. Sie war so straight geworden, dass es staubte. Schließlich willigte sie ein, mich zu einem Vorgespräch zu treffen. Ich bedankte mich artig. Druckte alles aus, was ich bei Wikipedia zu meinen diversen Themen gefunden hatte, und checkte währenddessen die angegebenen Links.

»Hast du mich vergessen?«

Ich fuhr herum und stieß mir vor Schreck das Knie an der Schreibtischkante an. Hertha stand hinter mir und sah mich sorgenvoll an.

»Ich hab dreimal geklingelt. Und dann hab ich mir gedacht, der is was passiert, und hab aufgesperrt.«

»Wie spät ist es?«, fragte ich etwas belämmert und rieb mir das Knie.

»Mitternacht.«

»Scheiße!« Ich entschuldigte mich gebührend und nahm vor lauter schlechtem Gewissen das Bier an, das sie für mich mitgebracht hatte. Wir besprachen, was wir für Neles Einzug noch erledigen mussten. Hertha stöberte in meinem Schrank nach einer »feinen« Tischdecke. Ich hatte sogar eine. Keine Ahnung, wer mir die geschenkt hat.

»Die Meeri«, sagte Hertha, als sie es sich auf meinem Sofa bequem gemacht hatte, »die bringt mir die Tage was vorbei. Das is jetzt natürlich blöd, wenn die Nele da is.«

»Die Meeri heißt Mary«, korrigierte ich sie. »Und der Nele kannst du sagen, dass sie nichts davon abkriegt.«

Sie sah mich zweifelnd an. Ich zuckte die Schultern. Ich war plötzlich todmüde und wollte nur noch ins Bett.

»Wann kommt sie denn?«, wollte Hertha wissen.

»Sie muss um zehn zur Vergabe, in die Südstadt. Je nachdem, wann sie drankommt, ist sie so gegen halb zwölf, zwölf hier.«

Hertha gähnte, und ich tat es ihr sofort nach. »Okay, ab in die Heia.«

Ich schickte Stefan noch eine kleine Liebes-SMS. Als ich aus dem Bad kam, piepte mein Handy. »Sie haben eine neue Nachricht.« Yeah! »Hab versucht, dich anzurufen«, schrieb er. »Immer besetzt. Schlaf gut, du Schöne. Melde mich morgen. Kuss, Stefan.«

Obwohl ich hundemüde war, konnte ich nicht einschlafen. Ich wälzte mich von links nach rechts und wieder zurück. Dann fiel plötzlich der Groschen. Der Schneemann, sprich: Tina Grubers Pitbull, hatte Mehmet und Tom umgebracht! Weil Tom ihn erpressen wollte. Ich war mir völlig sicher, dass es genau so gewesen sein musste. Nur Mehmet passte noch immer nicht ins Konzept. Warum hatte dieses Arschloch ihn umgebracht? Nach allem, was ich von Mehmet gehört hatte, konnte ich ihn mir nicht als Erpresser vorstellen. Tom kannte ich natürlich auch nicht wirklich, ich hatte ihn ja bloß einmal kurz gesehen, aber ihm traute ich es schon eher zu. Ich musste herausfinden, ob auch Mehmet mit dem Schneemann zu tun gehabt hatte. Aber wie? Ich brauchte noch eine Weile, bis es mir einfiel: Ich musste Semiha auftreiben. Nachdem ich meine Hausaufgaben gemacht hatte, konnte ich endlich schlafen.

Samstagmorgen fand ich einen WDR-Umschlag und einen von der VG Wort im Briefkasten. Ich setzte mich auf die Treppe und riss sie auf. 1.265,48 Euro Wiederholungshonorar für zwei Sendungen, die ich vor Jahren gemacht hatte. 758,34 Euro von der VG Wort für Kabelrechte. Ich schlug mir vor Freude auf die Knie. Was mir nicht bekam. Aber das war gerade so was von egal. Ich konnte die nächste Miete bezahlen! Und meine Krankenversicherung! Ich konnte endlich Druckerpapier kaufen und eine Nachtcreme und Brot und Obst und Sahne für Rosa und … ein Luxusfrühstück für Nele!

Ich lief hoch, holte meine Geldbörse, ging zur Bank, schob meine Karte cool in den Automaten, und sie kam wieder raus. Dann fiel ich in die Bäckerei und den Supermarkt ein.

Ich deponierte die Frühstücksorgienzutaten bei Hertha und rief Aysche auf dem Handy an. Fragte sie erst mal nach Neuigkeiten von Semiha. Sie wohnte immer noch bei der Cousine, sah sich aber nach einem Job um. Und nach einer eigenen Wohnung. Ich wünschte ihr innerlich viel Glück. Dann rückte ich mit meinem Problem heraus: Hatte Mehmet jemals einen Schneemann erwähnt? Natürlich wusste Aysche das nicht, aber ich wollte, dass sie Semiha danach fragte. Nach kurzem Zögern gab sie mir Semihas Nummer.

Semiha klang erst misstrauisch und abweisend, hörte sich aber meine Frage an. Sie dachte eine Weile nach, dann war sie sich sicher: Nein, sie hatte diesen Ausdruck nie von Mehmet gehört. Ich bohrte weiter: Hatte Mehmet mal irgendetwas mit einem Polizisten zu tun gehabt? – Auch nicht. – Hatte Mehmet mit Koks gedealt? – Erneutes Nachdenken.

»Ich glaube nicht. Ich glaube, er hatte nur Heroin.«

Ich zerbrach mir den Kopf darüber, was ich sie noch fragen könnte. »Hat Mehmet in der Zeit vor seinem Tod irgendwie nervös gewirkt? Oder aufgeregt? Oder hat er gesagt, er würde bald an Geld kommen?«

Fehlanzeige. Er war wie immer gewesen. Und außerdem hatte Semiha ihn kaum gesehen.

Ich gab es auf. Bedankte mich und sagte ihr, ich würde sie gern mal wiedersehen, wenn sie Lust hätte. Ihre Antwort klang eher unverbindlich.

Ich hatte noch etwas Zeit, bevor Nele eintrudeln würde. Überlegte, ob Bea schon wach war. Riskierte es und rief an. Sie klang so, als hätte ich sie schon wieder aus dem Tiefschlaf gerissen. Ich entschuldigte mich und stellte ihr dieselben Fragen wie vorhin Semiha.

Die Antworten waren quasi identisch. Mehmet hatte, soweit Bea das wusste, nichts mit dem Typen zu tun gehabt. Und er hatte nicht mit Koks gedealt. Wenn Nele das gleich auch noch bestätigte, wusste ich nicht mehr weiter.

Hertha hatte den Tisch bereits gedeckt. Es sah schön aus. Ich fragte mich, warum ich diese Tischdecke selbst noch nie verwendet hatte.

»Hertha«, sagte ich, als der Kaffee fertig war und wir uns schon mal eine Tasse nahmen, »wann machen wir mit dem Interview weiter?«

»Was für 'n Interview?«

Sie wusste genau, wovon ich sprach. Also schwieg ich. Sie steckte sich eine Zigarette an und rauchte erst mal ein paar Züge.

»Was willst ‘n noch alles wissen?«, fragte sie schließlich grantig.

»Alles!«, antwortete ich lachend.

»Nee, sag mal?«

»Keine Ahnung. Ich denk bloß, dass du noch viel zu erzählen hast. Und dass das wichtig ist. Mal abgesehen davon, dass ich es gerne hören würde.«

»Dann musst du mir aber die Fragen stellen«, grummelte sie, »weil mir fällt da nix mehr zu ein.«

»Mach ich«, versprach ich. Sie sah mich an, als hätte ich eine Drohung ausgesprochen.

»Was kriegst ‘n für das Essen?«

»Nichts.« Ich drückte ihr die zwanzig Euro, die sie mir geliehen hatte, in die Hand.

»Haste ‘ne Bank überfallen oder was?«

»Ja«, erwiderte ich, »aber sag’s nicht weiter!«

Nele wirkte immer noch guter Dinge. Sie blieb vor dem Tisch stehen und bestaunte das Festmahl. »Boah, cool!«

»Jetzt setz dich schon hin, wir haben Hunger!«, schnauzte Hertha in ihrer gewohnt behutsamen Art.

Nele gehorchte ihr aufs Wort und steckte sich eine Scheibe Schinken in den Mund.

»Es gibt auch Messer und Gabel«, knurrte Hertha.

»Ja«, konterte Nele munter, »aber so musste weniger abwaschen.«

»Das Spülen ist sowieso dein Job!«

Nele grinste von einem Ohr zum anderen. »Hör mal, ich find das echt super, dass du mich hier wohnen lässt. Danke!«

Hertha sagte gar nichts. Was nur bedeuten konnte, dass sie ziemlich erschüttert war. Dann wandte sie sich mir zu: »Hörma, Katja, et Meeri …«

Ich nickte.

»Dat kütt morje, ne?« Wenn Hertha aufgeregt ist, spricht sie Kölsch.

»Wann denn?«

»Ja, dat woß die nit esu jenau. Im Laufe des Tages, hat se gemeint. Ja, und dann hat die noch jesaht, wenn ich nit do wör, dann würdst du die … äh … Medikamente für mich annehme?«

»Was für Medikamente?«, wollte Nele wissen.

»Hertha hat doch Rheuma im Knie«, antwortete ich ihr, bevor Hertha etwas sagen konnte. »Und meine Freundin Mary kennt sich gut mit Kräutern aus. Und die bringt jetzt welche vorbei, von denen sie denkt, sie könnten Hertha helfen.« Wenn ich so gestelzt daherrede, lüge ich normalerweise, aber so gut kannte Nele mich noch nicht.

Ich schenkte uns Kaffee nach und berichtete den beiden von meinen neuesten Erkenntnissen und den dazugehörigen Ungereimtheiten. Sie wollten sofort wissen, warum ich mir so sicher war, dass es sich beim Schneemann um den Kollegen von Tina Gruber handelte. Ich konnte es ihnen nicht sagen. Aber ich war mir immer noch sicher. Nele bestätigte, wie erwartet, was schon Semiha und Bea mir gesagt hatten: Mehmet hatte weder mit Schnee noch mit dem dazugehörigen Mann etwas zu tun gehabt. Soweit sie wusste.

Wir kauten das Thema eine Weile durch, kamen aber zu keinem Ergebnis. Plötzlich fasste sich Nele an den Kopf und rief: »Scheiße! Wenn der das ist …« Sie verstummte abrupt. Aber wir wussten ohnehin, was sie sagen wollte.

»Dann muss er zusehen, dass er dich auch noch vor die Flinte kriegt«, vollendete Hertha ihren Satz.

Nele sah uns panisch an.

»Ich rufe die Tina Gruber jetzt so lange an, bis sie drangeht«, verkündete ich. »Und dann erzähle ich ihr alles, was passiert ist. Und was ich inzwischen weiß. Und dass ich denke, dass der das ist.«

»Das glaubt die dir nie«, wandte Hertha ein.

»Genau!«, bekräftigte Nele. »Die halten doch zusammen, die Bullen.«

»Ja«, meinte ich, »aber die ist anders. Die ist okay.«

Sie sahen mich an, als wäre ich hoffnungslos naiv. War ich vielleicht auch. Ich sagte ihnen, ich wollte es trotzdem riskieren.

Hertha war noch nicht überzeugt. »Wenn die aber nich okay is, dann sagt die dem das. Und dann haste alles vergeigt.«

»Hörma«, meldete sich Nele wieder zu Wort, »ich fand die für 'n Bullen ganz okay. Und wenn die uns nicht hilft, dann hilft uns keiner.«

Womit sie völlig recht hatte. Ich ging hinüber in meine Wohnung und warf mein Handy an. Bevor ich Tinas Nummer wählen konnte, meldete sich meine Mailbox. Stefan hatte fünfmal versucht, mich anzurufen. Er machte sich Sorgen. Ich war gerührt und hatte ein schlechtes Gewissen. Rief ihn sofort zurück und erklärte ihm die Lage.

»Birgit fährt morgen nach Berlin zurück«, sagte er. »Dann hab ich endlich wieder mehr Zeit.«

Na hoffentlich. Der Typ fehlte mir. Ernsthaft.

»Sag doch mal kurz, was hältste denn von meiner Idee?«

»Ich kann mir gut vorstellen, dass du recht hast. Und dann musst du diese Polizistin sofort informieren.«

Aber Tina ging nicht dran. Ich hinterließ eine Nachricht auf ihrer Mailbox und hoffte, sie würde sie bald abhören.

Ich erstattete den Damen Bericht und zog mich an den Schreibtisch zurück. Ich musste schließlich auch noch meine Brötchen verdienen. Von Räucherlachs und Ardenner Schinken mal ganz abgesehen. Am Abend wollte ich mit Nele ins Kino gehen. Sie hatte mir irgendwann erzählt, sie sei seit Jahren nicht mehr im Kino gewesen, und ich fand, das müsse sich ändern. Hertha führte sie am Nachmittag in den Zoo aus. Sie wollten »Marlar und die Jungs gucken«, sprich: die neuen Elefantenbabys bewundern. Ich hätte Marlar und ihre Brüder auch gern gesehen, aber dafür hatte ich beim besten Willen keine Zeit. Stattdessen vereinbarte ich drei Interviewtermine, schrieb jede Menge Mails, telefonierte mit zig Leuten und recherchierte weiter im Netz. Zwischendrin meldete sich Gitta, die mich auch unbedingt treffen wollte. Nur Tina Gruber ließ nichts von sich hören. Ich überlegte beunruhigt, ob Hertha mit ihrem Verdacht vielleicht recht hatte. Dann sagte ich mir, sie weiß ja noch gar nichts von meiner Vermutung. Aber das ungute Gefühl, das mich beschlichen hatte, ging nicht mehr ganz weg.

Das Kino war ein Bombenerfolg. Im Off Broadway lief »Coffee and Cigarettes«, einer meiner Kultfilme, der nun auch einer von Neles Kultfilmen ist. Wir gingen zu Fuß nach Hause, um etwas Bewegung zu haben. Wenn wir uns nicht gerade darüber unterhielten, wie supercool Iggy Pop und Tom Waits in ihrer Filmepisode aussahen und wie hypercool sie agierten und wie wahnsinnig cool wir sie ohnehin fanden, dann schwärmte Nele mir von Marlar und Co vor. Ich war bloß froh, dass sie die nicht mit nach Hause nehmen konnte. Elefanten wachsen zwar langsam, dafür aber kräftig.

EINUNDZWANZIG

Am Sonntagmorgen klingelte mich Hertha aus dem Bett. Sie hatte ihrem Kumpel Jupp versprochen, in der Kneipe auszuhelfen. Jupp und Kalle mussten nämlich »was erledigen«. Ich wollte nicht wissen, was.

»Wenn die Meeri kommt ...«, fing sie an.

Ich unterbrach sie lachend: »Dann nehme ich ihr die Kräuter für dein Rheuma ab.«

Da ich ohnehin schon wach und Hertha aus dem Haus war, konnte ich auch gleich meine Wäsche waschen. Meine Waschmaschine war endgültig in den Streik getreten, und ich hatte keine einzige saubere Unterhose mehr. Ich schleppte meinen Korb in Herthas Wohnung, ignorierte den empörten Aufschrei meiner Schulter und stopfte, so viel ich konnte, in die Maschine. Als ich sie anwerfen wollte, fiel mir ein, dass das Geratter vermutlich Nele wecken würde. Dann erinnerte ich mich, dass sie ohnehin zur Vergabe musste. Ich ging also in ihr Zimmer und rüttelte sie wach. Nachdem sie mich verschlafen beschimpft hatte, versprach sie, Kaffee aufzusetzen. Ich ging zurück ins Bad und füllte das Waschpulver ein. Hörte Nele in die Küche schlurfen. Hörte, wie die Wohnungstür aufging. Wunderte mich. Hörte eine mir wohlbekannte Stimme sagen: »Nimm die Pfoten hoch!«

Ich hielt die Luft an.

»Setz dich da hin.«

Ich hörte Neles Schritte, hörte den Stuhl über den Boden schrappen. Hätte mir am liebsten die Ohren zugehalten. Wäre am liebsten aus dem Albtraum aufgewacht. Es war bloß kein Traum.

Es raschelte. Nele stöhnte leicht. Ich zwang mich, ruhig und unhörbar zu atmen.

»Du machst dir jetzt den Druck.« Er klang so höhnisch, dass mir schlecht wurde.

»Ich mach mir gar kein Druck«, erklärte Nele. Mit erstaunlich fester Stimme.

»Na los! Mach voran. Sonst knall ich dich ab.«

»Dann musste mich eben abknallen.«

Ich sah mich panisch im Bad um. Nichts, womit ich dem Kerl eins hätte überbraten können. Nichts, womit ich uns hätte verteidigen können. Rein gar nichts. Ich war klatschnass geschwitzt. Ich hatte noch nicht mal mein Handy dabei.

»Du hast zwei Möglichkeiten«, sagte der Schneemann. »A: Du machst dich mit dem Druck selber weg. B: Ich schieß dir erst in den Bauch. Das tut verdammt weh. Dann knall ich dich ab. Dann geh ich zu deiner Kleinen.«

Ein Stöhnen von Nele.

»Ich weiß, wo die ist. Ich hol sie in der Schule ab. Dann sag ich ihr, dass ihre Mutter eine Junkienutte ist. Das lass ich erst mal bei ihr sickern. Und dann mach ich sie kalt. Du hast die Wahl.«

Jetzt wimmerte Nele. Mein Blick fiel auf Herthas Haarspray. Das musste es tun. Etwas anderes hatte ich nicht. Ich nahm behutsam den Verschluss ab und drehte die Öffnung von mir weg. Atmete einmal tief ein und wieder aus. Knallte die Tür auf, stürmte in die Küche und sprühte Herthas Betonlack in Richtung Pitbull. Zielte auf die Augen und traf. Er gab ein Geräusch von sich, das sich in jedem Horrorfilm gut gemacht hätte, schlug sich die eine Hand vor die Augen und schwenkte mit der anderen die Knarre in meine Richtung. Dann drückte er den Abzug durch und drehte sich dabei ständig im Kreis. Nele und ich warfen uns auf den Boden und krochen unter den Tisch. Ich versuchte, an die Beine des Pitbulls zu kommen, aber er bewegte sich zu viel. Mir fiel nichts mehr ein, das ich tun könnte, ich hatte nur noch Angst.

In all dem Geknatter hörte ich eine weibliche Stimme etwas schreien. Gleichzeitig erklang das kehlige »Ha«, das ich aus Kung-Fu-Filmen kannte. Und von Mary, der ich mal beim Training zugesehen hatte. Der Pitbull ging direkt vor dem Tisch zu Boden. Und mit ihm die Knarre. Ich kickte sie mit dem Fuß zur Seite und knallte meine Ferse auf den Handrücken des Pitbulls. Mary hatte mir mal erzählt, dass die Nerven da im Wortsinne bloßliegen.

»Ihr könnt rauskommen«, sagte Mary.

Wir krochen unter dem Tisch hervor. Sie legte dem Schneemann gerade Handschellen an, während Tina Gruber, kreidebleich im Gesicht, in Kombat-Haltung ihre Waffe auf ihn richtete.

»Die Kung-Fu-Regeln verbieten es mir leider, nachzutreten«, sagte Mary bedauernd. Der Pitbull schnaubte.

»Und wenn du dich bedroht fühlst?«, fragte Nele.

Ich staunte über ihre Coolness. Ich fühlte mich wie ein ausgewrungener Scheuerlappen. Aber sie hatte auch acht Meter Methadon intus. Während ich geradezu stocknüchtern war. Mal abgesehen von dem Adrenalin, das durch meine Venen kurvte.

Mary lächelte Nele anerkennend zu. »Seh ich aus, als würde ich mich bedroht fühlen?«

Nö, beim besten Willen nicht.

Mary hatte dem Killer jetzt auch noch die Beine gefesselt. Tina reichte ihr die Knarre, aber Mary winkte ab. »Ich hab den auch so im Griff.«

Tina sprach in ihr Handy. Sie sah aus, als würde sie gleich umkippen. Also genau so, wie ich mich fühlte. Ich drehte mich zu Nele um und bekam gerade noch mit, dass sie die Spritze, die gleichfalls zu Boden gegangen war, aufheben wollte.

»Nein!«, schrie ich. Nele zuckte zusammen. »Nicht anfassen! Sonst sind da deine Prints drauf!«

»Ja«, sagte Tina, »sie hat recht. Fass die nicht an!« Dann wählte sie die nächste Nummer auf ihrem Handy. Ich deutete ihr, sie solle sich hinsetzen. Nele und ich nahmen die beiden anderen Stühle in Beschlag. Mary blieb vor dem Killer stehen, aber sie war auch eindeutig gerade die Stärkste von uns. Ich fror inzwischen von all dem kalten Schweiß, der mir am Rücken klebte. Nele sah nicht viel besser aus. Sie guckte nur frecher.

Tina telefonierte immer noch, als die Sirenen näher kamen und schließlich vor unserer Haustür heulten. Ein Pulk SEK-Bullen in Kampfanzügen stürmte in die Wohnung und spielte »Wir räuchern eine Terrorzelle aus«. Tina hielt ihren Ausweis hoch und sagte ihnen, der Showdown wäre schon gelaufen. Die Jungs wirkten irgendwie enttäuscht. Sie hoben den Schneemann-Pitbull-Killer vom Boden hoch und führten ihn ab.

Ich wollte aufstehen und mir endlich etwas zu trinken holen, denn ich hatte einen unerträglich trockenen Hals, aber ich kam nicht hoch. Während ich noch versuchte, meine Beine unter Kontrolle zu bringen, stürmte der nächste Pulk Bullen in die Wohnung. Diesmal in Zivil, aber genauso kamikazemäßig drauf wie die SEKler von vorhin. Sie redeten mit Tina, dann schnauzte einer von ihnen mich an: »Sie müssen auf das Präsidium kommen und eine Aussage machen!«

Jetzt langte es mir. Endgültig.

Ich stemmte die Arme auf den Tisch und brüllte los: »Hier war gerade einer von Ihren Kollegen und wollte mich umbringen. Und meine Freundin auch. Und Ihre Kollegin hätte er am liebsten gleich mit gekillt. Wenn Sie hier irgendetwas tun sollten, dann sich entschuldigen. Sie sollten sich in Grund und Boden schämen für das, was Ihr Kollege verbrochen hat. Und gerade noch verbrechen wollte. Und wenn Sie zu irgendetwas aber schon gar kein Recht haben, dann dazu, in diesem Ton mit mir zu reden!«

Bei »Ton« kippte meine Stimme um, aber das war mir egal. Ich war außer mir. Ich dachte, mir bleibt gleich das Herz stehen vor Wut. Ich holte gerade Luft, um weiterzubrüllen, da stiegen mir die Tränen in den Hals, und ich brachte keinen Pieps mehr heraus. Mein Kopf dröhnte. Ich ließ ihn auf den Tisch sinken und konnte das Heulen nicht mehr zurückhalten. Etwas in mir wusste, dass ich gerade in einen hysterischen Anfall schlitterte, aber dieses Etwas war nicht stark genug, um mich aufzuhalten. Nele schlang die Arme um mich, streichelte meinen Kopf und gab besänftigende Laute von sich. Irgendwann löste ich mich aus ihren Armen und kramte nach einem Taschentuch. Die Bullen waren weg. Tina, die mir gegenübersaß, reichte mir ein Tempo.

Ich schnäuzte mich und schämte mich für meinen Zusammenbruch. Schließlich war gerade Nele das Angriffsobjekt dieses Scheißkillers gewesen, nicht ich. Nele hatte sich inzwischen hingesetzt und stöhnte leicht. Mir fiel ein, dass sie verletzt war, und mein schlechtes Gewissen wurde größer. Ich strich ihr über die Wange und fragte: »Wie geht es dir denn?«

»Alles im grünen Bereich«, grinste sie. Bloß fiel ihr Grinsen etwas kläglich aus.

Mary kam mit vier Bechern Tee herein und stellte sie vor uns ab. »Hier gibt es nur Beutel«, sagte sie, halb entschuldigend, halb anklagend. Sie setzte sich zu uns und fragte mich: »Was hast du ihm in die Augen gesprüht?«

»Haarlack«, erwiderte ich und musste nun doch grinsen.

Tina fing an zu kichern, Nele fiel ein, und schließlich lachten wir, bis uns alles wehtat. Tina zog eine Schachtel Zigaretten aus der Tasche und hielt sie mir hin.

»Ich dachte, du rauchst nicht mehr?«, fragte ich.

»Wenn ich diesen Fall abgeschlossen habe, höre ich wieder auf«, sagte sie mit einem matten Lächeln.

Ich nahm eine ihrer Kippen und gab uns beiden, noch immer etwas zittrig, Feuer.

»Wir kamen zufällig gleichzeitig vor dem Haus an«, erzählte sie schließlich. »Deine Freundin …?«

»Mary.«

»Deine Freundin Mary und ich. Da ging gerade die Schießerei los. Der Mieter im Parterre ließ uns ein, wir rannten hoch, ich entsicherte meine Waffe, aber er hatte uns gehört und zielte auf uns.«

»Traf allerdings daneben«, bemerkte Mary trocken. »Er hatte ja was in den Augen.«

»Und bevor ich etwas tun konnte«, fuhr Tina fort, »hatte Mary ihn kampfunfähig gemacht. Das ging so schnell, dass ich gar nicht mitbekam, was sie eigentlich gemacht hatte.« Sie musterte Mary voller Bewunderung. Mary lächelte bescheiden.

»Sie ist Kung-Fu-Meisterin«, warf ich erklärend ein. »Du kannst ja mal einen Kurs bei ihr belegen.«

Wir mussten schon wieder lachen. Nicht nur ich war offenbar hysterisch.

»Ihr seid sicher fix und fertig«, sagte Tina schließlich wieder ernst, »aber ihr müsst jetzt trotzdem mit aufs Präsidium kommen. Ich brauche eure Aussagen. Und zwar hochoffiziell, auf Band. Die Befragung wird mein Vorgesetzter durchführen, aber ich werde dabei sein.« Sie drückte ihre Zigarette aus und stand auf. »Es geht um einen Kollegen«, fügte sie hinzu und sah uns dabei nicht mehr in die Augen. »Da muss alles hundertprozentig ablaufen. Die Presse ist vermutlich schon auf dem Weg.«

Nele wollte etwas sagen. Ich nahm an, etwas Bissiges. Sie ließ es dann aber doch sein.

Wir waren schon aus der Tür, da meinte Tina plötzlich zu Mary: »Sie haben Ihren Rucksack vergessen!«

»Oh! Äh ...«, Mary kam leicht ins Stottern. Die Sache hatte sie also doch etwas mitgenommen. »Den lasse ich hier, ich komme ohnehin wieder zurück.«

Klar. Es wäre sicher nicht klug gewesen, das Dope mit ins Präsidium zu nehmen.

»Aber Sie brauchen Ihren Ausweis«, insistierte Tina.

»Den habe ich in der Jackentasche«, erwiderte Mary erleichtert.

Wir stiegen in Tinas Wagen, Mary setzte sich nach vorn, Nele und ich teilten uns den Rücksitz. Ich lehnte meinen Kopf an Neles Schultern.

»Hey«, flüsterte sie mir ins Ohr, »du hast mir das Leben gerettet!«

»Nicht ich«, erwiderte ich, »Mary und Tina haben dir das Leben gerettet.«

»Nö«, sagte Nele leise. »Die wären zu spät gekommen. Wenn du da nicht mit dem Haarspray reingeplatzt wärst, ich hätt mir den Druck gemacht.«

Ich nahm ihre Hand. »Was hat er damit gemeint, dass er deine Kleine umbringen wird?«

»Sie is inner Pflegefamilie«, flüsterte Nele heiser.

Ich nahm sie in den Arm und hielt sie fest. Wiegte sie in den Armen, so wie sie mich vorhin. Als wir in Kalk ankamen, sah sie elender aus als je zuvor.

»Komm«, sagte Tina, die vermutlich alles im Rückspiegel mitbekommen hatte, »wir rauchen noch eine, bevor wir reingehen.«

Ich fragte sie, wie lange das alles dauern würde. Sie konnte es nicht einschätzen, meinte aber, ein, zwei Stunden bestimmt. Ich rauchte meine Zigarette zu Ende, dann rief ich Stefan an. Er ging dran.

»Hör zu«, sagte ich, »er war's. Der Schneemann. Er wollte Nele umbringen. Wir sind jetzt in Kalk, auf dem Polizeipräsidium. Kannst du heute Abend zu mir kommen?«

Sehr erhellend war das vermutlich nicht, aber er fragte nur, ab wann ich voraussichtlich wieder zu Hause wäre.

»Keine Ahnung. So in drei Stunden vielleicht?«

»Ich kann um spätestens vier Uhr bei dir sein. Wie geht es Nele?«

Ich liebe diesen Mann auch dafür, dass er solche Fragen stellt.

»Im Moment nicht so gut. Aber sie war unbeschreiblich mutig.«

Nele sah mich fragend an. »Schönen Gruß von Stefan«, sagte ich.

Nele zuckte erschrocken zusammen. »Ich muss zur Vergabe! Scheiße! Ich hab die Vergabe verpasst! Ich muss dahin!«

Ich erklärte Tina das Problem und verdonnerte sie dazu, jetzt sofort bei der Vergabestelle für das Wochenende anzurufen und einen späteren Termin für Nele auszuhandeln. Sie wirkte ziemlich überfordert, aber ich bestand darauf, dass sie das machen müsste, da die Nele sicher kein Wort glauben würden.

Um kurz vor eins waren wir wieder draußen. Tina konnte uns nicht zurückfahren, sie musste jetzt mit dem Verhör ihres lieben Kollegen beginnen. Sie organisierte einen Streifenwagen, der erst Nele in die Vergabe und dann Mary und mich nach Hause fuhr. Die Verhöre oder, wie die Herren Oberbullen es ausdrückten, »Befragungen« hatten mich vollends geschafft. Ich wollte nur noch in die heiße Badewanne und dann auf mein Sofa. Oder am liebsten direkt ins Bett. Mir war jedoch klar, dass dieser Traum ein Traum bleiben würde.

Zu Hause erwartete mich ein Empfangskomitee, bestehend aus Hertha, dem Nachbarn vom Parterre und dem alten Ehepaar, das über mir wohnt. Ich gab ihnen eine Kurzfassung der Ereignisse, in die Vorgeschichte hatte sie zum Glück schon Hertha eingeweiht. Als wir die Nachbarn endlich los waren, bestand Hertha darauf, ich müsse etwas essen. Ich sagte ihr, dass ich keinen Bissen runterkriegen würde, wenn ich nicht vorher wenigstens ausgiebig geduscht hätte. Und außerdem könnte dann Nele, wenn sie aus der Vergabe kam, mitessen.

Ich versorgte erst die zu Tode beleidigte Rosa, dann stellte ich mich unter das heiße Wasser, wusch mir die Haare und cremte mich anschließend mit meinem kostbarsten Rosenöl ein. Dann zog ich meinen ältesten, bequemsten, ausgeleiertsten Trainingsanzug und ein paar dicke Wollsocken mit Gummisohle an. Goss mir ein Glas Orangensaft ein, stellte es neben meinem Sofa ab, schob mir alle Kissen in den Rücken und legte die Beine hoch. Fühlte mich ein ganz klein wenig wohler.

Nele war inzwischen eingetrudelt. Sie wollte auch erst duschen. In der Zwischenzeit gab ich Hertha einen ausführlichen Bericht der Ereignisse. Sie war so beeindruckt, dass sie die Kartoffeln verkochen ließ. Ich schlug vor, Kartoffelbrei daraus zu machen, also aßen wir Grünkohl mit Kartoffelbrei. Nele schlief fast über dem Teller ein. Als ich den Tisch abräumte, sagte Hertha (die sich heroisch den obligaten Grappa verkniffen hatte) zu Nele: »Ich hab 'n Jungen. Den haben sie mir auch weggenommen.«

Mir blieb der Mund offen stehen. Nele wurde schlagartig wieder wach.

»Damals haben die einen nich mehr an die Kinder rangelassen, weißte«, fuhr Hertha fort. »Aber wie der volljährig war, da isser zu mir gekommen. Der hat irgendwie rausgekriegt, dass ich seine Mutter bin.« Sie ließ Nele nicht aus den Augen. »Da hat der zu mir gesagt: ›Ich wollte bloß mal sehen, wer die Frau ist, die mich im Stich gelassen hat.‹«

»Und dann?«, krächzte Nele.

»Dann isser wieder abmarschiert.«

»Scheiße«, flüsterte Nele.

»Das Zimmer«, sagte Hertha, »was du jetzt hast, das wär für ihn gewesen. Falls er mal zu Besuch gekommen wär. Oder so. Isser aber nich. Nich ein Mal.«

Ich hole die Grappaflasche aus dem Versteck, schenkte Hertha ein kleines Glas ein und stellte es ihr hin. Sie nickte und trank es auf einen Satz aus. »Kannste deine Kleine sehen?«, fragte sie Nele.

In Neles Augen schwammen Tränen. »Kann ich auch 'n Grappa haben?«

Ich schwankte kurz, dann sagte ich Nein.

»Was is 'n jetzt mit der Kleinen?«, bohrte Hertha nach.

Nele steckte sich eine Zigarette an. »Wie die 'n Baby war, da hatt ich die bei mir. Da war ich auch clean. Weil ich die unbedingt behalten wollt.«

Sie kaute auf ihrer Unterlippe herum.

»Und dann?«, fragte Hertha.

Ich fand sie ziemlich brutal. Nele hatte gerade einiges durchgemacht. Ich wollte gerade etwas in der Art einwerfen, aber Nele kam mir zuvor.

»Dann is mir das zu viel geworden«, sagte sie trotzig und sah Hertha herausfordernd an. »Die war ständig am Brüllen, die hat ...« Sie verstummte und nahm einen Zug. »Ich bin wieder drauf gekommen«, fuhr sie leise fort und sah uns dabei nicht an. »Dann haben die mir die weggenommen. Die Tante vom Jugendamt hat gemeint, ich könntse wiederbekommen, wenn ich clean bin und in stabilen Verhältnissen lebe.« Sie lachte höhnisch auf. »Die hat mir dann auch die Adresse von der Pflegefamilie gegeben. Aber ich konnte da nich hin. Das hab ich nich gebracht. Ich hab die Kleine geliebt, ehrlich. Ich hätte das nich ausgehalten, die sehen und dann wieder wegmüssen. Und die hätte mich ja sowieso nich mehr erkannt.«

Hertha stand auf und machte sich am Herd zu schaffen.

»Schmeißte mich jetzt raus?«, flüsterte Nele.

»Wennde dir weiter so leidtust, ja«, blaffte Hertha.

Nele schluchzte auf. Ich langte nach ihrem Arm und streichelte sie.

Nach einer endlosen Ewigkeit setzte sich Hertha wieder an den Tisch. »Wie alt isse denn?«

»Die müsste jetzt zehn sein.«

»Dann geh dahin. Die braucht ihre Mama.«

»Aber die hat schon 'ne Mama. Die will bestimmt nichts von mir wissen.« Nele ließ ihren Tränen nun freien Lauf.

»Dann ruf die Frau an«, sagte Hertha heiser. »Sag ihr, du willst die Kleine sehen. Red mit der. Und mit der Kleinen. Mit zehn is die alt genug dafür.«

Tina Gruber hatte mich ein paarmal angerufen und gemeint, sie würde vorbeikommen, sobald sie mehr wüsste. Bergmann, so hieß der Pitbull, würde noch immer die Aussage verweigern. Ich tippte gerade ein langes Interview ab, als sie endlich auftauchte. Sie umarmte mich zur Begrüßung. Ich hatte nichts dagegen. Ich hatte mir überlegt, ob ich sie wieder siezen sollte, aber angesichts der Tatsache, dass sie mir das Leben gerettet und sich insgesamt mehr als ordentlich verhalten hatte, blieb ich beim Du.

Ich holte Nele zu mir rüber, kochte uns einen Tee, dann sahen wir beide Tina fragend an. Sie trank einen Schluck. Dann noch einen. Offenbar fiel ihr das, was sie uns mitzuteilen hatte, nicht leicht.

»Es war im Grunde alles meine Schuld«, sagte sie schließlich an Nele gewandt. »Du hast Bergmann gut beschrieben. Aber ich konnte einfach nicht glauben, dass er es war. Ich wollte es nicht glauben. Ich habe mir eingeredet, das kann nicht sein, so sehen schließlich viele aus, und du hattest ja gar keine Zeit, dir den Mann genauer anzugucken, bevor er dich niedergeschlagen hat.« Sie zog heftig an ihrer Zigarette. »Dabei hat alles so verdammt gut zusammengepasst. Ich hab ihn auch nie besonders gemocht, ich hab nicht gerne mit ihm zusammengearbeitet. Aber er war ein Kollege!« Sie schluckte. »Ich hätte dich schützen müssen, Nele. Ich hätte sofort etwas unternehmen müssen. Auch wenn ich noch keine Beweise hatte.«

Sie tat mir leid. Obwohl alles, was sie sagte, völlig richtig war. Aber ihre Zerknirschung klang echt.

Bei den Verhören, berichtete sie nun, hatte Bergmann konsequent geschwiegen. Sie hatten ewig keinen Trick gefunden, um ihn zum Reden zu bringen. Dann hatte Tina eine Eingebung gehabt. Sie hatte ganz nebenbei und etwas verächtlich bemerkt, besonders geschickt habe er sich ja nicht angestellt. »Und da ist ihm der Kragen geplatzt. Da ist die gekränkte Eitelkeit mit ihm durchgegangen«, erzählte sie zufrieden.

Er hatte ein umfassendes Geständnis abgelegt. »Der ist sich dabei noch gut vorgekommen«, meinte Tina kopfschüttelnd und fasste seine Aussage für uns zusammen: Nachdem es ihm nicht gelungen war, mich totzufahren, hatte Bergmann sich im Marienhospital erkundigt, wann Nele entlassen würde. Dann war er ihr gefolgt. Erst dachte er, sie würde bei mir einziehen. Also zapfte er mein Telefon an. Dadurch erfuhr er, dass sie bei Hertha wohnte. Von da an beobachtete er das Haus. Und als Hertha es am Sonntagmorgen verließ, schlug er zu. Anschließend wollte er zu mir rüberkommen. Und den Job, den er auf der Geestemünder verbaselt hatte, zu Ende bringen.

»Wie konnte der mein Telefon anzapfen?«, fragte ich fassungslos. »War der nicht vom Dienst suspendiert?«

Tina wich meinem Blick aus. »Doch. Aber er konnte einen Kollegen vom Rauschgiftdezernat davon überzeugen, dass Nele Toms Stoffreserven in ihrem Besitz hätte und seine Kunden übernehmen würde.«

Nele schnaubte empört.

»Er war mit diesem Kollegen privat befreundet«, erklärte Tina. Sie fühlte sich sichtlich unwohl in ihrer Haut. »Sie haben damals, als Bergmann noch beim Rauschgift war, eng zusammengearbeitet.«

»Vielleicht sollte man diesen Kollegen auch mal unter die Lupe nehmen!«, schlug ich vor.

»Schon geschehen«, erwiderte Tina.

»Und warum hat der Bergmann oder wie er heißt, den Tom umgebracht? Und den Mehmet?«, wollte Nele wissen.

Tom, berichtete Tina, hatte Bergmann tatsächlich erpresst. Und zwar nicht nur wegen seiner Koksdeals. Er hatte behauptet, er wisse, dass Bergmann seine Freundin umgebracht hatte. Also musste Bergmann Tom beseitigen.

»Aber Mehmet?«, warf ich ein. »Wenn er behauptet, der hätte ihn auch erpresst, dann lügt er. Da bin ich mir ganz sicher.« Nele nickte bekräftigend.

»Es ist viel schlimmer«, sagte Tina und senkte erneut den Blick. »Mehmet war ein Ablenkungsmanöver.«

»Hä?« Nele starrte sie mit offenem Mund an.

Tina zündete sich eine neue Zigarette an, dann sah sie Nele endlich in die Augen. »Er hat Mehmet umgebracht, um eine falsche Fährte zu legen. Er wollte den Anschein erwecken, da sei ein Verrückter unterwegs, der Dealer umbringt. Wenn er Tom sofort ermordet hätte, hätte er riskiert, dass sich jemand an die alten Gerüchte vom Schneemann erinnert. Bergmann ging davon aus, dass Tom damit prahlen würde, er hätte einen Bullen am Angelhaken oder etwas in die Richtung. Also musste er vermeiden, dass wir uns auf Tom konzentrierten. Und das ist ihm ja fast gelungen.«

»Dieser Drecksack!«, keuchte Nele.

»Moment!«, warf ich ein. »Warum wollte er dann unbedingt Nele den Mord an Mehmet anhängen? Das hätte ihm doch nichts gebracht. Wenn Nele im Knast gehockt hätte, als Tom ermordet wurde, dann wäre doch klar gewesen, dass sie's nicht war. Oder dass sie es zumindest bei Tom nicht war.«

»Richtig«, konstatierte Tina. »Aber Bergmann ist nicht blöd. Er hat damit gerechnet, dass Nele abtauchen würde. Und notfalls hätte er dafür gesorgt, dass wir sie nicht finden würden, bevor er Tom getötet hätte. Dass du«, sie wandte sich an Nele, »den Baseballschläger angefasst hast, war ein völlig unerwarteter Glückstreffer für ihn. Jetzt hatte er sogar eine Täterin parat.«

Nele öffnete den Mund und schloss ihn wieder.

»Aber andererseits«, fuhr Tina fort, »war es auch sein Pech. Denn durch dich kam Katja ins Spiel. Wenn du«, jetzt schenkte sie mir ein etwas verlegenes Lächeln, »nicht so entschlossen gewesen wärst, Neles Unschuld zu beweisen, und wenn du nicht so stur recherchiert hättest, wären wir vielleicht noch lange nicht auf Bergmann gekommen.«

»Wohl eher gar nicht«, stellte Nele wütend fest. »Und ich wär im Knast vermodert.«

Tina enthielt sich einer Antwort.

Ich musste das erst mal verdauen. Ich hatte dem Typen wirklich alles Schlechte zugetraut. Aber dass er einen Menschen, der ihm überhaupt nichts getan hatte, nur umbrachte, um von sich abzulenken, das nahm mich doch ziemlich mit.

»Ich glaube, ich gehe jetzt besser«, sagte Tina und stand auf. »Aber eins noch, Katja. Dein Bruder ist doch Anwalt. Sag ihm, er soll sich mal schlaumachen. Zum einen wegen deiner Wohnung. Wenn ich das richtig verstanden habe, hat Bergmann bei der Hausdurchsuchung einiges kaputt gemacht?«

Ich nickte.

»Und dann hat er ohne richterliche Genehmigung dein Telefon abhören lassen. Und zwar nicht nur dein Telefon als Privatperson, sondern auch dein Telefon als Journalistin.«

Ich wusste schon, warum ich die Frau mochte. »Du wärst mal besser Anwältin geworden statt Polizistin«, sagte ich. Da musste sogar Nele grinsen.

ZWEIUNDZWANZIG

Ich hatte alle Vorbereitungen getroffen, alle Besorgungen gemacht, alle Punkte auf der To-do-Liste abgehakt. Nun konnte ich mich nur noch in mein Schicksal fügen. In drei Stunden wurde ich vierzig. Ich nahm Zuflucht bei Joey Ramone. Stefan war in der Küche zugange. Hertha und Nele hatten mich in mein Schlafzimmer gesperrt. Damit ich sie im Wohnzimmer nicht störte. Keine Ahnung, was sie da machten. Hertha hatte mir erklärt, wir würden »im engsten Familienkreis« reinfeiern. Ich fand die Formulierung durchaus passend, denn sie wird gemeinhin für Begräbnisse verwendet. Joey sang: »I wanted everything!« Ich auch. Die die Götter lieben, sterben jung. Aber dann fiel mir ein, dass Joey seinen fünfzigsten Geburtstag gerade noch erlebt hatte.

Mein Vierzigster fiel auf einen Samstag. Ich hatte beschlossen, keine Party zu geben, sondern die paar Menschen, die mir am wichtigsten sind, nachmittags zu Kaffee und Kuchen einzuladen. Joey und Malcolm und Haari und Nico hätten sich totgelacht, wenn sie nicht schon lange tot gewesen wären. Aber, versuchte ich mich aufzumuntern, ich bin noch nicht vollkommen verspießert. Ich wohne mit zwei Exprostis in einer Quasi-WG zusammen, die eine davon ist auch noch ein Exjunkie und die andere frisch bekehrte Kifferin. Ich bin dem Punk auf meine Art treu geblieben und habe den Kontakt zu Ex-OD Holger wieder aufgenommen. Ich lebe noch immer äußerst bescheiden, und so wie es aussieht, wird sich das auch nicht mehr ändern. Ich bin Buddhistin, was in diesem Land noch immer unter »abweichendes Verhalten« fällt. Ich habe einen Bruder, der illegale Flüchtlinge und mittellose Migranten verteidigt. Und ich habe mit knapp vierzig die große Liebe meines Lebens gefunden. Was ja auch nicht grade normal ist, oder?

Plötzlich musste ich über mich selbst lachen. Ich bemühe mich seit Ewigkeiten, herauszufinden, was Leere und Ichlosigkeit bedeuten. Und dann sitze ich da, nach Jahren der Dharmapraxis, und hätschle mein Ego! Also versuchte ich, aus meinem Bin-ich-trotz-meines-hohen-Alters-noch-cool?-Film auszusteigen, indem ich noch einmal die Liste meiner Geburtstagsgäste durchging: die Eltern und Paul, Mary und Gitta, meine Lieblingsredakteurin und natürlich Stefan, Nele und Hertha. Ich sah im Geiste schon Mama und Hertha zusammen auf dem Sofa sitzen und eine Hurengewerkschaft gründen.

Wenn man von der Sonne spricht, geht sie bekanntlich auf. »Du kannst in die Küche kommen!«, schrie Hertha aus dem Wohnzimmer. Sie hatten meine »feine« Tischdecke aufgelegt. Ein Strauß roter Rosen stand in der Mitte zwischen Herthas schönem Geschirr. Der Duft von Curry stieg mir in die Nase. Die Damen saßen schon auf ihren Plätzen. Stefan servierte gebackenen Ziegenkäse auf Feldsalat. Zu trinken gab es Apfelschorle, aber aus naturechtem trübem Bioapfelsaft. Das Äquivalent zu Champagner sozusagen. Der Hauptgang bestand aus in Curry und Sesamöl gedünstetem Buntbarsch mit grünen Bohnen und Basmatireis. Zum Nachtisch hatte Stefan eine Zitronenmousse gezaubert, die mich einfach umwarf.

»Kochen kann er«, stellte Hertha fest. Ich konnte ihr nur beipflichten.

»Was soll ich denn morgen anziehen?«, jammerte Nele, während sie den Tisch abräumte. Gute Frage. Sie hatte nichts, das auch nur ansatzweise festlich aussah. Noch nicht mal in unserem Sinne. »Komm mit!«, forderte ich sie auf. Wir studierten den Inhalt meines Kleiderschranks. Fanden schließlich einen langen flaschengrünen Samtrock, der mir viel zu eng war. »Sieht 'n bisschen hippiemäßig aus«, nölte Nele.

»Aber damit nicht mehr«, wandte ich ein und reichte ihr meine alte Lederjacke. Sie war kurz, hauteng, knallrot und spannte mir schon lange unter den Achseln. Zum Glück hatte ich nie das Herz gehabt, sie wegzuschmeißen.

»Boah!« Nele zog sie an und bestaunte sich vor dem Spiegel. »Und die leihste mir?«

»Die kannste ganz haben.«

»Echt?«

»Echt.«

Hertha pfiff anerkennend, als Nele in ihrer neuen Pracht in die Küche stolzierte. Ich muss zugeben, ich war ein ganz klein wenig neidisch. Und nahm mir vor, künftig wieder mehr Sport zu treiben. Und weniger Gingerbread zu essen.

Kurz vor Mitternacht verschwand der engste Familienkreis im Wohnzimmer. Ich musste in der Küche warten. Schlag zwölf öffnete Stefan die Tür und bat mich herein. Er schwenkte, wie auch Nele und Hertha, eine funkensprühende Wunderkerze. »Happy Birthday to you!« Hertha hatte einen schönen heiseren Alt, Nele sang ganz passabel, aber Stefan mit seiner Bluesstimme machte das Ganze hitverdächtig. Als sie mit der Gesangseinlage fertig waren, schaltete Hertha das Licht ein. Auf dem Sofatischchen stand eine richtige dicke Marzipangeburtstagstorte mit vier Kerzen drauf.

»Die sind symbolisch. Für deine Vierzig«, erklärte mir Nele für den Fall, dass ich es nicht kapierte. Stefan gab mir einen langen Kuss. Dann nahm Nele mich in den Arm. »Ich hab dich total lieb, du dumme Nuss!«, teilte sie mir mit. »Ich auch«, knurrte Hertha und gönnte mir doch glatt eine kurze Umarmung.

»Jetzt mach schon die Geschenke auf!«, forderte Nele ungeduldig. Stefan stand nur da und strahlte mich an. Irgendwie war mir das alles zu viel. »Gleich«, sagte ich, »ich brauch erst mal 'ne Kippe.«

Wir rauchten einvernehmlich, dann wandte ich mich den Päckchen auf dem Sofa zu. Ich fing mit dem kleinsten an. Es war eine Schatulle aus ziseliertem Sandelholz. Ich öffnete sie.

»Die ist von mir«, erklärte Stefan, als ich die Korallenkette herausnahm.

Ich wusste gar nicht, was ich sagen sollte. Sie war so schön. »Boah!«, kommentierte Nele. Ich stand schweigend auf, nahm Stefans Gesicht in meine Hände und legte meine Stirn an seine.

»Jetzt mach schon weiter!«, quengelte Nele. Aber das konnte ich nicht, denn jetzt läutete das Telefon. Gitta wünschte mir alles Gute, und kaum hatte ich eingehängt, klingelte es erneut, und Mary sang mir ein Ständchen. Als ich endlich Neles Geschenk öffnen konnte, staunte ich nicht schlecht. Es war ein Bildband über tibetische Klöster.

»Hertha hat mir die Kohle geliehen«, erläuterte Nele. »Ich kann's ihr abstottern.«

Ihre unerbittliche Ehrlichkeit brachte mich zum Grinsen.

Hertha hatte mir einen leuchtend orangeroten Schal gestrickt. Aus feinstem Mohair. Ich schlang ihn mir sofort um den Hals und stellte mich vor den Spiegel.

»Für vierzig siehste echt nicht schlecht aus«, stellte Nele zufrieden fest.

ENDE

Danksagung

Ich danke Martina Domke, Doris Gercke, Ingrid König, Ulla Lessmann und meinem Mann Gert Levy dafür, dass sie die erste Fassung des Manuskripts gelesen haben, für ihre Ermutigung und ihre äußerst hilfreiche Kritik. Und ich danke Marion Heister für ihr kluges, sorgfältiges und inspirierendes Lektorat.